AF381163

Lisa Pfeifer
Mit 15 Jahren wurde ich von der Schreibwut gepackt, die mich seitdem nicht mehr losgelassen hat. Seit 2019 veröffentlichte ich zehn Werke im Selfpublishing und freue mich nun, bei DP ein Zuhause gefunden zu haben.
Wenn ich nicht schreibe, arbeite ich als Maskenbildnerin, wo ich die interessantesten Menschen kennenlernen darf und immer wieder Inspirationen für neue Geschichten bekomme.

LISA PFEIFER

Das kleine Atelier in London

Erstausgabe Februar 2025

Copyright © 2025 dp Verlag, ein Imprint der
dp DIGITAL PUBLISHERS GmbH
Made in Stuttgart with ♥
Alle Rechte vorbehalten

Das kleine Atelier in London

ISBN 978-3-98998-934-4
E-Book-ISBN 978-3-98998-521-6

Covergestaltung: Larissa Siepmann
Umschlaggestaltung: ARTC.ore Design
Unter Verwendung von Abbildungen von
stock.adobe.com: © KatMoy
shutterstock.com: © Nikiparonak, © The Cat Arm, © Neliako
Lektorat: Sandra Florean

Satz: dp DIGITAL PUBLISHERS GmbH
Druck und Bindung: Books on Demand GmbH, Norderstedt

Kapitel 1

Den Briefkastenschlüssel zwischen die Zähne geklemmt, steige ich die schmale Treppe in die erste Etage hinauf und sortiere die Post, die ich eben entgegengenommen habe. Sogar unterschreiben musste ich dafür – das musste ich noch nie. Zwischen Werbung, zwei Rechnungen und einem Schreiben meines Stromanbieters sehe ich das Logo meiner Hausverwaltung.

Sofort schnürt sich meine Kehle zu.

Okay, keine Panik!

Das muss nicht gleich was Schlimmes bedeuten.

Wahrscheinlich geht es wieder um die Reinigung des Treppenhauses, die wir Mieter manchmal ein wenig schleifen lassen, oder sie kündigen einen Handwerker an. Das Gebäude ist so marode, dass hier ständig was kaputt geht. Die Handwerker würden sich hier eine goldene Nase verdienen.

Ich atme tief durch und versuche, das Kribbeln in meinem Inneren zu ignorieren, das immer dann ausgelöst wird, wenn ich Post der Hausverwaltung bekomme. Als ich sehe, dass der Brief per Einschreiben kam, muss ich schlucken.

Würde man einen unwichtigen Brief per Einschreiben versenden?

Nein, würde man nicht!

Und schwupps ist da wieder dieses Herzklopfen. Ich werde das Gefühl nicht los, dass ich hier gerade eine folgenschwere Nachricht in den Händen halte. Mit der freien Hand schließe ich die Tür meines Ateliers auf und werde von der Sonne geblendet, die durch das kleine Fensterchen in der Tür strahlt. Hätten die Türen diese Fenster nicht, würde man im Flur in absoluter Dunkelheit stehen. Die Lampen sind seit Ewigkeiten kaputt.

Das Türblatt schabt über den Boden, während ich sie öffne, und ich durchquere mein Atelier, das um diese Uhrzeit im Mai sonnendurchflutet ist, öffne das bodentiefe Fenster und trete auf die Feuerleiter nach draußen. Einen Quadratmeter habe ich Platz.

Hoffentlich besänftigen mich die Strahlen der Maisonne bei was auch immer sich in diesem Umschlag befindet. Je schneller ich es hinter mich bringe, desto besser. Wahrscheinlich ist es die Nebenkostenabrechnung. Vor der gruselt es mich jedes Mal. Ich stopfe den Umschlag in die Hosentasche und schüttelte das Schreiben auf.

Kündigung des Mietverhältnisses zum 31.12.

Einen Moment steht die Welt still und ich starre auf die Betreffzeile. Die haben mir mein Atelier gekündigt? Das ist ein schlechter Witz, oder?

Das kann nicht sein! Das ist mein Arbeitsplatz und ich bin seit fünf Jahren treue und pünktlich zahlende Mieterin! Man hat keinen Grund, mich zu kündigen!

Fassungslos schnappe ich nach Luft und mein Blick huscht so schnell über den Text, dass ich den Inhalt kaum fassen kann.

... Bausubstanz marode ... Sanierung notwendig ... alle Mieter müssen für die Zeit des Umbaus ausziehen. Räumung zum 31.12. ... haben Priorität für die Anmietung der neuen Räumlichkeiten ...

Ich verstehe nur Bahnhof und lese das Ganze erneut. Nach wie vor kommt nicht alles in meinem Hirn an. Lediglich die Tatsache, dass ich meinen Arbeitsplatz verlieren werde, schreit so laut, dass alle anderen Gedanken übertönt werden.

Aus der Brusttasche meiner Latzhose ziehe ich mein Handy und gebe die Nummer der Hausverwaltung ein. Wahrscheinlich ist das alles nicht so schlimm, wie es mir vorkommt. Ich muss mir von der Verwaltung direkt anhören, was geplant ist. Bestimmt reagiere ich über – darin bin ich gut.

»Hausverwaltung Dorton.« Die Dame am anderen Ende des Telefons klingt freundlich, aber bestimmt und ein bisschen, als hätte sie mit meinem Anruf gerechnet.

»Hallo, Holly Philipps hier«, sage ich atemlos und schüttele den Brief wieder auf, »ich habe das Keramikstudio in der ...«

»Ja, Sie sind nicht die Erste, mit der ich heute telefoniere.« Die Dame klingt gelangweilt. Was erwartet sie? Dass die Mieter dieses Gebäudes nicht anrufen, wenn sie eine solche Nachricht erhalten?

»In Ihrem Schreiben steht was von einer Kündigung, wegen Renovierung ...«

»Das ist richtig. Die Bausubstanz ist marode und die Brandschutzbestimmungen sind nicht mehr aktuell. Wir kommen um eine Sanierung nicht herum. Muss alles entkernt werden und die Mieter raus.« Sie klingt so gelangweilt, als würde sie einen öden Bericht vorlesen.

Meine Finger klammern sich um das Telefon. »Und wenn die Renovierung fertig ist ...«, ich räuspere mich, »können die Mieter wieder in ihre Räumlichkeiten einziehen?« Das stünde uns doch zu, oder nicht? Ich kenne mich im Mietrecht nicht aus, aber es wäre fair, wenn man uns für die Zeit der Renovierung rausschmeißt, dass wir danach wieder einziehen dürfen.

»Ja, die Mieter haben das Recht, sich die neuen Räumlichkeiten als Erste ansehen zu dürfen, und bei Interesse werden sie bevorzugt. Pro Quadratmeter kosten die Räumlichkeiten 35 Pfund. Dafür gibt es brandneue Studios.«

35 Pfund?!

Vor Schreck fällt mir beinahe das Handy aus der Hand.

Mein kleines Atelier hat fünfzehn Quadratmeter, das wären dann ... 525 Pfund Miete! Das kann ich mir nie im Leben leisten!

»Gut, danke für die Information«, sage ich mit fester Stimme und beende das Gespräch, bevor ich gleich in Tränen ausbreche.

525 Pfund pro Monat, das sprengt meinen finanziellen Rahmen. Ich bin Keramikerin und arbeite nicht an der Börse! Ich müsste doppelt so viele Tassen im Monat

verkaufen als bisher, um den Betrag zusammenzubekommen. Oder die Preise hochschrauben. Das klappt nicht. Niemand bezahlt für eine Tasse von mir 50 Pfund. Obwohl ich bei Instagram eine ganz ordentliche Fangemeinde habe. Was nutzen mir achttausend Follower, wenn sie sich meine Bilder angucken, aber kein Geld ausgeben?

Eben schien mir die Sonne wärmend ins Gesicht und ich fühlte mich optimistisch und guter Dinge. Jetzt ist sie zwar nach wie vor warm, aber die Gemütlichkeit ist verschwunden. Was ein Brief ausrichten kann.

Seit fünf Jahren bin ich in diesem kleinen Atelier eingemietet. Es ist mein zweites Zuhause geworden. Mit zusammengebissenen Zähnen sehe ich in mein Reich. Die fertig getöpferten Tassen in dem Rollwagen – bereit, im Ofen zu Keramik gebrannt zu werden –, die ganzen Farbtöpfchen, die neben dem Arbeitstisch stehen, die unzähligen Pinsel, die Töpferscheibe, die gelagerten Materialien unter dem Tisch und der Brennofen in der Ecke. In den vergangenen Jahren ist ein Werkraum entstanden, den ich mir unmöglich woanders vorstellen kann. Hier ist es perfekt, hier bin ich eingespielt, hier bin ich in der Lage, konzentriert zu arbeiten, und es ist unvorstellbar, wie ich das an einem anderen Ort schaffen soll.

»Wie soll das gehen?«, schimpfe ich und pfeffere den Brief einmal quer durch das Atelier. Die Nachricht zieht mir den Boden unter den Füßen weg. Solche Entscheidungen sind unfassbar frech: Da sitzen wohlhabende Immobilienfutzis an ihren Schreibtischen und beschließen, dass hier saniert werden muss. Ist denen klar, dass man nicht leicht etwas Neues findet? Wir befinden uns in London.

London – die Stadt, in die alle wollen, die Kunst und Kultur predigt, aber kaum Platz dafür bietet. Ich hatte unfassbares Glück, dieses Atelier bekommen zu haben, und ich bezweifle, dass ich das wieder haben werde. Es wäre wie ein Sechser im Lotto. Und ich kenne niemanden, der im Lotto gewonnen hat.

Einen Moment bleibe ich draußen stehen, lasse meinen Arbeitsraum auf mich wirken und schwanke zwischen Verzweiflung und Optimismus. *Bis zum Ende des Jahres ...*

Das sind sieben Monate. Holly, es wird doch möglich sein, einen Werkraum innerhalb von sieben Monaten zu finden. Das ist kein Ding der Unmöglichkeit. Wenn ich mich gleich an die Arbeit mache, stehen die Chancen gut.

Der hölzerne Drehhocker vor dem schmalen Schreibtisch knarzt, weil ich mich schwungvoll darauf fallen lasse. Normalerweise benutze ich den Computer nur, um Bestellungen zu machen oder Rechnungen zu schreiben. Jetzt rufe ich Google auf und suche nach Räumlichkeiten, die man mieten kann. Ich muss mir schnellstens einen Überblick über den aktuellen Immobilienmarkt verschaffen – wobei ich ahne, dass es schwer wird. London platzt aus allen Nähten. Das weiß die ganze Welt.

Die Suche nach »Künstlerateliers London« ergibt keine Ergebnisse. Auch leere Büroräume finden sich nicht – außer, ich möchte gleich dreihundert Quadratmeter mieten. Seufzend streiche ich mir über das Gesicht und verteile Lehmstaub im Auge, den ich an den

Händen hatte. Fluchend reibe ich mit dem Handballen, bis mein Auge nicht mehr brennt, dafür bestimmt aussieht, als hätte ich einen Heulkrampf gehabt. Gut, sicher bekomme ich den heute noch, wenn das so weitergeht.

Nachdem ich mehrere Onlineseiten für Immobilien geöffnet und zwei Stunden gesucht habe, muss ich mit Ernüchterung feststellen, dass es keine Ateliers gibt, die zu mir passen. Entweder liegen sie weit außerhalb meines Budgets oder in einem Keller, was für mich nicht infrage kommt, weil es bei mir staubig ist und ich lüften muss. Ratlos sitze ich auf dem Töpferhocker, drehe mich im Kreis und ärgere mich darüber, dass ich heute nichts geschafft habe. Der Brief hat alles durcheinander geworfen. Eigentlich wollte ich die Tassen fertig bemalen und am Nachmittag den Brennofen anschmeißen. Über den Onlineshop habe ich neue Bestellung reinbekommen und die müssen heute noch raus.

Aber unter diesen Umständen fehlt mir die Inspiration und ich bin sicher, dass man das meinen Tassen ansehen würde. Für gewöhnlich sind sie bunt und versprühen gute Laune. Ich arbeite mit verschiedenen Farbtechniken und jede von ihnen sieht individuell aus, außer ich gestalte ein komplettes Service, dann passt alles zusammen. Aber dafür fehlt mir jetzt die Kreativität.

Wie lange ich mich im Kreis drehe, sowohl gedanklich als auch körperlich, weiß ich nicht. Irgendwann reißt mich ein Klopfen aus meiner Trance.

»Ja?«

»Holly, hast du das Schreiben auch bekommen?« Mein Nachbar Phil steht in der Tür. Heute trägt er eine

Jeans. Für gewöhnlich trifft man ihn in einem Bademantel an.

Seine Kunst ist ein wenig ... speziell.

Seine Hände sind voller Farbspritzer und sie halten denselben Brief, der zu meinen Füßen liegt. Ich kann nur nicken.

»Das können die nicht machen. Wo sollen wir denn hin? Ist denen bewusst, wie viele wir sind?« Phil macht eine ausladende Geste mit den Armen.

Das ganze Gebäude hat mehrere Ateliers und Werkstätten. Insgesamt sind wir sechzehn Parteien. Fotografen, Maler, ein Schreiner, Phil mit seiner Kunst, eine Goldschmiedin, ein Start-Up für handgenähte Babykleidung und ich. Holly von CC – CuteCups.

»Nein, ich glaube nicht, dass es ihnen bewusst ist«, seufze ich, stehe auf und gehe zur Kaffeemaschine. »Willst du einen?«

»Gerne, ich brauche was für meine Nerven«, antwortet Phil und setzt sich auf meinen Hocker. »Ich wollte gerade anfangen zu malen, da fiel mir auf, dass ich keine Kondome mehr habe. Ich wollte kurz zur Drogerie und bin auf dem Weg nach unten am Briefkasten vorbei ...«

»... und jetzt ist dein Tag gelaufen?«, beende ich seinen Satz.

Phil nickt. »Total.«

Da kann ich nur zustimmend nicken und fülle Wasser in die Maschine sowie Milch in den Milchaufschäumer.

»Was sollen wir machen?«, fragt er und klingt so verloren, wie ich mich fühle, weshalb ich nur mit den

Schultern zucken kann. »Vielleicht können wir uns eine Räumlichkeit teilen, wenn wir was finden.«

Ich wiederhole meine Geste. Ja, theoretisch wäre das möglich.

»Du hast keine Lust, oder?«

»Doch, schon«, sage ich schnell, gebe dann zu: »Aber wir machen vollkommen verschiedene Sachen. Du malst und brauchst eine staubfreie Umgebung. Die ist bei mir absolut nicht gegeben. Meinst du nicht, dass wir einander im Weg wären?«

Phil zuckt mit den Schultern. Er hat was von einem hilflosen Hundewelpen. »Wenn ich die Wahl hätte, kein Atelier oder eines mit ein bisschen Staub, dann würde ich Zweiteres nehmen. Du nicht?«

Natürlich. Besser Abstriche machen, als keinen Arbeitsplatz zu haben. »Schon.« Die Maschine surrt, nachdem ich auf den Knopf gedrückt habe, und wenig später stelle ich zwei Tassen auf den Arbeitstisch. Nachdenklich trinken wir unseren Kaffee und jeder hängt seinen Gedanken nach. Der Brief, der auf dem Tisch zwischen uns liegt, scheint zum Damoklesschwert geworden zu sein, das über unseren Köpfen schwebt.

»Der Tag hätte so schön sein können.« Ich nicke zum Fenster, durch das die Sonne noch immer scheint, der ich aber nichts mehr abgewinnen kann.

»Sagt man nicht, nach Regen kommt Sonnenschein?« Phil lächelt mutig und seufzt. »Holly, ich bin mir sicher, dass wir das hinkriegen. Wir haben noch genug Zeit, um etwas zu finden.« Er setzt die Tasse an – es ist eine in himmelblau mit stilisierten Genitalien. Passt zu Phil und seiner Kunst. Kurz betrachtet er das Motiv, grinst dann amüsiert und steht auf. »Wir schaffen das, da bin ich sicher. Und ich werde jetzt voller Motivation an die Arbeit gehen. Das wird schon.« Phil klopft mir auf die Schulter, stopft den Brief der Hausverwaltung in die Hosentasche und zwinkert mir zu. »Ich gehe Kondome kaufen. Ohne kann ich nicht weiterarbeiten.«

»Viel Spaß dabei«, wünsche ich und ringe mir ein Lächeln ab.

Zusammen mit Phil ein Studio betreiben – es wäre eine Lösung. Den Raum muss man erst mal finden. Während ich die Tassen wegräume, surrt mein Kopf.

Zur Ablenkung könnte ich mich wieder auf die Suche machen, stattdessen schneide ich einen Streifen Ton vom Vorratsklumpen ab. Er ist viel zu fest und ich lasse meine Wut an ihm aus, indem ich ihn mit voller Wucht auf den Holztisch klatsche, damit bis er weich und geschmeidiger wird. Umständlich, weil ich es nicht schmutzig machen will, setze ich mir das Headset auf, wähle die Nummer meiner Freundin Zoe und schalte die Töpferscheibe ein. Ich brauche Ablenkung, sonst komme ich aus der Gedankenspirale nicht heraus.

Wütend klatsche ich den Ton erneut auf die Töpferscheibe und drücke das Pedal nach unten. Surrend setzt sie sich in Bewegung und mit kraftvollen Handgriffen fange ich an, den Klumpen zu formen, während in meinem Ohr das Freizeichen piept. Es dauert nicht lange, bis Zoe rangeht.

»Holly, ich hab nur kurz Zeit, hab gerade Mittagspause und muss auf den Kopierer warten. Ist es wichtig?« Sie klingt ein bisschen im Stress. Zoe arbeitet in einer Grundschule hier im Stadtviertel. Ein Wunder, dass sie um diese Uhrzeit ans Telefon gegangen ist. Normalerweise rufe ich sie nicht an, wenn sie arbeitet, aber gerade weiß ich nicht, mit wem ich sonst reden soll, und ich versuche mich in einer Kurzfassung.

»Mir wurde das Atelier gekündigt. Bis zum Ende des Jahres.« Beim Sprechen bricht mir fast die Stimme weg. Es auszusprechen, macht das alles realer.

»Was? Wieso das? Hast du die Miete nicht bezahlt?« Meine beste Freundin klingt vollkommen fassungslos. Sie kennt und liebt mein Atelier, hilft immer wieder, wenn ich etwas auf- oder umbauen will, und besucht mich gern auf eine Tasse Tee.

»Natürlich nicht. Das Haus muss saniert werden und die Mieter sollen in der Zeit ausziehen. Können danach wieder einziehen, wenn wir doppelt so viel Miete zahlen.« Ich packe den Ton fest an, so dass er mir zwischen den Fingern hindurch quillt.

»Das ist ja scheiße. Was willst du jetzt machen?« Zoe klingt ernsthaft betroffen. Sie liebt meine Tassen. Ich glaube, ihr komplettes Kollegium in der Schule ist damit ausgestattet.

»Ich muss mir was Neues suchen …«

»Das ist in London ein Ding der Unmöglichkeit, Holly«, wirft sie ein.

»Ja, das ist mir bewusst und es macht die Sache nicht besser.«

»Hör zu, ich muss Schluss machen, der Drucker wird frei, aber ich komme heute Abend vorbei und dann quatschen wir, ja? Vielleicht ist uns bis dahin eine Lösung eingefallen.«

»Machen wir. Bis später, Zoe.«

Mit einem Knopfdruck beende ich das Gespräch und malträtiere dann weiter den Ton, der sich vor mir auf der Töpferscheibe dreht, wässere ihn und sehe, wie die

Wand vor mir zusätzliche Tonspritzer abbekommt. Egal, hier wird sowieso bald frisch gestrichen.

Am frühen Abend verlasse ich das Atelier. Das Töpfern hat mich ein wenig abgelenkt, doch eine Lösung ist mir nicht eingefallen. Wie auch, ich kann mir schließlich keine neuen Räumlichkeiten aus dem Ärmel schütteln. Gerade schließe ich die Tür ab, als mein Nachbar Pete aus seinem Fotostudio tritt, das sich schräg gegenüber von mir befindet. Normalerweise ist er eine Frohnatur, der durch seine roten Haare und die Sommersprossen immer aussieht, als käme er frisch aus den Highlands. Heute ist Pete allerdings recht farblos. Seine Haare wirken stumpf und die Sommersprossen gräulich.

»Hast du das Schreiben auch bekommen?«, fragt er und in seinem Gesicht lese ich dieselbe Hoffnungslosigkeit, die mich umtreibt. Ich nicke und er seufzt: »Und? Schon eine Idee, was du machen wirst?«

»Keine Ahnung. Ich habe online nach Ateliers gesucht, aber es ist unmöglich, etwas Bezahlbares zu finden. Vielleicht tue ich mich mit Phil zusammen, sollten wir was finden, was für uns einzeln zu groß ist. Aber ob man überhaupt was findet ...« Pete nickt und reibt sich über das Gesicht.

Ich habe ihn nie gefragt, wie alt er ist, aber ich schätze ihn auf Ende Fünfzig. In dem Alter ist man noch weniger scharf auf den Stress. Die Vermieter wissen gar nicht, was sie uns damit antun. Hätte man nur schon viel früher Sanierungen vorgenommen. Mal hier eine Wand neu verputzt, dort ein Rohr ausgetauscht, dann wäre nicht alles gleichzeitig kaputt gegangen und würde uns diese Situation ersparen.

»Ich werde mich wahrscheinlich bei einem Kumpel einmieten, der auch Fotograf ist und die meiste Zeit auf Reisen. Mir tut es für die anderen Mieter leid. Wir sind fast zwanzig Leute, die jetzt wieder auf dem freien Markt etwas suchen und in Konkurrenz zueinanderstehen werden.«

Damit spricht er aus, was mir Angst macht. Wir werden alle zeitgleich etwas Vergleichbares suchen. Sicher werde ich bei der ein oder anderen Besichtigung Leute treffen, die ich aus diesem Gebäude kenne, und wenn aus Nachbarn plötzlich Konkurrenten werden, ist das keine schöne Aussicht. Dass Pete bereits eine Alternative gefunden hat, ist beneidenswert. Leider kenne ich niemanden aus meinem Handwerk, mit dem ich mir ein Keramikstudio teilen könnte. Die Regenwolke über meinem Kopf wird immer größer. Unglaublich, was ein Brief alles ausrichten kann und obwohl Pete verspricht, die Augen aufzuhalten, muntert es mich nicht auf.

***

»Man könnte meinen, du hast Liebeskummer«, sagt Zoe zur Begrüßung, als sie am Abend vor meiner Tür steht und ich geöffnet habe.

In eine kuschelige Decke gewickelt, die Haare durcheinander, weil ich sie mir mehrfach gerauft habe, verquollene Augen und ein Eis am Stiel in der Hand, trifft ihr Vergleich ins Schwarze. Ich sehe nicht nur so aus, ich fühle mich auch so.

»Ich wurde ja auch verlassen.« Schniefend trete ich beiseite und lasse sie in die Wohnung. Je länger ich

17

über die Situation nachdenken konnte, desto schlimmer fand ich sie. Das Atelier ist mein Baby und die Tassen meine Leidenschaft und ich sehe aktuell keine Möglichkeit, den Job weiter betreiben zu können, wenn ich keinen Arbeitsplatz habe. »Es ist scheiße«, heule ich und lasse mich gegen Zoe fallen, die mich in den Arm nimmt und lächelt. Wahrscheinlich mache ich in ihren Augen viel zu viel Drama, weil ich schon jetzt den Teufel an die Wand male. Aber sie hat ja auch einen festen Arbeitsplatz an der Schule. Obwohl wir schon so lange befreundet sind und sie meinen Job und die damit verbundene Unsicherheit kennt, hundertprozentig nachvollziehen wird sie es nie können. Man muss den Weg gegangen sein, um ihn zu fühlen.

»Male nicht alles so schwarz«, sagt sie, schließt die Wohnungstür und zieht mich ins Wohnzimmer. »Komm, wir suchen mal online ein bisschen rum. Vielleicht siehst du nur den Wald vor lauter Bäumen nicht.«

»Es gibt keine Bäume. London ist abgeholzt«, werfe ich miesepetrig ein und falle neben ihr auf die durchgesessene Couch.

»Ach, Quatsch, das glaube ich nicht. Es gibt immer eine Lösung. Wir werden was finden. Ich kann mich im Kollegium umhören, sicherlich kennt jemand irgendwen, der einen Raum zu vermieten hat. Bestimmt ist alles nur eine Frage von Connections.«

Woher meine Freundin diese positive Einstellung hat, wüsste ich gern. Ich wünschte, ich könnte die Situation genauso sehen. Aber über meinem Kopf schwebt noch immer diese dunkle Wolke. Und dadurch schaffe ich es binnen einer Stunde, Zoe mit meiner schlechten Laune anzustecken. Spätestens nachdem wir auf sämtlichen Immobilienportalen nach Räumen gesucht haben, die meinen Kriterien entsprechen, erkennt auch sie den Ernst der Lage.

»700 Pfund für zehn Quadratmeter? Sind die denn alle bekloppt?«, schimpft sie und schließt die Anzeigen, die wir in den vergangenen fünfundvierzig Minuten gefunden haben.

»Ich sage doch, London ist abgeholzt. Willst du ein Eis? Das hilft nicht, aber es beruhigt.«

»Ja, bitte, sonst kriege ich 'ne Meise. Das kann ja nicht wahr sein!«

Noch immer in meine Decke gewickelt, tappe ich in die Küche, nehme das Eis aus dem Gefrierfach und lasse mich dann wieder neben Zoe auf die Couch fallen.

Mit zwei kleinen Magnum sitzen wir ratlos im Wohnzimmer und starren auf die geöffnete Immobilienseite auf meinem Laptop.

»Ich hätte nicht gedacht, dass es *so* schlimm ist«, gibt Zoe zu und knabbert an der Schokolade. »Wenn das wirklich so schwer ist, musst du auf jeden Fall vorarbeiten, um deinen Onlineshop ein bisschen am Laufen zu halten. So kämst du ein wenig über die Runden, falls du eine Zeit ohne Werkstatt auskommen müsstest. Dann kannst du wenigstens noch Geld verdienen.«

Das ist eine gute Idee, auch wenn es das schlimmste Szenario überhaupt wäre. Eine Handwerkerin ohne Werkstatt ist wie ein Hipster ohne iPhone. Das geht nicht.

»Ja, wahrscheinlich werde ich das machen müssen, sonst sitze ich bald auf dem Trockenen.« Ich schiebe mir den Rest des Eises in den Mund und schlucke die

Tränen hinunter, die mir wieder die Kehle zuschnüren. Ich kann jetzt hier rumsitzen, Eis essen und heulen – oder ich kann versuchen, das Beste aus meiner Situation zu machen.

Egal, wie hoffnungslos sie auch scheint.

»Du musst in jedem Fall die Werbung ein wenig ankurbeln, damit dein Onlineshop noch besser läuft. Wenn du es schaffst, dir dadurch eine gute Basis zu schaffen, beruhigt das sicherlich ein bisschen. Und du hast dann mehr Budget für ein neues Atelier, was hoffentlich wieder neue Türen öffnet«, schlägt Zoe vor und ich kann nur hoffen, dass sie recht hat.

Kapitel 2

»Wow, was haben Sie denn vor?«, fragt der Lieferant und wuchtet mehrere Packungen Ton aus seinem Transporter.

»Arbeiten. Viel arbeiten«, erkläre ich gut gelaunt und unterschreibe den Lieferschein auf dem Klemmbrett.

»Na, dann viel Erfolg dabei«, sagt er anerkennend, reckt den Daumen nach oben und klettert wieder in seinen Wagen.

Vor mir auf der Treppe zum Eingang des Gebäudes liegen fünfzehn Pakete Ton.

Gut, vielleicht habe ich ein wenig übertrieben, als ich die Bestellung aufgegeben habe, aber normalerweise verbrauche ich zwei Pakete pro Woche. Somit könnte ich einen Produktionsvorsprung von viereinhalb Monaten erreichen. Ob das genug ist, um die Zeit ohne Atelier zu überbrücken? Keine Ahnung. Einen Versuch ist es wert. Kurz zücke ich mein Handy, öffne den Instagram-Account von *HollysCuteCups* und filme eine Story.

»Zeit zum Arbeiten. Es steht eine ganze Menge auf dem Plan. Ich suche ein neues Studio. Kennt jemand einen Raum, den ich mieten könnte? Gerne circa zwanzig Quadratmeter mit Fenster und Tageslicht. London Peckham und Umgebung.«

Vielleicht meldet sich ja ein Follower und hat einen Tipp für mich, das wäre großartig. Für irgendwas muss

Social Media ja gut sein. Nachdem ich das Handy wieder in der Tasche meiner Arbeitshose verstaut habe, packe ich das erste Paket und werfe es mir über die Schulter.

Während ich eine Ladung nach der anderen die Treppen hinaufschleppe, rechne ich im Kopf aus, wie viele Tassen ich daraus herstellen könnte. Dann überschlage ich den Lagerplatz, den es dafür benötigt. Und stelle fest, dass ich mir damit ein ziemliches Ei gelegt habe. Wo sollen denn über tausendzweihundert Tassen lagern, wenn ich kein Atelier mehr habe?

Zu Hause geht nicht. Obwohl ich dann eine Touristenattraktion aus meiner Wohnung machen könnte: Größte Tassensammlung Londons. Wenn ich dafür Eintritt verlange, würde das zumindest für kurze Zeit meine Miete tragen. Obwohl ich weiß, dass dieser Gedanke sinnlos ist, spinne ich ihn weiter, bis alle Pakete die Treppe hochgetragen und dort unter den Arbeitstisch gelagert sind.

Die Idee der Tassensammlung hat ein Gutes: Ich entwickele neue Designs, damit das Museum mehr Abwechslung bietet.

Da meine Ideen selten auf Papier, sondern direkt beim Töpfern entstehen, lege ich gleich los. Während nebenbei ein Hörbuch läuft, versuche ich, der Kreativität freien Lauf zu lassen und auszublenden, dass meine Tage hier gezählt sind.

Eine Tasse nach der anderen erhält auf der Töpferscheibe ihre Grundform und im Brennofen stehen die getrockneten Exemplare. Sobald der voll ist, werfe ich den Ofen für den ersten Schrühbrand an. Dadurch bekommt der Ton seine Festigkeit und danach kommt der beste Teil der Arbeit: das Bemalen. Obwohl ich den Job schon eine Weile mache, flashed es mich jedes Mal, dass die Farben in den Töpfchen anders aussehen als am Ende, wenn sie im Brennofen mit dem Material verschmolzen sind. Zoe bewundert mich immer dafür, dass meine Tassen farblich so gut zusammenpassen, obwohl ich eigentlich nie wissen kann, was dabei herauskommt. Tatsächlich sind die schrillsten Exemplare genau auf die Art und Weise entstanden, denn gerade am Anfang kannte ich mich damit nicht aus, habe blind in die Farbkiste gegriffen und daraus meinen Stil entwickelt, den meine Kunden so lieben. Hoffentlich kann ich weiterhin so kreativ sein und meinen Beruf ausüben. Das Töpfern hat mich meine Sorgen für einige Momente vergessen lassen, und doch brechen sie immer wieder wie Wellen über mir herein und verursachen mir Bauchschmerzen.

Am Abend stelle ich die letzten Tassen zum Trocknen in das Holzregal und wasche meine Schüsseln und Schwämmchen in dem kleinen Waschbecken in der Ecke aus. Mittlerweile dämmert es draußen und ich freue mich auf den Feierabend. Bevor ich das Licht ausschalte, werfe ich einen letzten Blick auf das Regal, das schon jetzt so vollgestellt ist, dass ich morgen ein Platzproblem habe. Ich muss dringend Stapelboxen kaufen, sonst versinke ich in den nächsten Tagen in Tassen.

Bevor ich den Heimweg antreten kann, verpacke ich die Onlinebestellungen, damit die Pakete morgen auf die Reise gehen können. Wie immer dauert das länger als geplant, weshalb ich meine Werkstatt wieder einmal später als geplant verlasse.

Auf dem Weg zum Bus ziehe ich das Handy aus der Tasche und rufe Zoe an, von der ich zwei verpasste Anrufe angezeigt bekomme.

»Hey, ich war bis eben im Atelier und habe getöpfert, was gibt's?«

»Ich habe mich heute mit einem Kollegen über deine Situation unterhalten, er kennt wohl jemanden, der gerade einen Studioplatz zu vergeben hat. Ich habe deine Nummer weitergegeben und er meldet sich bei dir, wenn der aktuelle Interessent abspringen sollte«, berichtet Zoe begeistert.

Wie süß von ihr! Ich könnte vor Rührung weinen und kann nur hoffen, dass der Kontakt für mich zum Vorteil sein wird.

»Sag mir auf jeden Fall Bescheid, wenn er sich gemeldet hat und was dabei rauskam, ja?«

»Mach ich. Ich habe heut auf Instagram auch mal gefragt, ob jemand einen Tipp für mich hat. Vielleicht ergibt sich da auch was.«

»Das ist eine gute Idee. Für irgendwas müssen die Sozialen Medien ja gut sein. Ich drücke dir die Daumen, Holly.«

»Danke. Vielleicht wird das ja doch einfacher, als ich es mir gerade vorstelle. Ich melde mich auf jeden Fall, wenn sich was ergibt. Zoe, ich muss Schluss machen – der Bus kommt.« Weil ich ungern in öffentlichen Verkehrsmitteln telefoniere, beende ich das Gespräch rasch und steige in den stickigen Bus.

Unterwegs google ich weiter nach Studios, Künstlerwerkstätten und Ateliers, doch nach wie vor sind die Ergebnisse ernüchternd. Entweder horrend teuer, unfassbar weit weg oder zu groß. Ich glaube, auf die Onlinebörse kann ich nicht zählen. Vitamin B wird da wohl eher ein guter Weg sein. Also schreibe ich in meinen WhatsApp-Status eine kurze Meldung, dass ich ein Studio suche und für jeden Hinweis dankbar bin. Mehr kann ich nicht tun und das fühlt sich so verdammt hilflos an.

Normalerweise kann man immer was an einer Situation ändern oder sie zumindest in eine Richtung lenken, aber bei diesem Thema sind mir die Hände gebunden. Ich kann schließlich weder in meiner Wohnung töpfern, weil die kaum größer als mein Atelier ist, noch kann ich ein neues Atelier herzaubern.

Kapitel 3

Seit der Kündigung sind nun schon drei Tage vergangen und ich nähere mich der größten Tassensammlung Londons. Kisten über Kisten stapeln sich in der Werkstatt rechts und links neben meinem Arbeitstisch. Seit zwei Tagen bemale ich die gebrannten Tassen aus den linken Boxen und stelle sie dann in die Boxen auf der rechten Seite. Sobald der Ofen voll ist, werfe ich ihn an und er läuft einige Stunden bei tausendsechshundert Grad und verwandelt matte Tassen in glänzende Kunstwerke. Es hat was von Fließbandarbeit und ich wundere mich darüber, dass ich überhaupt noch kreative Ideen habe, die ich umsetzen kann. Aber ich bin wie im Wahn und die Angst, ohne Material dazustehen, das ich verkaufen kann, treibt mich an. Meine Haare haben sich aus dem Zopf gelöst und hängen mir ins Gesicht, die Schultern sind vollkommen verspannt und meine Hände sind von der Farbe schon ganz ausgetrocknet. Ein Farbtopf nach dem anderen geht zur Neige und als ich nur noch Gelb und Dunkelgrün zur Auswahl habe, muss ich aufhören und nachbestellen.

So unpraktisch London ist, sobald man eine neue Räumlichkeit sucht, so vorteilhaft ist es, wenn man Materialien braucht. Hier gibt es nämlich alles und so bestelle ich per Telefon beim Fachhändler meines Vertrauens eine Palette an Farben, die ich bereits am nächsten Tag abholen kann. Mehr kann ich am heutigen Tag nicht tun, also mache ich mich auf den Weg nach Hause, koche etwas und verkrümele mich auf die Couch vor den Fernseher.

Wieso habe ich eigentlich nichts Vernünftiges gelernt, denke ich, während sich auf meinem Fernsehbildschirm zwei hübsche Menschen ineinander verlieben. Seufzend sehe ich auf die Netflix-Serie. Die haben keine Sorgen – deren Leben hätte ich gern. Aber nein, ich musste ja unbedingt was Kreatives machen. Damals, als es in der Schule um die Berufswahl ging, wusste meine ganze Klasse, dass ich mal etwas Handwerkliches machen werde. Zu schön waren meine Zeichnungen in Kunst, zu gut mein Gespür für Formen und Farben.

»Holly wird mal Künstlerin! Ich kann sie mir einfach nicht in einem Bürojob vorstellen.« Das sagte meine Lehrerin immer, wenn sie wieder eines meiner Bilder benotete, und ich war unglaublich stolz darauf, dass sie mir das zutraute.

Künstlerin. Das klang nach Freiheit und einem lockeren, unstrukturierten und glücklichen Leben.

Das wollte ich machen, so habe ich mich gesehen und deswegen auch Keramikerin gelernt. Es ist mein Traumjob und ich liebe nichts mehr, als mit den Händen etwas zu erschaffen. Wenn es auch andere Menschen begeistert, ist das doppelt so schön. Was ich nicht bedacht habe, ist, dass Zwanglosigkeit und ein unstrukturiertes Leben auch Unsicherheiten mit sich bringen. Mein Einkommen hängt von der Auftragslage ab. Ich kann finanziell nie sonderlich weit im Voraus planen, weil ich nicht weiß, wie die nächsten Monate laufen werden. Die meisten meiner Bekannten und Freunde könnten sich so ein Leben nicht vorstellen. Ich habe mich daran gewöhnt, nie genau zu wissen, wann ich wieder mehr Geld zur Verfügung haben werde. Trotzdem ist mein Alltag häufig von Angst und einer Unsicherheit geprägt, die sich in den vergangenen Jahren zwar ein wenig gemildert hat, aber nie völlig verschwunden ist. Als Künstlerin bin ich frei und gleichzeitig enorm abhängig von den Kunden und deren Geschmack.

Wenn niemandem meine Arbeit gefällt, kann ich sie mit noch so viel Liebe herstellen – es wird sich nicht verkaufen und wovon soll ich dann meine Miete bezahlen?

Manchmal wünschte ich, ich hätte die Keramik einfach das Hobby sein lassen, das sie früher mal war. Ein Hobby, das monatlich einen kleinen Betrag in die Kasse spült, aber nicht mein Haupterwerb ist. Allerdings wäre ich dann vermutlich in einem Bürojob oder im Einzelhandel gelandet und ich kenne mich gut genug, um zu wissen, dass es mich todunglücklich gemacht hätte. Natürlich ist ein regelmäßiges Einkommen von Vorteil und entspannt in gewissem Sinne, weil man finanziell sicher ist. Aber was nützt mir das, wenn ich jeden Tag unmotiviert zur Arbeit gehen würde? Nach einigen Jahren wäre ich vermutlich frustriert, dass ich meinen Traum nicht verwirklicht hätte, und würde irgendwann zu einer verbitterten alten Frau, die sich ständig fragt, was denn aus ihr geworden wäre, hätte sie ihre Leidenschaft zum Beruf gemacht.

Nun, aus mir ist eine meist gut gelaunte Frau geworden, die aktuell ein klein wenig Panik schiebt.

Von der Netflix-Serie, die im Hintergrund über meinen TV-Bildschirm flackert, bekomme ich kaum etwas mit, weil ich am Handy doch immer wieder nach Ateliers und Studios suche. Ich will nicht aufgeben. Wenn ich nur oft genug nachschaue, habe ich vielleicht eine Chance und bin die erste Interessentin, was mir einen Vorteil verschaffen könnte.

Doch es passt nach wie vor kein Angebot und langsam bezweifle ich, dass es jemals etwas in der Richtung geben wird. Fast bin ich froh darüber, die Idee mit der Vorproduktion gehabt zu haben, so habe ich wenigstens das Gefühl, nicht untätig zu sein und ein bisschen beeinflussen zu können, wie es weitergehen kann. Momentan fühle ich mich wie ein Staubkorn, das herumgewirbelt wird, und sehe mich in einigen Monaten hier schon zwischen unzähligen Tassen sitzen. Das wird lustig.

Mein Handy gibt ein lautes Ping von sich und ich greife schnell danach. Instagram zeigt mehrere Nachrichten an und ich tippe auf den kleinen Papierflieger.

Daniel: Hey Holly, ich habe eine Räumlichkeit zu vermieten, die dir vielleicht passt. 25 qm in einem Bürogebäude. Handwerkliches Arbeiten ist erlaubt, wenn man den Boden abdeckt. Interesse?

In einem Bürogebäude? Neugierig klicke ich das Bild des Profils an. Daniel ist ein ziemlich aalglatter Typ, der in Tank Top im Fitnessstudio posiert. Vielleicht habe ich Vorurteile, aber dieser Typ meint diese Nachricht wohl kaum ernst. Schnell lese ich sie mir noch einmal durch. Man könnte das auch zweideutig verstehen.

Womöglich will der Typ mich nur angraben, wenn ich dort auftauche.

Deshalb antworte ich:

Hallo Daniel, danke für deine Nachricht, aber das kommt leider nicht infrage. Liebe Grüße.

Er schreibt prompt zurück:

Schade, ich hätte dir an der Töpferscheibe sicherlich auch mal zur Hand gehen können. Wie bei Nachricht von Sam *;)*

O Gott, das ist so ein Kerl, der mit Töpfern nur die sexy Szene aus dem Film mit Demi Moore verbindet und statt des Tons lieber sein bestes Stück in den Händen einer Frau sehen würde. Nein, das kommt überhaupt nicht infrage. Rasch blockiere ich Daniel und klicke die nächste Nachricht an.

Lydia:

Hey Holly, ich hab da vielleicht einen Tipp. Frag doch mal bei einem gemeinnützigen Verein nach. Vielleicht brauchen die ja jemanden, der dort ein bisschen mit arbeitet, und du kannst die Räumlichkeiten nutzen. Liebe Grüße

Das ist eine gute Idee und ich mache einen Screenshot von der Nachricht, damit sie nicht untergeht. Ob es in Peckham so etwas gibt?

Gerade habe ich Google geöffnet, als ein Ping ertönt und das Klingen von Münzen. Diesen Ton habe ich in meinem Onlineshop eingestellt, sobald jemand etwas kauft. Mit flinken Fingern öffne ich die Seite und darf erfreut feststellen, dass jemand zwanzig Tassen bestellt hat. Per Nachricht wurde darum gebeten, alle Tassen in Lila zu halten, weil sie als Service verschenkt werden sollen. Lila. Im Kopf gehe ich meine vorhandenen Farben durch und wenn ich mich nicht irre, habe ich ausgerechnet diese Farbe aktuell nicht mehr auf Lager. Gut, dass ich morgen sowieso neue Farben kaufen werde.

Kapitel 4

Das *Colour Paradise* in London hat seinen Namen durchaus clever gewählt. Der Laden befindet sich im Westen der Stadt und ein Besuch kostet mich meist einen halben Tag – und ein kleines Vermögen. Hier gibt es unfassbar viele Farben und alle Hersteller, die der Markt zu bieten hat, sind in den Regalen vertreten. Stundenlang könnte ich hier herumschlendern, die Töpfchen in die Hand nehmen und Farbtöne miteinander vergleichen. Heute habe ich die Zeit dazu und werde sie nutzen. Das wird wunderschön – aber teuer.

Ich erinnere mich gut daran, wie ich zum ersten Mal durch diese Türen gegangen bin. Damals hatte ich mein Atelier eingerichtet und musste einen Grundstock an Material aufstellen. Mit 500 Pfund in der Tasche bin ich an den Regalen entlanggelaufen und habe am Ende mehr mitgenommen, als ich benötigt hatte.

Wenn es das Paradies wirklich gibt, dann muss es hier sein, dessen bin ich mir sicher. Diesen Gedanken werden sich die Besitzer des Ladens vermutlich bei der Namensgebung als Inspiration genommen haben. Hier kann ich meine Sorgen für einige Zeit vergessen und mich auf die Leidenschaft für meinen Beruf konzentrieren.

Natürlich kann ich mich nicht für ein Lila entscheiden und so landen sechs Farbtöne von zwei verschiedenen Firmen im Rucksack, der schwer auf meinem Rücken wiegt.

Um mich herum herrscht das übliche Treiben und viele Menschen sind auf dem Weg in die City, um zu shoppen oder zu arbeiten. Es ist später Vormittag und, als ich am Oxford Circus in die Bakerloo Line umsteige, empfängt mich das London, das die Touristen seit jeher so fesselt.

Geschäftig steuern die Menschen ihre Ziele an, den Blick auf das Handy gesenkt, viele tragen Kopfhörer. Auf der Rolltreppe stehe ich hinter einem jungen Mann, bei dem sie das ganze Ohr bedecken. Er hört sicherlich nichts von dem, was um ihn herum passiert. Wahrscheinlich würde ich es genauso machen, wenn ich täglich in der Tube unterwegs sein müsste. Aber da ich in meinem Atelier meist allein bin, genieße ich die Geräusche der City und der anderen Menschen um mich herum. Es zieht mich jedes Mal mit sich und ich lasse mich durch die Gänge der U-Bahn treiben, vorbei an einer Frau, die Violine spielt, und hinunter zum Bahnsteig.

Die Tube ist unglaublich inspirierend und ich sehe mir beim Warten gern die Muster und Mosaike an, mit denen die einzelnen Stationen gestaltet sind und so ein individuelles Bild für jede Haltestelle bilden. Wieso habe ich nie darüber nachgedacht, eine London-Kollektion meiner Tassen zu machen? Das würde mir sicherlich einen ganz neuen Kundenstamm in den Online-shop bringen.

Allerdings war ich nie ein Fan von Mainstream (wäre ich sonst Keramikerin geworden? Wohl nicht) und was ist mainstreamiger als Tassen, die als Souvenir dienen können? Davon gibt es in den Shops der City mehr als genug. Tassen mit London Design wären dann in meinem Fall wohl eher was für besondere Insider-Läden, die ausgeflippten Kram verkaufen und nicht das Zeug mit Fotos der Royal Family drauf.

Obwohl ich die Idee grundsätzlich wieder verwerfe, zücke ich das Handy und fotografiere das Mosaik an der Wand. Es zeigt ein weißes Labyrinth auf dunkelgrünem Grund. Das Muster könnte ich sicherlich irgendwo einflechten.

Ein Rauschen im Tunnel kündigt die einfahrende Bahn an und ich hebe den Blick. Die warme Luft, die der Zug vor sich hertreibt, riecht nach Schmieröl und Metall. Neben frisch gemähtem Gras ist der Geruch der Londoner U-Bahn einer meiner liebsten. Obwohl viel los ist, finde ich einen Platz in der Nähe der Tür, stelle meinen Rucksack zwischen die Füße und starre ins Nichts, genau wie alle anderen. In der Tube meidet man Blickkontakt und meist ist es still hier drin, vom Rauschen der Fahrt abgesehen. In *Elephant & Castle* leert sich der Wagen und zwei Männer, ein schlaksiger mit Brille und ein groß gewachsener mit siegessicherem Grinsen im Gesicht, nehmen mir gegenüber Platz. Sie scheinen die Leere des Wagens als Aufforderung zu verstehen, sich in Ruhe unterhalten zu können, und ich will ihnen erst keine Aufmerksamkeit schenken, schließlich geht mich das Gespräch nichts an, doch dann sagt der Brillenträger: »Wie weit seid ihr denn mit den Verhandlungen? Will der Besitzer das Gebäude nun endlich verkaufen?«

»Er wird nicht drum herum kommen. Die Kofferfabrik ist renovierungsbedürftig und er hat nicht das Geld, alles instand zu halten. Er muss verkaufen. Wir haben ihm heute ein Angebot gemacht, das er nicht ausschlagen wird – zumindest, wenn er vernünftig ist. Das Ding ist so marode, dass wir es für ein Schnäppchen bekommen. Mit den Fördergeldern, die wir kriegen, haben wir den Kaufpreis wieder drin.« Er nickt zufrieden und zieht einen kleinen Ordner aus der Tasche. »Hier, das ist der Plan des Umbaus. Die lange Fabrikhalle wird in kleine Parzellen unterteilt. Wahrscheinlich so um die fünfundzwanzig bis vierzig Quadratmeter. Die Fenster reichen aus, um jedem Raum genug Licht zu spenden, und im Innenhof kann man auch arbeiten. Es wäre wirklich eine Schande, ein solches Gebäude verfallen zu lassen, wo es doch so gut ins Förderprogramm der Stadt passt. Ich hab mich schon darauf gemeldet und, wie es aussieht, bekommen wir den Zuschlag in jedem Fall.«

Kleine Parzellen? Fünfundzwanzig bis vierzig Quadratmeter? Das ist doch genau die Größe, die ich suche! Ich spitze die Ohren, um über das Rauschen der Bahn hinweg bloß nichts zu verpassen. Wie genial wäre das, wenn ich mein neues Atelier in der U-Bahn vermittelt bekäme?

Vorausgesetzt, es werden keine Büroflächen.

»Wow, das sieht wirklich gut aus, Tom. Aber ihr müsst da einiges renovieren. Aber ihr könntet den Industrial-Look beibehalten. Kostet dann weniger, weil ihr nicht so viel umbauen müsst.« Der schlaksige Mann deutet auf die Unterlagen. »Habt ihr eine Zielgruppe für diese, wie du sie nennst, Parzellen?«

Tom nickt und blättert eine Seite um. Seine Hände sind gepflegt und er hat lange Finger, doch er scheint anpacken zu können. Unauffällig recke ich den Hals, um einen Blick auf die Bilder in der Mappe erhaschen zu können, aber es gelingt mir nicht.

»Die Stadt will Künstler mehr fordern. Wieso auch immer. Sie haben eine Ausschreibung gemacht, in der Räume für Kunst und Kultur finanziell gefördert werden, sofern man den Kriterien entspricht. Laut dieser Ausschreibung gibt es für Kunst und Handwerk in London viel zu wenig Platz. Man wird uns die Bude einrennen und ich bin sicher, dass wir alle Parzellen im Handumdrehen vermietet bekommen.« Er zuckt mit den Schultern, als wäre es ihm im Grunde egal, wer als Mieter einzieht, solange er genug damit verdient. »Die Räumlichkeiten sollen alle mit Starkstrom und Ablüftung ausgestattet werden, so hat niemand Einschränkungen, egal, was man dort aufziehen möchte. Das ist die Bedingung der Stadt und wir sind so breiter aufgestellt und können uns dadurch die besten Leute aussuchen.«

Die beiden Männer mustern die Mappe und ich würde am liebsten aufspringen, sie ihnen aus der Hand reißen und mich für einen Platz bewerben. Aber wahrscheinlich sind diese Studios bereits vergeben. Viele Firmen verkaufen oder vermieten ja schon Wohnungen, wenn der Rohbau noch nicht einmal fertig ist. Das wird hier kaum anders sein.

Zu meiner Überraschung sagt Tom in dem Moment: »Ich bin gespannt, was für Leute einziehen werden.

Noch haben wir die Räumlichkeiten nicht ausgeschrieben. Wir wollen das Gebäude erst sicher gekauft haben, sonst wird mir das alles zu spekulativ. Heute war ich mit dem Besitzer noch mal in Vanguard Court und habe eine letzte Besichtigung gemacht. In den nächsten Tagen werden wir den Kaufvertrag unterzeichnen, dann geht die Ausschreibung raus, sobald wir aussagekräftige Bilder gemacht haben. Im Herbst können die Leute dann einziehen. Die Stadt hat schon gezahlt.« Er hebt den Kopf, seine Miene wirkt stolz. »Und ab morgen bin ich, Tom Gavin, Besitzer einer Kofferfabrik und habe damit endlich bewiesen, dass ich durchaus in der Lage bin, Geschäfte zu machen.«

Kofferfabrik in Vanguard Court. Keine Ahnung, wo das ist, aber ich muss es mir ansehen – am besten noch heute. Rasch tippe ich die wichtigsten Inhalte sowie den Namen Tom Gavin in mein Handy ein. Wer weiß, wozu ich diese Informationen noch nutzen kann.

»Ach, glaubt dein Vater immer noch, dass du kein guter Makler bist?«, fragt der Brillenträger amüsiert und Tom nickt knapp.

»Er war selber in der Wirtschaft und ist der Meinung, dass ich viel zu weich bin«, antwortet Tom, zuckt mit den Schultern und verstaut die Mappe in seiner Tasche. »Dabei hat er mich noch nie in meinem Job gesehen. Er weiß nicht, was ich kann. Nach dem Deal denkt er hoffentlich anders über mich.«

Die Bahn fährt in meine Station ein und ich stehe auf. Mein Herz klopft wie verrückt und ich werde das Gefühl nicht los, dass ich in einem Wettrennen die Nase so enorm weit vorn habe, dass ich die Ziellinie schon sehen kann, während meine Konkurrenz noch gar nicht losgelaufen ist.

Kaum bin ich aus der Station hinaus ins Freie getreten, ziehe ich das Handy aus der Tasche und schreibe Zoe eine Nachricht.

Ich glaube, ich habe die Lösung für mein Studioproblem gefunden. Ich erkläre dir alles später. Willst du heute Abend mit mir einen kleinen Ausflug machen? Dann komm doch nach Feierabend ins Atelier! XX

Bis Zoe da ist, habe ich bestimmt mehr über diese Kofferfabrik herausgefunden. Zügig bringe ich die letzten Meter hinter mich, biege von der Hauptstraße ab und bin wenige Minuten später vor dem hellgelben Gebäude, in dem sich mein Atelier befindet. Keuchend steige ich die Treppe zum Atelier hinauf, stelle die Farben auf den Tisch und schalte den Computer an. Bemalen kann ich die Tassen später noch, während ich auf Zoe warte. Mit wenigen Klicks habe ich mich eingeloggt und Google Maps geöffnet. Früher fand ich es nicht gut, dass man sich jedes Haus und jede Straße im Internet ansehen kann, aber jetzt ist es ein Segen. Vanguard Court ist schnell eingetippt und als der rote Pfeil auf einer schmalen Straße landet, scrolle ich nervös ein wenig zurück, um mir die Umgebung anzusehen. Wo genau liegt das? Welcher Stadtteil?

Peckham.

Das kann ja wohl nicht wahr sein; diese Fabrik liegt nur knappe zwanzig Minuten von meinem jetzigen Atelier entfernt! Das ist unfassbar und ich könnte heulen vor Glück. Das ist der absolute Jackpot! Wie ich an die Ausschreibung komme, muss ich mir noch überlegen, aber Fakt ist, ich muss die Erste sein, dann habe ich eine Chance. Und Phil muss ich auch Bescheid geben. Er kann sich ja ebenfalls bewerben, sobald die Ausschreibungen raus sind. Dann wären wir beide save.

Aus Phils Raum plärrt Elektro-Swing und ich verzichte auf das Klopfen. Er würde mich sowieso nicht hören. Kurzerhand öffne ich die Tür und sehe ... einen nackten Hintern. Phil steht unten ohne vor einer großen Leinwand und malt. Obwohl er keine Pinsel benutzt, sind diese Bilder durchaus ansprechend. Sogar eine Ausstellung hat Phil mal gehabt. Leben kann er von seiner Kunst, aber eben keine großen Sprünge machen. Allerdings könnte er ja mal bei *Britains got Talent* auftreten. Das würde mit Sicherheit Eindruck machen und ihm neue Kunden bescheren. Die Musik setzt zu einem neuen Stück an und Phil wackelt im Rhythmus mit dem Hintern. Wenn er jetzt noch sein bestes Stück schwingt, dann muss ich flüchten, denke ich, als er Anstalten macht, sich umzudrehen, und ich sage laut: »Phil, ich stehe hinter dir!«

»Oh, hey, Holly.« Er sieht über die Schulter und grinst. »Soll ich mir was überziehen?«

»Ich bitte darum.«

»Schade, wir kennen uns so lange, da sollte das doch jetzt kein Problem ...«

Ich hebe nur die Brauen und er knickt ein.

»Ist gut. Warte.« Wie eine Krabbe läuft er seitwärts zu seinem Arbeitstisch, auf dem ein Bademantel liegt, und zieht ihn über. »So, was gibt's denn?«

»Ich habe vielleicht einen neuen Arbeitsplatz für uns gefunden«, sage ich verschwörerisch und klinge dabei wie ein Zauberer, der gleich einen weißen Hasen aus dem Hut zieht.

»Du hast was gefunden? Für ... für mich auch? Holly, das ist genial!« Er packt mich um die Mitte und wirbelt mich einmal im Kreis, so dass ich mit meinen Schuhen über die frische Farbe auf seinem Bild streife.

»Ich hab dein Bild kaputtgemacht.« Hastig mache ich mich von ihm los und wische meine Schuhe am Gesicht des Premierministers ab, der auf der Zeitung aufgedruckt ist, mit der Phil den Fußboden ausgelegt hat.

Er winkt ab. »Egal, das wird einfach ein Stilelement. Jetzt sag schon, wie hast du das angestellt? Wann können wir umziehen? Wo ist das Atelier?«

Da scheint er ein bisschen was falsch verstanden zu haben und ich hebe schnell die Hände. »Moment, das ist noch lange nicht in trockenen Tüchern. Ich habe heute in der U-Bahn nur gehört, dass hier in der Nähe ein Gebäude umgebaut werden soll und Ateliers reingebaut werden. Die Ausschreibung ist aber noch lange nicht raus. Und was das kosten soll, weiß ich auch noch nicht.« So genial klingt das laut ausgesprochen nicht mehr. Eigentlich ist es eine ziemlich unsichere Kiste.

»Egal, das kriegen wir raus. Was genau machen wir jetzt?«, fragt Phil, der sich überhaupt nicht beirren lässt.

Ich zucke mit den Schultern. So genau habe ich mir das noch gar nicht überlegt. »Ich werde auf jeden Fall alles im Auge behalten. Ich habe mir den Namen des Maklers aufgeschrieben und sobald die Ausschreibung raus ist, werde ich dir Bescheid sagen und wir melden uns dort. Oder?«

»Das ist eine gute Idee«, bestätigt Phil, wirft dann aber ein: »Trotzdem wäre es gut, wenn wir die Augen auch weiterhin nach anderen Räumlichkeiten aufhalten. Falls wir dort nichts bekommen.«

Das ist eine vernünftige Entscheidung und wir vereinbaren, uns weiterhin auf dem Laufenden zu halten. So schaffen wir es hoffentlich bald, etwas Neues zu finden.

Sollte das nicht klappen, wird's schwierig.

Kapitel 5

Zoe treffe ich zwei Stunden später an der Hauptstraße, ganz in der Nähe der Adresse der Kofferfabrik.

Von Weitem strahlt sie mich an und ist mindestens genauso aufgeregt wie ich. »Sag nur, du hast was gefunden!«, ruft sie mir entgegen und winkt mit zwei Coffee to go.

»Noch nicht«, gebe ich zurück, drücke sie zur Begrüßung an mich und nehme einen der Kaffeebecher. »Ich habe heute in der Tube ein Gespräch belauscht, das mir die Möglichkeit eröffnet, was zu finden.«

Der Abend ist lau und wir spazieren gemeinsam die Hauptstraße entlang. Bis zur Fabrik sind wir fast zwanzig Minuten unterwegs und ich nutze die Zeit, um Zoe von der Unterhaltung zu berichten. Keine Einzelheit lasse ich aus und meine Freundin ist begeistert.

»Das klingt fantastisch. Du musst dich auf jeden Fall bewerben, wenn die das ausschreiben.«

»Klar, aber ich weiß nicht, nach welchen Kriterien die Mieter ausgewählt werden. Was, wenn mein Business zu viel Dreck macht oder zu gefährlich ist wegen des Brennofens? Womöglich haben sie Angst, dass ich das Gebäude abfackele.« Mein Ofen funktioniert zwar elektrisch, aber wenn Vermieter hören, wie heiß das Ding wird, kommen bestimmt die ein oder anderen Bedenken auf.

»Ach was.« Zoe winkt ab. »Wenn die Räumlichkeiten für Künstler und Handwerker gedacht sind, dann rechnen die damit, dass die Leute die unterschiedlichsten Werkzeuge mitbringen. Ob das jetzt eine Drehbank oder ein Brennofen ist, ist doch denen egal. Hauptsache, die Miete wird pünktlich gezahlt.«

Bestimmt hat sie recht und ich mache mir zu viele Gedanken. Dieser Tom will die neuen Studios für möglichst viele Interessenten anbieten, da wird er schon darauf geachtet haben, dass die Ausstattung den meisten Handwerkern zusagt.

»Und wo genau gehen wir jetzt hin?«, fragt Zoe und hakt sich bei mir unter.

»Die Adresse ist Vanguard Court. Das muss in Peckham sein. Ich hab's vorhin gegoogelt, aber bei Street View kann man nur das Haupttor sehen. Es war mal eine Kofferfabrik.« Auf dem Handy verfolge ich die Route mit dem blauen Punkt, der sich an unserer Stelle auf der Karte bewegt. Gleich sind wir da und ich werde nervös.

Wir überqueren eine Straße und biegen in eine schmale Seitengasse ein, die so uneben gepflastert ist, dass man aufpassen muss, sich nicht den Knöchel zu brechen. Abgesehen von der Bodenbeschaffenheit, ist es hier sehr malerisch und man hört nicht einmal die Hauptstraße.

Zoe spricht genau das aus und deutet auf die Kastanienbäume, deren Blätter über unseren Köpfen rascheln. »Stell dir mal vor, wie kühl es hier im Sommer ist. Du kannst deine Arbeit nach draußen verlagern, wenn du möchtest. Oh, da vorne ist ja schon die Straße.«

Direkt vor uns an einer Backsteinmauer hängt ein weißes Schild mit der Aufschrift *Vanguard Court*, das ich gestern schon im Netz gesehen habe. Mit gereckten Hälsen treten wir durch ein Metalltor auf das Gelände.

»Wow, ist das cool«, bringe ich mit erstickter Stimme hervor. Das ist perfekt!

Vor uns erstreckt sich ein kleines Fabrikgelände mit zwei schmalen Gebäuden. Das zur Linken ist die ehemalige Fabrik; ein Backsteingebäude mit drei Etagen, großen Industriefenstern und Feuerleitern auf der Außenseite. Rechts von uns steht ebenfalls ein langes Gebäude, das vermutlich mal als Garage oder Lagerraum diente. Die Holztüren sind teilweise kaputt und hängen nur halb in den Angeln. Die Scheiben sind eingeworfen worden. Hier muss dringend umgebaut werden.

Meine Freundin holt ihr Handy aus der Tasche, steigt über einigen Müll hinweg, der vor einem der Fenster auf dem Boden liegt, und leuchtet mit der Handytaschenlampe ins Gebäude hinein. »Wow, hier ist viel Platz. Oh, Holly, ich kann mir so gut vorstellen, wie das aussehen wird, wenn es renoviert wurde. Da hinten in diese Nische könnte dein Brennofen passen und hier die Regale. Das ist wie für dich gemacht!«

Vorsichtig folge ich ihr und muss aufpassen, nicht auf lose Holzbretter zu treten, die mir ins Gesicht knallen könnten. Die Glasscheiben sind staubig, aber mit dem Licht der Taschenlampe kann man genug sehen. Eine Tür gegenüber des Fensters und ein Waschbecken in der Ecke. Mehr gibt es nicht. Der Boden aus Holzdielen ist sehr dunkel, die Wände unverputzt.

»Wenn die das renoviert haben, wird das hier ein Paradies.« Ich kann gar nicht anders, als mir begrünte

Mauern, Sitzgelegenheiten im Freien, Musik und nette Kollegen vorzustellen, die hier alle ihren künstlerischen Tätigkeiten nachgehen. »Ich *muss* einen Platz bekommen. Wenn ich jetzt schon eine Mappe zusammenstelle, bin ich bereit, sobald die Bewerbungsphase losgeht.«

»Du wirst hier was bekommen – ganz sicher. Außer, der Vermieter setzt die Preise so hoch an, dass es nicht bezahlbar ist. Aber allein die Lage und die Größe sind genial.« Sie tritt einige Schritte zurück, wie jemand, der im Museum ein Bild von der Ferne auf sich wirken lassen will, dann sagt sie lächelnd: »Ich kann dich hier schon sehen, wie du deine Tassen draußen bemalst.« Verträumt sieht sie über den ganzen Schutt um uns. Sie genießt das Kopfkino.

Mir geht es genauso. Einmal angeworfen, lassen sich die Bilder kaum noch verscheuchen. Auch, nachdem ich schon längst wieder zu Hause bin und mich ein bisschen um den chaotischen Haushalt kümmere, sehe ich vor dem geistigen Auge den neuen Alltag in diesen Räumen. Wenn im Sommer das Licht durch die großen Fenster fällt, ist alles strahlend hell. Die Farben meiner Tassen werden im Sonnenlicht regelrecht strahlen! Ich könnte neue Fotos machen und die Homepage und den Instagram-Account mit Material füttern, der die Leute dazu veranlassen würde, mein kleines Studio zu besuchen und vor Ort zu kaufen. Aktuell ist das eher nicht der Fall. Mein Atelier ist zu funktional und alles andere als repräsentativ. Kunden würde ich dort niemals empfangen. Wer will schon etwas von jemandem kaufen, der in einem Gebäude arbeitet, das heruntergekommen ist und in dem es nach feuchten Mauern riecht?

Motiviert setze ich mich am Abend zu Hause an mein Bewerbungsschreiben und die Worte fließen nur so aus den Fingern auf die Tastatur. So leicht ist mir im Leben noch keine Bewerbung gefallen. Das ist ein gutes Zeichen, oder? Ich gehöre in die Vanguard Studios! Zumindest dann, wenn sie bezahlbar sind.

Kapitel 6

»Lies das mal durch und sage mir, ob es so in Ordnung ist«, bitte ich Zoe am nächsten Tag, öffne meinen Laptop und drehe ihn in ihre Richtung.

Wir sitzen auf der Terrasse eines kleinen Restaurants in Peckham und genießen unser Lunch und, weil heute Samstag ist, kann Zoe mich begleiten.

Draußen ist es blendend hell und sie schirmt die Augen mit einer Hand ab, die andere bedient den Laptop. »Das hast du gestern geschrieben?«

»Ich war so motiviert nach unserer kleinen Besichtigung, dass ich nicht anders konnte.« Strahlend zucke ich mit den Schultern und warte auf das Urteil. Zoe war in geschriebenen Texten schon immer geschickter, weshalb ich jedes wichtige Schreiben von ihr kontrollieren lasse.

Einen Moment dauert es, bis sie fertig gelesen hat, dann nickt sie zuversichtlich und schiebt den Laptop wieder zu mir. »Nichts auszusetzen. Das ist die beste Bewerbung, die du je verfasst hast.«

»Tatsächlich?« Ungläubig sehe ich auf das geöffnete Dokument. Normalerweise findet meine Freundin immer etwas an den Texten.

»Ja, wirklich. Wenn ich dieser Makler wäre, würde ich dir sofort einen Raum geben. Willst du ein Foto dazulegen und ’ne Vita oder so? So wissen sie gleich, mit wem sie es zu tun haben.«

Ich verziehe das Gesicht. Ein Foto dazulegen ... Damit habe ich bisher eher weniger gute Erfahrungen gemacht.

»Was ist? Hast du kein Foto parat? Dann geh zu einem Automaten. Hier um die Ecke gibt es einen, da kannst du für 5 Pfund –«

»Fotos hab ich«, unterbreche ich sie.

»Und was ist mit den Fotos?«

»Darauf sehe ich aus wie ein Kind. Dabei hab ich sie erst vor einem halben Jahr gemacht.«

Zoe mustert mich einen Moment und ihr Blick wandert über meine dunklen Haare, die ich zu zwei Knoten zusammengebunden habe. Durch die Locken sehe ich damit aus wie ein kleiner Teddybär, aber mir gefällt diese Frisur. Zumal sie die Einzige ist, die mir steht. Für einen Pferdeschwanz sind die Haare zu kurz und offen hängen sie mir beim Arbeiten im Gesicht. Dadurch haben sich die zwei Knoten ergeben. In Kombination mit der Stofflatzhose sehe ich aus, als käme ich von der Schule. Man kann es den Leuten nicht verübeln, dass sie sich im Alter verschätzen. Zoe hingegen mit ihrer übergroßen Brille, den wilden Afrolocken und den dunkelrot geschminkten Lippen sieht aus, wie eine hippe junge Frau aus London eben so aussehen muss.

»Ich verstehe, was du meinst«, gibt sie nach kurzem Schweigen zu. »Dann kein Foto. Du überzeugst mit dem Schreiben und dann mit einem guten ersten Eindruck beim persönlichen Gespräch.« Sie nickt und greift nach ihrem Kaffee. »Jetzt darfst du nur die Ausschreibung nicht verpassen.«

»Das wird nicht vorkommen. Außerdem habe ich Phil versprochen, dass ich ihm Bescheid sage, sobald die

Ausschreibung raus ist, damit er sich auch bewerben kann.«

»Phil? Der abgedrehte Typ, der mit seinem Penis malt?« Zoe verkneift sich ein Grinsen. Phils Kunst und meine Erzählungen haben sie schon immer amüsiert, obwohl sie sich noch nie persönlich getroffen haben.

»Ich habe die Homepage des Maklers gespeichert und sehe einmal täglich nach, ob sie was gepostet haben.«

»Du stalkst ihn.« Sie hebt vielsagend die Brauen.

»Ja, schon … irgendwie …« Auf dem Handy öffne ich die Seite und zeige meiner Freundin den Internetauftritt der Immobilienfirma, die nicht weit von meinem Studio entfernt ist. »Die haben ihre Büros in einem Gebäude, das auf dem Weg von mir zum Atelier liegt. Tatsächlich habe ich schon überlegt, ob ich bessere Chancen hätte, wenn ich den Makler Tom vorher schon kennenlerne.« Es ist ein gemeiner Gedanke, aber ich führe ihn trotzdem aus. »Wenn er mich nett fände, dann würde er mich aus Sympathie vielleicht sogar vorziehen, weißt du, was ich meine?«

»Du glaubst, ihn ein bisschen anzuflirten, hilft, um im Gedächtnis zu bleiben, und wenn du dann zur persönlichen Besichtigung kommst, erkennt er dich wieder und denkt sich: *Das war doch die nette Frau von vor einigen Monaten.* Wieso nicht? Mach das doch.« Sie klingt, als würden wir darüber debattieren, in welcher Farbe ich mein Bad streichen soll, dabei habe ich eben vorgeschlagen, einem Mann schöne Augen zu machen, um einen Vorteil daraus zu ziehen.

»Ich weiß nicht.«

»Was weißt du nicht?«

»Das ist nicht fair.«

»Wieso? Du musst ihn doch nicht heiraten. Nur nett sein und ihm zufällig mal begegnen. Da müssen ja nicht gleich tiefgreifende Gefühle dahinter stehen. Es gibt auch Menschen, die einfach mal nett zueinander sind, ohne gleich mehr zu wollen.« Zoe zuckt die Schultern und streicht sich die dunklen Haare zurück. »*Ich* würde das machen. Diese Büros liegen doch auf dem Weg – es wäre daher möglich, dass du ihm früher oder später sowieso begegnet wärst. Ob man das ein bisschen forciert oder nicht, ist doch nicht dramatisch.«

Wo sie recht hat, hat sie recht. Ich laufe jeden Morgen an dem Gebäude vorbei und es ist sogar möglich, dass ich Tom schon einmal gesehen habe, ohne dass er mir aufgefallen ist. Je länger ich darüber nachdenke, desto kleiner werden die Bedenken. Ich müsste ihn ja nur dazu kriegen, mit mir ins Gespräch zu kommen, und mich dabei unvergesslich machen. Klingt einfach – ist es aber ganz und gar nicht.

Als ich am Abend in meiner kleinen Wohnung bin, durchforste ich den Kleiderschrank nach einem passenden Outfit. Soll ich mich zum sexy Vamp aufstylen, um ihn um den Finger zu wickeln? Ich greife nach einer dunklen Bluse, die seit Jahren ungetragen im Schrank hängt, und halte sie mir an den Körper.

Nein, das geht nicht. Wenn er mich bei der Bewerbung in meiner Latzhose und ungeschminkt sieht, fällt er aus allen Wolken und hält mich für meine Zwillingsschwester. Das geht auf keinen Fall. Ich muss authentisch bleiben. Kopfschüttelnd stopfe ich die Bluse zurück und frage mich, wieso ich so etwas besitze.

Also doch Jeans und T-Shirt. Oder ein Sommerkleid? Es soll ja schon noch ich sein und keine Verkleidung.

Aber sind wir ehrlich: Findet ein Mann eine Latzhose ansprechend? Ratlos werfe ich ein Outfit nach dem anderen auf mein Bett, schiebe Teile hin und her und suche eine Kombination, die sowohl ansprechend ist, als auch mich nicht verfälscht. Am Ende wird es eine locker geschnittene Jeans und ein Leinenhemd. Darin fühle ich mich wohl und, wenn ich auf meine beiden Zöpfe verzichte, dann sieht das auch nach etwas aus. Ich ziehe alles zur Probe an und schicke Zoe ein Foto, um mich zu versichern, dass es gut aussieht. Danach kämpfe ich mich damit ab, das Hemd zu bügeln, und lege alles für den nächsten Tag auf einen Stuhl. Jetzt ist alles bereit und ich muss nur hoffen, morgen diesen Tom anzutreffen.

Und dann sehen wir weiter.

Kapitel 7

Pünktlich zur Mittagspause – oder zu der Zeit, von der ich glaube, dass normal arbeitende Menschen Mittagspause machen – gehe ich mit sicheren Schritten vor dem Gebäude auf und ab, in dem sich das Maklerbüro von Tom Gavin befindet. Es ist ein altes, aber neu renoviertes Haus mit hohen Fenstern und einer ganzen Menge Klingelschildern.

Die Tür behalte ich immer im Auge, um ihn bloß nicht zu verpassen. Sobald er rauskommt, werde ich ... was eigentlich? Darüber hab ich mir keine Gedanken gemacht. Hauptsache, ich habe gestern den halben Abend über Klamotten gegrübelt! Meine Prioritäten hätten woanders liegen müssen. Vielleicht sollte ich mich noch mal verkrümeln, mir einen Plan zurechtlegen und dann wiederkommen. Das wäre sinnvoller, als ideenlos hier zu stehen und zu warten.

Ich nehme einen Schluck meines Kaffees, doch dann sehe ich ihn durch die Glasfenster des Treppenhauses. Er kommt mit schnellen Schritten aus der zweiten Etage. Im Anzug und mit der Tasche über der Schulter.

Entweder muss ich mich jetzt rasch verkrümeln oder zum Angriff übergehen, aber hier stehenbleiben kann ich nicht, denn dann ist das Risiko zu groß, dass er mich sieht, und so wäre das erste Treffen kein Zufall mehr. Ich habe nur wenige Sekunden, um eine Entscheidung zu fällen, und bevor ich genauer darüber nachdenken kann, überquere ich die Straße und stelle mich an eine Stelle, an der Tom auf jeden Fall mit mir zusammenstoßen müsste, wenn er herauskommt. Nervös behalte ich den Eingang im Blick und trete einen Schritt nach vorn, während er die Tür öffnet.

Der Kaffeebecher fliegt mir aus der Hand – wesentlich heftiger, als ich beabsichtigt hatte – und der komplette Inhalt ergießt sich über mein Leinenhemd. Mist, so war das nicht geplant!

Scheiße ist das heiß!

»Fuck!« Am liebsten würde ich mir das Oberteil vom Leib reißen. Zum Glück kühlt der Kaffee schnell ab.

»Sorry, tut mir leid. Ich hab Sie nicht gesehen. Mist, das wollte ich nicht«, sagt Tom sofort und zieht so schnell ein Taschentuch, dass ich glaube, er hat es hergezaubert. »Hier. Entschuldigen Sie, ich hatte meine Augen woanders. Tut mir wirklich leid. Sie haben sich hoffentlich nicht verbrannt.«

»Nein, alles gut, es ist jetzt nur ein bisschen … nass«, antworte ich, nehme das Taschentuch an und drücke es mir gegen die Brust, damit ich wenigstens nicht mehr tropfe wie ein Wasserhahn. »Ich hab auch nicht aufgepasst.« Das stimmt, denn ich hätte nicht damit gerechnet, dass er so zügig aus der Tür kommt.

Tom lächelt mich unsicher an, sucht meinen Blick und wirft einen auf seine Uhr, dann sagt er: »Darf ich Sie zur Entschädigung auf einen neuen Kaffee einladen? Ich muss zwar später zu einem Termin, aber eine halbe Stunde hab ich Zeit.« Er sieht mich offen und ehrlich an. Seine Augen sind dunkelblau und geben ihm den Ausdruck eines Hundeblicks.

Schnell nicke ich. Ein Kaffee ist eine gute Chance, ihn kennenzulernen. »Ja, ich komme gerne mit. Wenn wir einen Platz in der Sonne finden, kann das hier ein wenig trocknen.« Ich zupfe an meiner kaffeebraunen Bluse.

»Oh, das hoffe ich. Wobei es bei den heutigen Temperaturen sicherlich schnell geht. Ich hoffe, Sie hatten keinen wichtigen Termin, der durch den Zusammenstoß jetzt ruiniert ist?«, fragt Tom und weist mit einer Hand die Straße hinunter. »Dort hinten gibt es ein nettes Café. Kommen Sie mit.«

»Ich bin Holly Philipps. Wenn wir einen Kaffee trinken, dann sollten wir uns einander vorstellen, meinen Sie nicht?«

Tom ergreift meine Hand und schüttelt sie mit festem Griff: »Ja, da haben Sie recht. Entschuldigen Sie, dass ich mich nicht vorgestellt habe, aber das mit Ihrer Bluse war mir so unangenehm. Ich bin Tom Gavin, freut mich, Holly.« Er stutzt und sieht mich an.

Erkennt er mich womöglich wieder? Immerhin saß ich in der Bahn quasi direkt gegenüber.

»Holly, sind Sie zufällig nach Holly Golightly aus *Frühstück bei Tiffanys* benannt?«

Ehrlich gesagt, habe ich keine Ahnung, wie meine Eltern auf den Namen gekommen sind.

»Mit so einem außergewöhnlichen Namen haben Sie sicherlich auch einen außergewöhnlichen Beruf. Womit verdienen Sie Ihr Geld, Holly?«

Wir erreichen das kleine Café. Ich kenne es und bin schon häufiger daran vorbeigegangen. In einem schmalen Gebäude mit einem kleinen Außenbereich stehen geflochtene Stühle unter Markisen. Tom zieht mir einen davon zurück und ich setze mich. Wow, er ist ja ein richtiger Gentlemen.

»Was möchtest du trinken? Einen Kaffee? Vom anderen hattest du ja nicht viel«, sagt er und schiebt mir die Getränkekarte hin, doch ich brauche sie nicht.

»Ja, ich trinke gerne einen Kaffee und du?« Ohne es bewusst entschieden zu haben, sind wir beim Du angekommen, es fühlt sich besser an, als einander zu siezen.

Tom greift nach der Karte, blättert kurz darin und bestellt ein Gingerale. Kaum sind die Getränke da, blinzelt er in die Sonne. »Wenigstens wirst du schnell wieder trocken.«

»Da haben wir uns das passende Wetter für den Zusammenstoß ausgesucht. Bei Regen hätte ich jetzt ein Problem.«

»Das stimmt«, pflichtet er mir bei. »Du hast mir meine Frage noch nicht beantwortet. Was machst du beruflich?«

»Ich bin Keramikerin«, sage ich, nicht ohne einen gewissen Stolz in der Stimme.

»Keramikerin. Wow, das ist sicherlich ein vielseitiges Handwerk. Arbeitet man dann in einer Firma?« Mit ehrlichem Interesse im Blick sieht er mich an und lächelt. Noch immer.

Ob er sich das als Makler angewöhnt hat? Ständig zu lächeln, macht bei den Kunden wahrscheinlich einen guten Eindruck und abends tun einem davon dann die Wangen weh.

»Nein, das würde keine Firma bezahlen. Ich bin selbstständig und habe ein kleines Atelier hier in der Nähe. Tassen sind mein Hauptprodukt. Ich fertige sie in verschiedenen Farben und

Formen an – alles Einzelstücke.«

»Tassen«, wiederholt er. »Dann könntest du mein Büro ausstatten. Wir haben einheitliches Geschirr und geraten deswegen ständig durcheinander. Niemand kann sich merken, wem welcher Kaffee gehört.«

Ich bestätige, dass das durchaus möglich ist. Auf dem Handy zeige ich ihm einige Bilder und komme mir ein bisschen vor wie in einem Vorstellungsgespräch.

»Das sind ja verrückte Arbeiten. Sofern ich das als Laie beurteilen kann. Du hast meinen Respekt. Ich kann nur mit Zahlen umgehen. Selbst ein Strichmännchen zu zeichnen, ist mir nicht möglich«, gesteht er und lächelt peinlich berührt.

»Dafür gibt es ja dann Leute wie mich.«

Tom greift in die Innentasche seines schmal geschnittenen Sakkos und zieht eine Visitenkarte hervor. »Ich gebe dir meine Nummer. Melde dich gerne und ich frage in der Zwischenzeit im Büro nach, ob jemand Interesse an einer eigenen unverwechselbaren Tasse hat.«

Strahlend nehme ich die Karte entgegen und nicke. »Gerne. Ich kann dir ja mal einige Fotos schicken und du kannst sie deinen Mitarbeitern zeigen.«

»Da freue ich mich schon«, sagt er und es klingt nicht nach einer freundlichen Floskel, sondern, als würde er das ernst meinen.

Lange können wir leider nicht hier sitzen, doch als er zu seinem Termin aufbrechen muss, ist die Bluse getrocknet.

»Ich bezahle. Die Einladung kam ja von mir«, sagt er und legt das Geld auf die Untertasse auf dem Tisch.

Ein kurzes Stück gehen wir noch nebeneinander her und, als wir uns an einer Kreuzung trennen, reichen wir uns die Hand.

»Ich schicke dir dann heute Fotos der Tassen.«

»Sehr gerne. Ich freue mich schon drauf und sorry noch mal wegen deiner Bluse. Wenn du sie nicht mehr sauber bekommst, melde dich gern und ich ersetze sie dir.« Wieder schenkt er mir ein Lächeln, drückt meine Hand, dann geht er.

Ich bleibe einen Moment stehen und sehe ihm nach. Das war ein guter Start und Tom ist wirklich nett. Wenn ich jetzt auch noch eine große Bestellung von ihm bekomme, wird er sich jeden Tag im Büro an mich erinnern.

Besser hätte es nicht laufen können, oder?

Kapitel 8

Nachdem ich die Bluse im Atelier ausgewaschen und erneut in die Sonne gehängt habe, arbeite ich den restlichen Vormittag und drehe einen Tassenrohling nach dem anderen. Der wird dann zum Trocknen auf Zeitungspapier gestellt. Bald ist das ganze Regal voll und, wenn ich Glück habe und das Wetter so warm bleibt, sind die Rohlinge in zwei Tagen trocken und ich kann die Henkel anbringen.

Nachdem ich den restlichen Ton zusammengepackt und mir die Hände gewaschen habe, platziere ich die bereits trockenen Tassen, die ich vor einigen Tagen gemacht habe, im Brennofen. So ein Ofen frisst enorm viel Strom und ich schalte ihn erst an, wenn er voll bepackt ist, sonst würde sich das niemals lohnen. Vielleicht ist ja eine Tasse dabei, die bald bei Tom im Büro stehen wird, denke ich und muss lächeln. Dass er mich gleich auf einen Kaffee eingeladen hat, hätte ich nicht gedacht, und es ist besser gelaufen, als ich mir das hätte vorstellen können. Es wäre durchaus möglich gewesen, dass er ein Arsch ist und mich mit meinem verschütteten Kaffee einfach stehen lässt.

Was hätte ich dann eigentlich gemacht? Im Kopf spiele ich verschiedene Situationen durch und bin so abgelenkt, dass ich Zoe gar nicht bemerke, die mein Atelier betreten hat. Erst, beim Schließen der Ofentür bemerke ich sie. Wie im Horrorfilm steht meine Freundin dahinter und ich zucke zusammen.

»Meine Güte! Hast du dich angeschlichen?«

»Töpferst du seit Neuestem nackt?« Sie deutet auf den BH, den ich trage. Die Bluse hängt noch draußen.

»Nein, ich hab Kaffee über meine Bluse geschüttet und musste sie auswaschen. Weißt du, wer für den Kaffee-Unfall verantwortlich war?«

»Oh, du hast den Makler getroffen!« Sie schlussfolgert richtig und klatscht die Hände zusammen, als ich nicke.

»Ich bin mit ihm zusammengestoßen und da flog mein Kaffeebecher. Das Resultat war eine vollkommen durchtränkte Bluse und eine Einladung zu einem Ersatzkaffee.« Ich verriegle die Tür des Brennofens und nicke zu der kleinen Teekanne, die auf dem Fenstersims steht. »Möchtest du etwas trinken?«

»Sehr gerne. Ich habe sowieso vorgehabt, ein wenig zu bleiben. Du musst mir unbedingt erzählen, wie es gelaufen ist.« Zoe bleibt vor dem Regal stehen, das die Tassen beinhaltet, die ich regelmäßig benutze, und mustert eine nach der anderen. »Hm, welche soll ich heute nehmen?« Sie greift sich eine große hellblaue mit kleinen Sternchen und dem Halbmond als Griff. »Ich nehme die hier.«

Gemeinsam sitzen wir in der Sonne vor dem Gebäude, trinken unseren Tee und ich erzähle von dem Treffen.

Zoe hört aufmerksam zu und kann nicht aufhören zu grinsen. »Das ist wirklich gut gelaufen, findest du nicht?«

»Zumindest hat er sich ein bisschen mit mir unterhalten, schien interessiert und hat mir seine Telefonnummer gegeben.« Ich habe die Karte noch in der Tasche und mich bisher nicht bei ihm gemeldet, obwohl ich ihm Fotos schicken wollte. Ich muss das dringend machen, bevor es zeitlich zu lange her ist, um noch mal Kontakt aufzunehmen.

»Hast du ihm denn von deinem Job erzählt?«, will Zoe wissen und nickt zum Fenster meiner Werkstatt hoch.

»Ja, ich habe ihm gesagt, dass ich Keramikerin bin, aber nicht, dass ich eine neue Werkstatt suche. Ich dachte, ich melde mich in einigen Monaten bei ihm, wenn er mir mehr von dieser Fabrik erzählen kann. Dann kann ich Interesse zeigen und bin hoffentlich weit vorne auf der Liste.«

»Das würde ich dir wünschen«, sagt Zoe und nimmt einen Schluck Tee. »Ich meine, es wäre ja nur fair von ihm, dich dann ganz nach oben auf die Liste zu setzen. Ich gehe mal nicht davon aus, dass er viele Freunde und Bekannte hat, die zufällig ebenfalls ein Atelier suchen. Da wirst du gute Chancen haben.«

Ich nicke und deute auf die Tasse in Zoes Händen. »Und ich kann mich sogar in seinem Büro festsetzen. Er hat gefragt, ob ich ihm Bilder meiner Tassen schicken kann. In seinem Büro würden sie ständig die Getränke verwechseln und er hätte gerne einige Unikate.«

Zoe hebt die Brauen und strahlt. »Das ist genial. So wird er jedes Mal an dich denken, wenn er in der Kaffeeecke steht. Er kann dich quasi nicht vergessen. So hast du einen Platz schon fast sicher.« Sie grinst und mustert die Sternchentasse in ihrer Hand. »Soll ich dir beim Foto machen helfen?«

Gemeinsam suchen wir die schönsten Stücke aus meinem aktuellen Bestand heraus und drapieren die Tassen auf dem hölzernen Arbeitstisch. Die Bilder schicke ich dann per Nachricht an Tom. Und lade sie parallel bei Instagram hoch, um die Follower zu füttern.

Hey, ich habe hier mal einige Tassen rausgesucht. Lass mich gerne wissen, welche du haben möchtest. Viele Grüße, Holly

Ich bin gespannt, ob er sich meldet oder ob das Interesse an den Tassen nur geheuchelt war. Die Nachricht wird wenig später gelesen, das sehe ich an den zwei blauen Haken, die neben der Sprechblase angezeigt werden, doch eine Antwort bleibt Tom mir heute schuldig.

***

In den folgenden Tagen drehe ich eine Tasse nach der anderen und die Exemplare, die den Schrühbrand – den ersten Durchgang im Brennofen – schon hinter sich haben, können bemalt werden. Beim zweiten Brenndurchgang, wenn die Farben auf dem Ton zu Glas schmelzen, erhalten sie ihre endgültige Färbung.

Da ich schon so lange in meinem Beruf arbeite, bringt es mich nicht mehr durcheinander, dass die Farben im ungebrannten Zustand anders aussehen. So ist zum Beispiel eine Farbe bei der Verarbeitung rosa und wird erst im Ofen zu einem strahlenden Türkis. Das irritiert enorm und wenn man die Tassen auf den Regalen ansieht, könnte man meinen, ich hätte kein Gespür für

Farben, doch mein Onlineshop beweist das Gegenteil; hier findet man alles, was das Herz begehrt. Ob man lieber eine minimalistische schwarze Tasse oder eine durchgeknallte bunte mit lustigem Henkel haben möchte. Fündig wird man immer. Während der Ofen arbeitet, platziere ich die fertigen Tassen vor einem schönen Hintergrund, stelle noch ein wenig Deko dazu und knipse dann ein Bild nach dem anderen. Mein Onlineshop muss immer auf dem aktuellen Stand sein, nur so kann ich gewährleisten, dass meine Kunden auch immer die neuesten Werke sehen und die Kauflust angeregt wird.

Die ganzen Tassen zu fotografieren und online zu stellen, braucht Zeit und ein ganzer Arbeitstag geht für diese Organisation drauf. Aber ich mache es gern, schließlich sichert es mir ein halbwegs konstantes Einkommen und das ist als Selbstständige nicht zu verachten. Obwohl ich ein gutes Gefühl habe, was ein neues Studio angeht, empfinde ich bisher keine Sicherheit. Der Onlineshop muss deswegen gut bestückt sein und am besten noch mehr Kunden anziehen, sodass ich im Herbst – zumindest theoretisch – erst einmal vom Verkauf der Sachen leben könnte, die ich jetzt auf Vorrat herstelle. Sobald die Fotos gemacht sind, drucke ich am Computer die eingegangenen Bestellungen aus, checke, ob das Geld bezahlt wurde, und suche dann nach den gewünschten Produkten. Zum Glück habe ich meine Tassen nach Farben in Kisten geordnet, so bin ich schneller und bald verschwinden die guten Stücke in buntem Füllmaterial und die Versandkartons stapeln sich neben der Tür.

Der Ofen wird über Nacht laufen und morgen kann ich die neuen Produkte in die Regale stellen. Mittlerweile ist es halb sechs und ich muss mich beeilen, wenn die Pakete noch zur Post sollen. Im Treppenhaus begegne ich Phil, der jetzt wohl auch Feierabend macht und mir dabei hilft, die restlichen Pakete nach unten zu tragen.

»Läuft bei dir, oder?«, fragt er gut gelaunt und legt die Päckchen in die Ikea-Tüte, mit der ich meist alles transportiere.

»Ja, ich kann mich nicht beklagen«, gebe ich zu und bin froh über den Onlineshop. »Wie läuft's bei dir?« Umsichtig wuchte ich mir die Tasche über die Schulter.

Phil – ganz der Gentlemen – sieht meine Mühe nicht und spaziert gelassen neben mir her. Über seiner Schulter hängt nur eine schmale Tasche. »Ich hab das Bild mit deinem Schuhabdruck jetzt fertig. Ich nenne es Kunstzerstörung.«

»Haha, vielen Dank.«

»Das darfst du als Kompliment sehen. Wenn ich dafür viel Geld kriege, bekommst du dreißig Prozent«, schlägt er vor und klopft mir auf die Schulter. »Ich hab es vorhin schon gepostet und einige Likes bekommen. Vielleicht meldet sich ja jemand, der es gerne kaufen will. Ich lasse es dich wissen.«

Wir gehen noch wenige Meter nebeneinander her, dann biegt Phil zu einer Bushaltestelle ab und ich mache mich auf den Weg zur Post.

Die Tasche ist enorm schwer und ich ziehe sie ein wenig höher auf die Schulter. Hoffentlich ist bei der Post nicht allzu viel los.

Kapitel 9

Kam heute ganz Peckham auf die Idee, zur Postfiliale zu gehen?

Mir scheint es so, denn die Schlange ist unfassbar lang. Die Ikea-Tüte mit den Päckchen stelle ich auf den Fußboden und schiebe sie jedes Mal ein wenig weiter, sobald sich die Schlange ein Stück nach vorn bewegt. Nebenbei scrolle ich mich durch das Handy, doch Tom hat noch immer nicht auf meine Nachricht geantwortet. Wahrscheinlich hat er zu tun. Wenn er wirklich diese Fabrik gekauft hat, steht jetzt sicherlich einiges an. Ich habe keine Ahnung, was man alles organisieren muss, wenn man ein Gebäude sanieren will. Das ist vermutlich eine unendlich lange Liste.

Als ich damals in mein Atelier gezogen bin, war das schon Aufwand genug. Allein, den Brennofen die Treppe hinauf zu bekommen, schien unmöglich und mir graut davor, dieses Ding erneut umziehen zu müssen. Es wiegt fast eine Tonne und die Treppe im Gebäude ist schmal.

Wieder geht es einige Schritte vorwärts und ich kann zumindest den Eingang der Postfiliale sehen. Lange kann es nicht mehr dauern und ich lasse gerade den Blick schweifen, da fallen mir zwei Anzugträger auf, die in einiger Entfernung unterwegs sind. Ist einer davon nicht Tom? Ich stelle mich auf die Zehenspitzen und stolpere dabei fast über meine Tasche. Wie habe ich es geschafft, mich mit dem Fuß im Henkel zu verfangen? Obwohl es niemand gesehen hat, schießt mir die Röte ins Gesicht. Wenn Tom das gesehen hätte, wäre ich mit Sicherheit im Gedächtnis geblieben. Ich bücke mich, um den Fuß zu befreien.

»Holly?«

O nein, das darf nicht wahr sein. Rasch richte ich mich auf und hoffe, dass mein Gesicht wieder eine normale Farbe hat. »Hallo Tom. Was machst du denn hier?« Ein Räuspern und ich klinge wieder normal.

Toms Kollege mustert amüsiert meinen Fuß, der noch immer halb in der Schlaufe festhängt. In dem Moment rückt die Schlange weiter vor und wie eine Gefangene an einer Kette mit Gewichtskugel, ziehe ich die Tasche hinter mir her, um aufzurücken.

»Du hängst fest«, sagt Toms Kollege überflüssigerweise und deutet auf die Tasche.

»Ja, das ist mir schon aufgefallen«, gebe ich zurück und löse meinen Fuß, indem ich, ohne hinzusehen, hin- und her wackele.

»Wir kommen von einem Anwalt. Meine Firma hat heute ein neues Gebäude gekauft und jetzt sind wir auf dem Weg zurück ins Büro, um das zu feiern.«

»Ach, du bist im Immobiliengeschäft?«, frage ich scheinheilig nach, denn Tom hat mir beim Kaffeetrinken nicht gesagt, was er beruflich macht.

»Ich bin Makler, ja. Wir müssen jetzt weiter, aber ich wollte dir nur sagen, dass ich deine Nachricht bekommen habe und mich auf jeden Fall melde. Nicht, dass du denkst, ich hätte es vergessen.« Er lächelt entschuldigend und ich erwidere es.

Wenn er wichtige Verträge verhandeln musste, dann hatte er anderes im Kopf, als sich um meine Tassen zu kümmern. Außerdem bedeutet das, dass er die Fabrik nun gekauft hat und ich meinem Traum einen kleinen Schritt näher bin.

»Dann freue ich mich, von dir zu hören.«

»Ich mich auch, bis bald und pass auf die Taschenschlaufen auf«, sagt er und deutet zu meiner Ikea-Tüte.

Kaum haben sie sich einige Schritte entfernt, fragt sein Kollege ihn etwas. Wahrscheinlich will er wissen, woher wir uns kennen. Eine berechtigte Frage, denn ich glaube nicht, dass sich ein Immobilienmakler ansonsten mit Künstlerinnen trifft. Außer er hätte ein Faible für sowas, aber Tom hat ja selbst gesagt, dass bei ihm sogar Strichmännchen ein Desaster sind.

Wie nett von ihm, die Nachricht zu erwähnen. Er scheint sehr bedacht darauf zu sein, einen guten Eindruck zu machen – oder ist einfach nur höflich.

Wenig später geht es flotter voran und ich werde meine Lieferungen endlich los. Mit der leeren Tasche über der Schulter schlendere ich nach Hause, mache einen kurzen Abstecher zum Supermarkt und habe dann Feierabend.

Dass ich Tom zufällig begegnet bin und er mich sogar erkannt hat, hängt mir positiv nach. Er hat mich von sich aus angesprochen und das kann nur bedeuten, dass ich einen gewissen Eindruck bei ihm hinterlassen habe. Zwar wird der eher chaotisch gewesen sein, aber schlussendlich ist nur wichtig, dass er sich an mich erinnert, um bei der Vergabe der Studios dann an mich zu denken. Und, wer weiß, vielleicht war der Kaffee-

Unfall dabei von Vorteil. So was vergisst man nicht so schnell.

Bevor ich etwas koche, schrubbe ich meine Hände, die wie jeden Abend staubig sind, dann stelle ich mich in die kleine Küche. Auf dem Handy habe ich einen Podcast eingeschaltet und schneide Gemüse, als es kurz vibriert und meine Aufmerksamkeit auf sich zieht. Ob das die Nachricht von Tom mit der Tassenbestellung ist?

Liebe Holly, wie versprochen, sende ich dir meine Bestellung. Wir möchten fünfzehn Tassen bei dir kaufen. Gerne möglichst unterschiedlich, aber vom selben Fassungsvermögen; wir trinken alle viel Kaffee;) Außerdem wollte ich dich fragen, ob du Lust hast, morgen mit mir zusammen Mittagessen zu gehen. Ich habe um 12 Pause und in Gesellschaft schmeckt es immer besser. Wenn du magst, dann treffen wir uns im Monkeys. Liebe Grüße, Tom.

Er hat fünfzehn Tassen bestellt! Ich mache einen Hopser und notiere mir auf einem Zettel, dass ich morgen auf jeden Fall die buntesten Tassen aus meinem Lager aussuchen werde. Vielleicht bekomme ich das schon am Vormittag hin und kann Tom zum Mittagessen die Lieferung gleich mitbringen.

Er scheint mich nett zu finden, sonst würde er mich nicht zum Mittagessen einladen. Ich habe also einen positiven Eindruck hinterlassen und bin im Gedächtnis geblieben – genau wie ich es beabsichtigt hatte. Wobei mir unsere heutige Begegnung eher peinlich war. Hoffentlich denkt er nicht, dass ich immer so schusselig bin. Gut gelaunt und fest davon überzeugt, morgen auf jeden Fall weder einen Kaffee-Unfall, noch ein Ikea-Tüten-Gate zu veranstalten, koche ich weiter und freue mich auf den nächsten Tag. Meine Wohnung muss wohl doch nicht zum Tassenmuseum werden. Was gut ist, denn Platz dafür hätte ich hier gar nicht.

Kapitel 10

Am nächsten Tag bin ich früh auf den Beinen. Der Morgen ist angenehm kühl und ich gehe zu Fuß von meiner Wohnung bis ins Atelier, genieße die frische, frühsommerliche Luft. Mit jedem Atemzug kann man riechen, dass es heute Nachmittag warm werden wird – und den Verkehr, der wie jeden Morgen die Hauptstraße verstopft.

Um den Abgasen ein wenig zu entkommen, nehme ich eine Abkürzung durch einen Park, wo mir am anderen Ende eine leere Gewerbefläche auffällt. Das große Schaufenster ist nicht sonderlich staubig. Lange kann das noch nicht leer stehen. Schnell überquere ich die Straße und luge neugierig durch das Schaufenster. Das wäre perfekt für mich! Der Fußboden ist gefliest, die Wände hell gestrichen und ich kann sogar einen kleinen Flur sehen, der in einen Nebenraum führt. Sicherlich war das hier mal ein Café oder ein Geschäft, aber gegen eine Werkstatt mit Verkaufsfläche hätte ich nichts einzuwenden. Tatsächlich sehe ich vor meinem inneren Auge bereits den Arbeitstisch und den Brennofen hier stehen. Wenn man am Laden vorbeigeht, könnte man mir beim Arbeiten zuschauen, was interessant für Kinder wäre. Eine Livedemonstration, wenn man so will.

Wie cool!

Rasch ziehe ich mein Handy aus der Tasche und fotografiere den Laden, dann sehe ich mich nach einem Aushang um, der eine Vermietung der Fläche ausschreibt, finde aber keinen. Entweder ist der Laden erst seit heute leer und man konnte noch nichts aufhängen, oder jemand hat sich die Räumlichkeiten sofort gekrallt. Während ich dastehe und nachdenke, kommt ein Mann auf das Gebäude zu und steuert die Tür an.

»Entschuldigung«, sage ich atemlos und setze ein breites Lächeln auf, als er anhält. »Dieser Laden …« Ich deute mit dem Finger über meine Schulter. »… wissen Sie, ob der zufällig vermietet wird?«

»Das Café?« Der Mann kratzt sich am Kopf und sieht an mir vorbei zu den leeren Fenstern. »Da war bis vor kurzem noch Andy drin. Ich weiß nicht, ob es schon einen Nachmieter gibt. Der Vermieter wohnt im Haus. Kommen Sie mit rein und ich klingele bei ihm, dann können Sie nachfragen.«

Fantastisch. Ich habe heute einen guten Tag! »Sehr gerne.«

Der Mann schließt die Tür auf und ich betrete nach ihm das schmale Treppenhaus. Es riecht nach kühlen Fliesen und Holz und ich folge dem Mann die Treppe hinauf. »Da war also vorher ein Café drin?«, hake ich nach. »Ich bin Keramikerin und suche eine Werkstatt mit Verkaufsfläche.«

Tue ich nicht, aber das passt besser zu diesem Laden.

»Keramikerin. Wow, das ist sicher ein toller Beruf«, murmelt der Mann leicht keuchend und wir bringen die letzten Stufen hinter uns. »Hier wohnt Mr Santos. Ihm gehört das Haus.« Er drückt auf die Klingel und wir warten.

Dabei weiche ich seinem Blick aus. Ich will nicht starren.

Er mustert mich interessiert. »Suchen Sie schon lange?«

»Nein, aber ich muss bis Ende des Jahres ausziehen. Es ist dringend, dass ich was finde«, antworte ich ehrlich.

Er scheint das nachvollziehen zu können und nickt langsam. Noch einmal drückt er auf die Klingel, doch Mr Santos scheint nicht da zu sein.

»Wenn du mir deine Nummer gibst, kann ich sie ihm weiterleiten, sobald er da ist. Ich sehe ihn jeden Tag im Treppenhaus«, bietet er an. »Wenn Mr Santos nicht da ist, kannst du gerne bei mir warten. Ich habe frische Kaffeebohnen gekauft.« Er hebt die Tüte hoch, die er in der Hand hält, grinst und mir ist mit einem Mal nicht mehr so wohl.

Die Art, wie er mich mustert, hat etwas von Fleischbeschau und ich bin in meiner Latzhose alles andere als sexy. »Ich glaube, ich gehe und werfe ihm meine Nummer einfach in den Briefkasten«, sage ich schnell und wende mich zur Treppe. Mist, einen Stift und einen Zettel habe ich natürlich nicht dabei.

»Ich kann dir Zettel und Stift geben«, bietet er mir an und nickt zu einer weiteren Tür, hinter der sich seine Wohnung befindet.

»Ja, gerne«, sage ich möglichst selbstsicher und bleibe am Treppengeländer stehen. Ich werde garantiert nicht mit ihm in die Wohnung gehen. Ein Gefühl sagt mir, dass ich mich aus dem Staub machen sollte.

Er schließt seine Tür auf und den kurzen Blick, den ich in die kleine, zugemüllte Wohnung erhasche, reicht mir. Sobald er in dem Chaos verschwunden ist, um einen Zettel zu suchen, suche ich auch etwas – und zwar das Weite.

Mit eiligen Schritten biege ich um die nächste Ecke, nehme einen Weg, der eher unüblich ist, damit ich sicher sein kann, dass der Typ mir nicht folgt, und atme tief ein, um das nervöse Herzklopfen zu unterdrücken. Komischer Kerl. Ob ich heute Nachmittag noch einmal dorthin gehe und meine Visitenkarte in den Briefkasten von Mr Santos werfe? Allerdings würde ich dann in einem Haus arbeiten, in dem ein Typ wohnt, der mir nicht geheuer ist.

Den ganzen Vormittag zerbreche ich mir den Kopf darüber, ob ich in den sauren Apfel beißen und mich für die Ladenfläche bewerben soll, obwohl der Mann im selben Haus wohnt, oder ob ich es lasse. Allerdings habe ich keine Garantie, dass ich den Laden überhaupt bekomme, und wenn ich es nicht versuche, wäre es eine vergebene Chance. Ich bin nicht in der Position, Ansprüche zu stellen, dazu ist meine Lage viel zu unsicher.

Mist. Wie unfair, dass ich am kürzeren Hebel sitze und das nehmen muss, was ich kriege, um nicht auf der Straße zu sitzen.

Ein Grund mehr, mich mit Tom gutzustellen.

***

Die Begegnung am Vormittag beschäftigt mich noch eine ganze Weile, doch ich kann mich gut ablenken und habe genug damit zu tun, die gebrannten Tassen aus dem Ofen zu nehmen und im Regal einzusortieren.

Danach ziehe ich Tassenrohlinge mit einem feuchten Schwamm ab, um die Oberfläche zu glätten. Nebenbei wird Instagram mit neuen Impressionen aus meiner Werkstatt gefüttert und gegen Mittag reißt mich eine Nachricht aus meiner Routine.

Bis gleich beim Mittagessen. Ich hoffe, Du hast Hunger. Liebe Grüße, Tom

Scheiße, ich hab das Mittagessen vergessen! Also, nicht den Termin an sich, sondern, dass das heute geplant war. Hätte ich das nur heute Morgen schon im Kopf gehabt, als ich mich angezogen habe.

Hab ich aber nicht. Und jetzt stehe ich in meiner Latzhose im Atelier und frage mich, ob ich absagen soll. Ich mag die Hose total gern, doch bei einem Mann geht die wahrscheinlich gar nicht. Im Vorbeigehen werfe ich einen Blick in den Spiegel an der Innenseite der Tür und muss mir eingestehen, dass ich heute wie ein Teenager aussehe. Was es noch seltsamer macht, dass der Typ vor dem Laden mich so angesehen hat. Rasch stelle ich die Tassenrohlinge ab und ziehe mir die Zopfgummis aus den Haaren. Wenn ich sie offen trage, macht mich das garantiert älter. Nein. Das reicht nicht aus. Testweise wuschele ich mir durch die dunklen Locken, mit dem Resultat, dass ich aussehe wie nach einem Wirbelsturm.

Geht gar nicht.

Natürlich habe ich keinen Kamm oder etwas in der Art dabei, finde aber in meinem Rucksack ein rotes Halstuch und binde es mir um den Kopf. Jetzt sehe ich aus wie die Damen auf den »We can do it«-Plakaten der

Amerikaner in den 50er-Jahren. Damit kann ich mich anfreunden, auch wenn ich nicht der Typ für Tücher in den Haaren bin. Besser als zwei Zöpfe ist das trotzdem.

Die Tassen, die Tom bei mir bestellt hat, habe ich schon zusammengesucht und in einer Box verpackt. Das bunte Füllmaterial raschelt, als ich den Deckel schließe und zuklebe, um mich dann auf dem Weg zum *Monkeys* zu machen. Zu Fuß bin ich mindestens zwanzig Minuten unterwegs.

***

Draußen knallt die Sonne vom Himmel und ächzend nehme ich den ersten Atemzug der aufgeheizten Luft. Meine Güte ist das schwül. Aber so trocknen die gedrehten Sachen wenigstens binnen weniger Stunden und meine Effektivität steigt. Das ganze Regal steht aktuell voll und bald kann ich den Brennofen wieder neu bestücken! Ich bin richtig im Flow.

Diese Kündigung – egal, wie sehr sie mich geschockt hat – hat meiner Motivation enorm gutgetan. Früher habe ich gemütlich vor mich hingearbeitet und mir wenig Gedanken über Zeitmanagement gemacht. Jetzt, da ich weiß, dass diese Zeit begrenzt ist, schaffe ich mehr. So muss es Leuten gehen, die eine schlimme Diagnose bekommen und ihr Leben ganz anders leben. Ja, meine Situation ist nicht mit einer Krankheit zu vergleichen, trotzdem sehe ich einen Unterschied zu meiner früheren Arbeitsweise und wünschte, ich hätte eher so viel Gas gegeben. Dann wäre mein Onlineshop heute der bekannteste in England. Aktuell hat er nur im Londoner Raum einen gewissen Bekanntheitsgrad, aber außerhalb der Stadt kennt mich kein Mensch. Dabei wäre es supercool, wenn ich zum Beispiel kleine Hotels ausstatten dürfte oder Kooperationen mit Geschäften bekäme, um dort Geschirr verkaufen zu können. Ich würde eine spezielle Linie extra für den ländlichen Raum entwickeln. Eine, die ein wenig kitschig ist – genau das, was die Städter mögen, wenn sie sich auf dem Land ein Souvenir kaufen.

Gut gelaunt, weil mir die Ideen für neue Kollektionen nicht ausgehen, schlage ich den Weg zu dem kleinen Restaurant ein und schon von Weitem sehe ich, dass Tom bereits wartet.

Das Sakko hat er sich über eine Schulter geworfen und telefoniert, sieht mich aber und nickt mir freundlich zu, während er weiterspricht: »... dann machst du den Termin mit dem Architekten etwas früher und ich komme dann nach. Ich bin zum Mittagessen verabredet. Bis später.« Er legt auf und schiebt das Smartphone in die Hosentasche. »Hey, hast du meine Bestellung schon dabei?« Er deutet auf die Tüte, die ich mir über die Schulter gehängt habe.

»Ja, wie gewünscht. Und sie sind alle bruchsicher eingepackt.«

»Gut, dass du sie heute nicht mit den Füßen transportierst. Ich hatte bei unserer letzten Begegnung wirklich Angst, du könntest dich auf die Nase legen.« Er lacht und öffnet die Tür. »Komm rein. Warte, ich nehme dir das ab, es sieht schwer aus.« Er greift nach dem Henkel und schließt die Faust darum.

»Vielen Dank. Aber Vorsicht, es ist wirklich schwer.«

Mir fällt auf, dass er kräftige Hände hat und das, obwohl er in einem Büro arbeitet. Vielleicht hat er ein handwerkliches Hobby.

»Ich hab uns einen Tisch reserviert. Hier ist zur Mittagspause immer viel los«, erklärt er mir und nennt der Bedienung seinen Namen.

Sie deutet auf einen Platz am Fenster, der von der Sonne so aufgeheizt ist, dass ich mir schon nach wenigen Minuten wie in meinem Brennofen vorkomme. Kurzerhand ziehe ich das Zopfgummi vom Handgelenk und binde mir die Haare hoch. So viel zu »Ich trage keinen Zopf, das macht mich zu kindlich«, aber es ist kaum auszuhalten.

Tom bemerkt die Hitze ebenfalls und bläst die Backen auf. »Heute bestelle ich nur was Leichtes zum Mittag. Ein Eis oder so was.« Er grinst.

»Ja, Eis wäre eine gute Idee, aber ich brauche etwas, das satt macht. Ich muss gleich noch ein bisschen arbeiten.« Ich ziehe die Speisekarte zu mir und staune. Die Preise sind ordentlich. 28 Pfund für einen kleinen Salat und ein Wasser kostet sieben. Mein Erstaunen muss mir ins Gesicht geschrieben stehen und ich sehe im Augenwinkel, dass Tom mich mustert.

»Das geht auf mich, schau bitte nicht auf die Preise. Schließlich habe ich dieses Restaurant vorgeschlagen und dich gefragt, ob wir gemeinsam Mittagessen wollen.« Er spricht mit einer so höflichen Selbstverständlichkeit, dass ich nicht das Gefühl habe, dass er mich bevormundet. Nein, er will höflich sein.

Nett von ihm.

»Danke«, sage ich und entscheide mich für einen Reissalat mit Putenbrust und ein Wasser.

Für mehr ist mir heute zu warm.

Nachdem die Bestellung aufgegeben ist, zieht Tom die Tüte unter dem Tisch hervor und greift nach dem Karton. »Darf ich hineinsehen?«

»Natürlich, du hast das alles ja bestellt. Es sind deine Tassen.« Ich mache eine auffordernde Handbewegung und sehe ihm zu, wie er das Klebeband löst und in die bunten Maisverpackungsflocken greift.

»Oh, wow!« Anerkennend zieht er die Brauen hoch. »Die sind ja in echt noch bunter als auf den Bildern. Die werden wir im Büro garantiert nicht mehr verwechseln.« Eine nach der anderen holt er aus der Kiste und stellt sie auf den Tisch. »Wie lange brauchst du für eine solche Tasse?«

»Vier bis sechs Wochen, je nach Wetterlage.«

»Wetterlage? Inwiefern hängt das vom Wetter ab?«, fragt er und dreht eine pinkfarbene in den Händen.

»Wenn es draußen heiß und trocken ist, dann trocknen die Tonrohlinge binnen weniger Stunden. Im Winter kann das Wochen dauern und verlängert somit den kompletten Herstellungsprozess«, erkläre ich und Tom nickt verstehend.

»Das Tempo deiner Arbeit hängt also von dir und dem Wetter ab ...«

Und davon, ob man Räumlichkeiten hat, hätte ich fast gesagt, verkneife es mir aber. Womöglich fühlt er sich mir gegenüber dann verpflichtet. Außerdem will ich das Gespräch locker und natürlich auf das Atelier richten. Im Moment wäre das zu konstruiert. Deswegen frage ich, was ihn bei seiner Arbeit behindert, und er berichtet von Baugenehmigungen und Gutachten, die manchmal Wochen dauern, und ihn und seine Firma in den Wahnsinn treiben.

»Aktuell baue ich eine alte Fabrik um. Es sollen Künstlerwerkstätten hinein und da brauche ich unfassbar viele Genehmigungen, die den Prozess enorm verlangsamen«, berichtet er und zuckt seufzend mit den Schultern.

Kurz halte ich die Luft an. Jetzt weiß ich offiziell davon, was er gerade plant, und kann darauf eingehen.

»Immobilien umzubauen, macht mir großen Spaß. Die Planung, die Ideensammlung, ja, sogar das Berechnen des Budgets. Aber die Bürokratie mit den Ämtern der Stadt macht mich wahnsinnig.«

»Das kann ich mir gut vorstellen. Umso besser, dass du jetzt eine kleine Pause davon hast.« Ich kann mir ein Zwinkern nicht verkneifen und Tom erwidert es mit einem herzlichen Lächeln.

Das Essen kommt schnell und der erste Bissen rechtfertigt den Preis. Es schmeckt köstlich und in kürzester Zeit sind die Teller leer.

Als es ans Bezahlen geht, hält Tom kurz inne und deutet auf den Karton mit den Tassen, der zu seinen Füßen steht. »Was bekommst du dafür?«

»375 Pfund«, sage ich und er nickt.

»Soll ich bar zahlen oder es dir überweisen?«

Ich denke an mein leeres Portemonnaie. Wir einigen uns auf Bargeld und er bekommt noch eine Rechnung von mir per Mail. Natürlich hat Tom nicht so viel Geld dabei, weshalb er vorschlägt, dass wir uns morgen wieder zum Mittagessen treffen. Dabei hält er den Blick ein wenig länger und strahlt, als könnte er es kaum erwarten.

»Ich bringe dir das Geld morgen mit. Möchtest du morgen die Location aussuchen? Ich freue mich, wenn wir wieder gemeinsam die Mittagspause verbringen. In Gesellschaft schmeckt es immer besser. Und es ist schön, sich über andere Dinge als Immobilien unterhalten zu können.«

Kapitel 11

Bei unserem nächsten Mittagessen bringe ich Tom die Rechnung für die Tassen mit und bekomme mein Geld. Er ist begeistert und berichtet von den Vorteilen, die meine Kreationen in sein Büro bringen.

»Jetzt wissen wir sofort, wer seine Tasse nicht abgespült hat. Vielen Dank, Holly.«

Wir essen in einem kleinen Restaurant in einem Hinterhof. Es ist versteckt und ein wenig alternativ. Mit seinem Anzug passt Tom hier nicht zur Zielgruppe, die eher aus Künstlern und Studenten besteht, und wirkt in den ersten Momenten, als hätte er sich verlaufen. Ich hingegen passe hier gut hin und mag die Atmosphäre, die das Restaurant mit den rauen Backsteinwänden und den nicht zusammenpassenden Tischen ausstrahlt. Es hat etwas Unkonventionelles.

»Deine Tassen würden sich hier gut machen«, bemerkt Tom, als die Bedienung unser Mittagessen auf handgetöpferten Tellern bringt.

Ich mustere die Arbeit, die mir gut gefällt, mir aber ein wenig zu gleichmäßig ist. Meine Kreationen sind asymmetrisch, alle verschieden groß und haben Formen, die manchmal etwas unpraktisch sind.

»Hm, vielleicht wären meine Tassen ein bisschen zu bunt«, merke ich an und lasse den Blick über das Farbkonzept schweifen. Holz, das Rostrot der Backsteine und ein dunkles Petrol, das sich in den Sitzkissen der Stühle wiederfindet.

»Du könntest es farblich anpassen.« Er hebt die Hand, um die Bedienung nach Essig und Salz zu fragen, und, als sie an unserem Tisch steht, deutet er auf seinen Teller. »Sind die handgemacht?«

Nein, er wird doch nicht …

»Ja, die haben wir auf einem Flohmarkt erstanden«, antwortet die Bedienung lächelnd.

Tom deutet auf mich. »Meine zauberhafte Begleitung ist Keramikerin und hat einen exzellenten Stil. Ich könnte mir vorstellen, dass ihre Kreationen hier gut reinpassen.«

Ich spüre, dass meine Wangen glühen. Zauberhafte Begleitung hat er gesagt und macht nebenbei noch Werbung für mich. Keine Ahnung, was mich mehr in Verlegenheit bringt.

Die Bedienung scheint Toms Empfehlung nicht aufdringlich zu finden, oder sie überspielt es. Lächelnd sieht sie mich an. »Tatsächlich haben wir erst letzte Woche darüber nachgedacht, ein wenig frischen Wind reinzubringen. Hier, auf diesem Flyer finden Sie unsere Mailadresse. Schicken Sie gerne Fotos und wir melden uns.«

Nickend stecke ich den Flyer ein und senke den Blick, bis sie wieder weg ist.

»Hey, das muss dir nicht peinlich sein«, sagt Tom, streckt die Hand aus und berührt sachte meinen Arm.

In der Hoffnung, nicht mehr ganz so rot im Gesicht zu sein, sehe ich auf. »Ich finde es immer seltsam, mich anzupreisen«, gebe ich leise zu und versuche, die Gänsehaut zu ignorieren, die Toms Berührung auf meinem Arm auslöst. Sicherlich hat er sie gesehen.

Sein Blick wird ernst, fast unsicher. »Hätte ich das lassen sollen? Tut mir leid, Holly. Ich wollte dich auf keinen Fall in Verlegenheit bringen. Ich mag deine Arbeit und ich dachte, dass du dich über Werbung freust.« Er wirkt jetzt ebenfalls unsicher und sucht meinen Blick.

»Ich freue mich. Werbung ist immer gut. Ich lebe immerhin davon.« *Ja, wer weiß, wie lange noch.* »Trotzdem komme ich mir jedes Mal aufdringlich vor.«

»Das musst du nicht«, beschwört er mich und deutet auf den Briefumschlag mit meiner Rechnung, der auf dem Tisch liegt. »Du machst eine großartige Arbeit und ich finde, wenn man etwas mit Leidenschaft tut, dann können das die anderen Menschen auch wissen. Und diese Tassen sind richtige Stimmungsaufheller. Ich habe jeden Morgen gute Laune, wenn nach zwei Schlucken Kaffee der lustige Hund vom Tassenboden her auftaucht. Das amüsiert mich jeden Morgen aufs Neue.«

»Du hast dir die Tasse mit dem Hund ausgesucht?«, frage ich kichernd und stelle mir vor, wie Tom mit *dieser* Tasse an seinem Schreibtisch sitzt. Ob man ihn da als Chef ernst nimmt?

Die Idee habe ich vor einigen Monaten mit sämtlichen Tieren umgesetzt und es löst vor allem bei Kindern Begeisterung aus.

»Ich weiß, was du denkst«, sagt Tom und mustert mich amüsiert.

»So? Was denke ich denn?«, frage ich herausfordernd und stütze mein Kinn mit der Hand ab.

»Du denkst, dass ich eher ein Katzenmensch bin.«

»Nein, das nicht.« Ich muss kichern und er steigt mit ein. Wenn er lacht, bekommt er kleine Fältchen um die Augen, was ihn sehr herzlich aussehen lässt. »Ich denke, dass du sehr unseriös bist, wenn du diese Tasse benutzt. Nimmt man dich dann noch ernst?«

»Natürlich. Der Hund ist immer im Kaffee versteckt. Den bekomme nur ich zu sehen. Das ist mein kleines persönliches Highlight.«

Die Neckerei macht Spaß. Es ist eine Weile her, dass ich mit einem Mann herumgealbert habe und es sich gut angefühlt hat.

Als wir uns nach dem Lunch voneinander verabschieden, sagt er lächelnd: »Ich würde mich freuen, wenn wir das wiederholen. Du hast eine herrlich erfrischende Art, die mich in meiner Pause entspannt.«

»Mir geht's genauso«, antworte ich wahrheitsgemäß. Während des Mittagessens kam kein einziges Mal ein Gedanke an mein Atelier-Problem auf.

Zurück in der Werkstatt krame ich die Visitenkarte aus der Tasche und verfasse eine Mail an den Betreiber des Cafés, in der ich mich auf die Unterhaltung mit der Bedienung berufe und wie versprochen einige Fotos meiner Arbeiten zufüge. Wenn sich daraus ein Auftrag entwickeln würde, wäre das großartig. Ein komplettes Geschirrset flattert mir selten ins Haus, weil die meisten sich das nicht leisten können oder wollen, dabei unterschätzen viele Menschen, wie langlebig handgemachte Keramik ist. Nur selten platzt eine Ecke ab und sie sind wesentlich stabiler, weil ich nicht an Material spare. Diese Vorzüge verdeutliche ich in der E-Mail ebenfalls und hoffe, überzeugen zu können.

Am Abend gehe ich zu Fuß zurück nach Hause und mache noch einen kurzen Stopp bei dem leer stehenden Café von heute Morgen. Direkt nach meinem Besuch dort habe ich ein Schreiben an die Vermieter verfasst. Den Brief möchte ich gleich noch in den Briefkasten werfen. Vielleicht habe ich Glück und die Räumlichkeit wird an mich vermietet. Kurz bleibe ich auf der anderen Straßenseite stehen und sehe zu dem großen Schaufenster hin, da fällt mir ein Zettel auf, der am Fenster hängt und der heute Vormittag noch nicht da gewesen ist.

»Dieses Objekt ist bereits vermietet. Bitte sehen Sie von Anfragen ab.«

Mist, es ist schon weg. Meine Faust ballt sich um den Brief in meiner Tasche und zu Hause angekommen, werfe ich ihn direkt in den Mülleimer.

Das Glück war nicht auf meiner Seite.

Aber ich habe ja noch Tom, mit dem ein weiteres Mittagessen aussteht und mit dem ich mich gut verstehe. Noch ist nicht alles verloren.

***

Bereits nach wenigen Tagen ist es Routine, mir um die Mittagszeit den Staub von den Händen zu waschen, die Haare zu ordnen und mich auf den Weg zu machen. Wie schnell man sich doch an einen Termin gewöhnen kann!

Tom sagte, dass es in Gesellschaft viel besser schmeckt, und ich muss ihm recht geben. Sonst hatte ich mir mittags immer ein Lunchpaket gemacht oder etwas auf die Hand geholt und das dann im Atelier auf einem Drehstuhl am Fenster sitzend gegessen. Genuss ist was anderes. Mit Tom zusammen habe ich in der Mittagspause wirklich eine Pause und kann ein wenig abschalten, was gut ist, denn so komme ich erholt zurück zur Arbeit und kann mich wieder voller Elan hinein stürzen. Außerdem mag ich die Gespräche, die ich mit ihm führen kann. Es ist ungezwungen, locker, flirty und freundlich.

»Hat sich aus meiner Akquise etwas ergeben?«, fragt er mich zwei Tage später und deutet auf mein Handy, das zwischen uns auf dem Tisch liegt.

»Ich habe heute noch nicht in mein Postfach geschaut«, gebe ich zu, entsperre das Smartphone und rufe die E-Mails ab. Wie es der Zufall will, ist tatsächlich eine Mail des Cafébetreibers bei mir angekommen. Man zeigt sich begeistert vom Stil meiner Arbeit und erkundigt sich, ob ich Kuchenteller anfertigen könnte, die zu dem bisherigen Geschirr passen. »Sie haben sich gemeldet!«, rufe ich und zeige ihm die Mail.

Tom grinst stolz, weil er den Auftrag vermittelt hat, und nickt dann anerkennend. »Wenn du es mir gestattest, würde ich dir gerne dann beim Einpacken der Sachen helfen. Schließlich habe ich einen kleinen Teil zu diesem Auftrag beigetragen.«

»Sehr gerne, aber zuerst muss ich die Sachen herstellen, das dauert.«

»Ich kann warten«, sagt er und sein Lächeln wird breiter.

***

Der Teller-Auftrag kommt schneller zustande, als ich gedacht habe. Meine Preise liegen im Budget des Cafés und weitere zwei Tage später stehen die ersten Teller auf meinem Arbeitstisch, um zu trocknen. Durch die geöffneten Fenster rieche ich die warme Luft des Frühsommertages und bin zuversichtlich, dass die Rohlinge bald trocken sein werden. Die Form der Teller ist rund, aber ich habe mir ein detailliertes Muster einfallen lassen, das ich mit Stempeln in den abgeflachten Rand sowie in die Mitte gedrückt habe. Später wird sich die Farbe in den Tiefen sammeln und diese Details noch deutlicher hervorheben. Gerade suche ich die passenden Farben aus einer Mustersammlung heraus, als es an meiner Tür klingelt. Ob Tom mir einen Überraschungsbesuch abstatten will? Nervös zupfe ich meine Kleidung zurecht, öffne und bin zum ersten Mal fast schon enttäuscht, Zoe zu sehen.

»Du sahst schonmal begeisterter aus«, sagt sie lachend und schiebt sich an mir vorbei. »Ich war gerade in der Gegend und dachte, ich schaue bei dir vorbei. Oh, du machst Teller?« Neugierig sieht sie auf die Rohlinge auf dem Tisch. »Wechselst du die Sparte?«

»Nein, aber ich habe einen Auftrag bekommen. Ein Café möchte, dass ich Kuchenteller anfertige, und das sind sie.«

»Wunderschön. Welche Farbe bekommen sie?« Zoe beugt sich über die Muster, kleine Tonplättchen, jedes in einer Farbe lasiert und beschriftet, damit ich Anschauungsmaterial habe. Meine Freundin kennt mich schon so lange, dass auch sie mittlerweile ein Gespür dafür entwickelt hat, was harmonisch und schön ist.

Manchmal, wenn ich mich nicht entscheiden kann, hole ich mir ihren Rat.

»Ich dachte an dieses Orange. Das Café hat große Teller in Blau und weil der Ton schwer zu reproduzieren ist ...«

»... arbeitest du mit Kontrasten«, beendet sie meinen Satz und nickt. »Find ich gut. Bekomme ich einen Kaffee?«

Munter schwatzend sitzen wir in der Sonne, trinken Kaffee und ich werkele nebenbei ein wenig weiter. Um halb zwölf lege ich jedoch meine Sachen beiseite und Zoe hebt fragend die Brauen.

»Was machst du denn?«, fragt sie und sieht erstaunt auf die Pinsel, die ich rasch in der Spüle auswasche.

»Ich muss gleich zu einem Termin. Ich bin mit Tom zum Mittagessen verabredet«, sage ich mit einem Blick auf die Uhr über der Tür.

»Aha.« Vielsagend verschränkt Zoe grinsend die Arme vor der Brust.

»Was, *aha*?«

»Ihr trefft euch zum Mittagessen.«

»Ja, und das nicht zum ersten Mal. Wir waren in den letzten Tagen jeden Tag gemeinsam essen. Tom findet, in Gesellschaft schmeckt es besser, und ich finde das auch. Außerdem scheint er mich zu mögen und das ist ja zu meinem Vorteil.« Ich drücke die Pinsel aus und lege sie auf einem Küchenpapier zum Trocknen ab.

»Du magst ihn aber auch, wie mir scheint. Du bist heute nämlich geschminkt. Hast dich extra für ihn hübsch gemacht.« Sie grinst und zwinkert.

Ich halte inne. Ja, ich habe heute ein bisschen Makeup aufgelegt, weil ich müde aussah. Nicht wegen des Mittagessens. *Oder?*

»Ja, ich bin geschminkt. Du hättest meine Augenringe sehen müssen. Ich mache mich nicht extra hübsch.«

»O doch, das machst du. Was ist los? Findest du ihn attraktiv?«

Kopfschüttelnd ziehe ich mir das Zopfgummi aus den Haaren und schüttele sie ein wenig auf. Fast kommt es mir so vor, als wäre Zoe das kleine Teufelchen, das auf meiner Schulter sitzt und mich mit der Wahrheit verwirrt.

Tom ist durchaus attraktiv, das muss ich zugeben. Nicht nur, dass er groß ist, was ich gern mag, er hört aufmerksam zu und ich kann mich an kein Treffen erinnern, an dem er mir nicht die Tür aufgehalten und mich zum Lachen gebracht hat. Und: Er merkt sich die Dinge, die ich ihm erzähle.

»Ja, natürlich. Er ist ja nicht hässlich«, gebe ich zu und Zoe schnappt gespielt überrascht nach Luft.

»Ich hab's mir gedacht. Sagst du ihm, was bei dir los ist?«

»Sicher nicht. Sonst denkt er, ich würde ihn nur wegen des Studios treffen.«

»Machst du doch.«

»Jaa, *habe* ich gemacht, aber es macht wirklich Spaß, ihn zu treffen. Vielleicht erzähle ich ihm von der Kündigung, wenn es sich ergibt, und dann wird er mir sagen, dass er da zufällig was in petto hat. Dann habe ich reinen Tisch gemacht, oder?« Während ich spreche, zupfe ich meine Haare zurecht und drehe mich dann zu

Zoe um. Tatsächlich habe ich mich da in eine ziemlich bescheuerte Situation manövriert.

Aber wie kann ich sie ihm am besten mitteilen, ohne dass er sich hintergangen fühlt?

»Ja, vermutlich schon. Er hat ja keine Ahnung, wie lange du von der Kündigung weißt.« Zoe stößt sich mit den Füßen am Boden ab und dreht sich auf dem Drehhocker einmal um sich selbst. »Also habt ihr jeden Mittag quasi ein Date?«

»Wir haben *kein* Date«, sage ich und drehe mich zu ihr um. Was denkt sie denn? Wir sind bisher nur gemeinsam Mittagessen gegangen. Das würde ich nicht als Date bezeichnen. Ein Date, das sind Kerzen, ein schönes Abendessen – aber doch kein Lunch. »Außerdem kenne ich ihn überhaupt nicht.«

»Na und? Das kann sich ändern. Und so, wie du aussiehst, hast du vor, ihn kennenzulernen«, sagt Zoe lachend und zeigt mit dem Finger auf mich. »Schau dich an: Du trägst Make-up. So was hab ich noch nie an dir gesehen.«

Ich öffne den Mund, um ihr zu widersprechen. Natürlich habe ich in der Vergangenheit häufiger Make-up getragen – wann genau, fällt mir nicht mehr ein, also schließe ich den Mund wieder.

Zoe deutet das als Zustimmung und hebt vielsagend die Augenbrauen.

»Na gut, vielleicht finde ich ihn nett. Aber man kann ihn nicht *nicht* nett finden. Du solltest mal sehen, wie aufmerksam er zuhört, wenn man was erzählt. Er schaut nicht nebenher aufs Handy oder schweift in Gedanken ab. Und er mag meine Tassen.«

»Das ist ja heutzutage selten.«

»Was? Dass jemand meine Tassen mag?«

»Blödsinn. Ein Mann, der zuhört.« Zoe nickt und zieht fast schon vielsagend ihr Smartphone aus der Tasche, um auf die Uhr zu sehen. »Wie passend, dass ich jetzt los muss, dann kommst du zu deinem Date nicht zu spät. Ach, nein, es ist ja ein *Mittagessen*.« Sie umarmt mich und verschwindet dann nach draußen.

Grinsend kontrolliere ich mein Spiegelbild und tausche das staubige T-Shirt gegen ein frisches aus. So kann ich mich auf jeden Fall sehen lassen.

Draußen ist es schwül-warm und, als ich Tom in seinem Anzug vor dem kleinen Café stehen sehe, bin ich froh, keine feste Arbeitskleidung zu brauchen. Ich kann mich dem Wetter und meiner Laune entsprechend anziehen.

»Hey, wartest du schon lange?«, frage ich und er dreht sich lächelnd zu mir um. Mit einer freien Hand öffnet er den obersten Knopf des Hemds und mein Blick bleibt kurz an seinem Hals hängen, wandert dann zu seinen Lippen, die sich zu einem Lächeln verzogen haben.

»Nein, ich bin eben von einem Termin gekommen. Wollen wir reingehen? Drinnen ist es hoffentlich kühler.« Er küsst mich zur Begrüßung auf die Wange und ein kurzer Hauch von herbem After Shave dringt mir in die Nase.

Ich schließe die Augen und atme tief ein. Diese Düfte mag ich sehr gern und würde am liebsten einen zweiten Atemzug nehmen, doch da hat er sich schon aufgerichtet und nach der Türklinke gegriffen. Heute sind wir in einem Ramen-Restaurant, das sich zwischen Afroshops und einem afrikanischen Lebensmittelgeschäft in der Nähe des Bahnhofs befindet.

»Du siehst erholt aus, hast du etwas weniger gearbeitet?«, fragt er und zieht mir einen Stuhl an der Theke zurück.

Ich setze mich auf den hohen Hocker, bei dem ich die Beine baumeln lassen kann. Ein Seitenblick zu Tom zeigt, dass er sich locker auf der Querstrebe abstützen kann. Er hat aber auch lange Beine. Wahrscheinlich sehe ich neben ihm aus wie ein Zwerg. »Nein, ich muss doch die bestellten Teller anfertigen. Einige sind schon fast im Ofen. Danke, dass du mir das vermittelt hast. Concealer sei Dank, sieht man heute meine Augenringe nicht.«

»Vielleicht sollte ich so was auch mal nutzen. Ich habe gestern lange im Büro gesessen und war danach noch beim Sport. Irgendwie ist mein Tag so voll, dass ich meinen Schlaf immer einbüße, um alles schaffen zu können, was ich mir vornehme.« Seufzend reibt er sich über das Gesicht und hebt entschuldigend die Schultern. »Falls ich heute ein wenig zerstört aussehe, tut es mir leid.« Er unterdrückt ein Gähnen und greift nach der Karte, die vor uns in einer kleinen Holzhalterung steckt. »Bei dem heutigen Wetter ist Ramen eigentlich viel zu warm. Aber ich habe heute kein Frühstück gehabt.« Sein Blick huscht über die aufgelisteten Speisen. Nachdem wir gewählt und bei der Kellnerin bestellt haben, erzählt Tom mir, dass er nach der Arbeit gern ein wenig auf das Laufband geht, um den Kopf freizubekommen.

»Ich hab keine Zeit für Sport«, gebe ich zu. »Aktuell stocke ich meinen Onlineshop wieder auf und, wenn ich einen kreativen Run habe, dann will ich den so wenig wie möglich unterbrechen. Da kann es sein, dass ich bis spät in den Abend arbeite, oder das Wochenende streiche. Wenn dann noch ein größerer Auftrag dazwischen kommt, wie jetzt mit den Tellern, dann wird es richtig viel auf einmal.«

»Und deine Familie stört es nicht, wenn du so lange weg bist?«, hakt er nach und ich ahne, worauf er mit der Frage abzielt.

»Meine Familie? Nein, ich lebe ja nicht mehr zu Hause und meiner Wohnung ist es egal, wann ich heimkomme. Es wartet niemand auf mich.« Genau das wollte er hören, das sehe ich in seinen Augen, denn kurz flackert eine gewisse Erkenntnis in seinem Blick auf. Wir schauen uns an und die Frage, ob er allein lebt, hängt ebenfalls in der Luft.

»Bei mir ist das genau so. Ich habe in den letzten Jahren viel Zeit in meinen Beruf investiert und hatte kaum Kapazitäten für Privatleben. Und irgendwann war ich dann so mit Terminen verplant, dass ich keine Zeit für eine Beziehung gehabt hätte.« Als wäre es ihm peinlich, das zugeben zu müssen, zuckt er die Schultern. »Aber das ist ja mein privates Problem, damit muss ich dich nicht belasten.«

»Das belastet doch nicht. Manchmal tut es gut, sich alles von der Seele zu reden, egal, ob der andere an der Situation etwas ändern kann oder nicht.« Und wenn man sich nicht gut kennt, fällt das oftmals leichter, weil man unbefangener ist. Dass Tom Single ist, liegt mit Sicherheit nur an seinem vollen Terminkalender. Einen anderen Grund kann ich mir nicht vorstellen. Er ist aufmerksam, zuvorkommend, freundlich und ein gutes Aussehen hat er auch noch. Die hellen Augen, die ausgeprägten Wangenknochen und der Hundeblick, der

ihm immer einen leicht erstaunten Ausdruck verleiht –
all das sagt mir total zu. Im Grunde hat er mir vom ersten Moment an gefallen und ich habe unbewusst den
Einladungen zugestimmt, ohne nur mein Ziel mit dem
Studio zu verfolgen. Zoe hat recht; Tom ist mein Typ.

Kapitel 12

Irgendwo hab ich mal gelesen, dass die Körpersprache viel darüber aussagt, ob man einem Menschen zugetan ist. Man sitzt dann geöffnet einander gegenüber und, als ich einen Blick auf meine Hände werfe, stelle ich fest, dass sie locker auf dem Tisch liegen.

Okay, das ist eindeutig. Meine Körpersprache kann ich nicht verstellen. Zumindest nicht unbewusst und ein Seitenblick in eine Glasscheibe rechts von uns zeigt: Ich sitze leicht nach vorn gebeugt, das Kinn ein wenig angehoben und bin voller Aufmerksamkeit. Gut, der Plan ist gehörig nach hinten losgegangen. Fast schüttele ich den Kopf über mich selbst und muss zugeben, dass ich das von vornherein hätte wissen müssen. Zumindest, wenn man Toms Äußeres betrachtet. Er sieht einfach gut aus und obwohl man ja immer schnell geneigt ist, zu behaupten, dass die Optik nicht alles ist, so ist sie doch im ersten Moment durchaus ausschlaggebend.

Außer, ich hätte ihn im Dunkeln kennengelernt, dann wäre das was anderes gewesen. Aber am helllichten Tag kommt man um eine Beurteilung des Gegenübers anhand seiner Erscheinung nicht herum. Und Tom muss sich nicht verstecken. Jedenfalls hätte ich bei der Überlegung meines Plans einbeziehen müssen, dass mir der Mann gefällt und das Flirten *gegebenenfalls* in eine Richtung geht, die so nicht gedacht war.

Jetzt sitzen wir hier, beim ich weiß nicht wievielten Mittagessen, und unterhalten uns darüber, ob wir in einer Beziehung sind und ich habe überhaupt nicht mehr richtig auf dem Schirm, dass Tom etwas hat, das ich unbedingt brauche.

Bin ich mir schon zu sicher, dass ich das Studio in jedem Fall bekomme, oder ist es mir egal, weil der Mann mir gegenüber zu attraktiv ist und ich nicht mehr klar denken kann? Die Gedanken sind so weit abgedriftet, dass ich weder mitbekomme, dass unser Essen gebracht wird, noch dass Tom mich anspricht. Erst als er sich vorsichtig wiederholt, fokussiere ich mich wieder.

»Danke, dass wir so unbefangen miteinander sprechen können, das tut gut.« Er greift zu den Essstäbchen und nickt mir auffordernd zu. »Ich bin manchmal viel zu sehr in meinem beruflichen Tunnel und dann drehen sich die Gedanken nur um Immobilienkäufe, Anwälte und Verkaufszahlen. Ich merke das meist nicht. Aber manchmal«, er hält kurz inne und sieht seine Rhmen intensiv an, »manchmal, bin ich abends zu Hause und denke, dass mir ein Tapetenwechsel gut täte.«

»Und der Tapetenwechsel bin ich?«, frage ich direkt, denn ich könnte mir vorstellen, dass ich so gar nicht der Art Mensch entspreche, mit der er sich den ganzen Tag umgibt. Allein meine Anwesenheit könnte ausreichen, um ihn abzulenken.

»Ja, das könntest du durchaus sein. Mit dir kann ich mich über andere Themen unterhalten und das macht den Kopf frei. Deswegen genieße ich unsere gemeinsamen Mittagessen, weil ich mir danach immer vorkomme wie nach einem Kurzurlaub.«

»Wenn du möchtest, dann zeige ich dir mein Atelier.
Du hast zwar gesagt, dass du nicht sonderlich kreativ
bist, aber vielleicht interessiert es dich trotzdem und du
willst mal was anderes sehen als dein Büro und Bau-
stellen.« Ich kann mir Tom in seinem Anzug zwar nicht
in meinem kleinen Atelier vorstellen, aber wenn es ihm
guttut … Außerdem könnte ich so verdeutlichen, wie
dringend ich ein neues Studio brauche und den Start-
schuss für das Ich-brauche-was-das-du-hast-Gespräch
geben.

Bisher hat sich das noch nicht ergeben. Was daran
liegt, dass er mich ablenkt und ich das Gespräch nicht
in die richtige Richtung lenken kann, ohne plump zu
wirken.

»Ich würde dein Atelier gerne mal sehen. Ich muss
doch wissen, wo diese verrückten Tassen entstanden
sind, die mir im Büro regelrecht ins Auge stechen und
meinen Kollegen ein Lächeln aufs Gesicht zaubern. Etwas, das sonst nur der Kaffee schafft. Außerdem würde
ich dir sehr gerne helfen, die Teller zu verpacken,
schließlich habe ich den Auftrag ja an Land gezogen.«

»Sehr gerne. Zu zweit sind wir damit auch schneller
fertig. Ich sage dir Bescheid, sobald die Teller fertig
sind, und dann kommst du einfach bei mir vorbei«,
schlage ich begeistert vor und strahle ihn an.

Wir essen noch einen Reiskuchen zum Nachtisch,
dann sieht Tom auf die Uhr und greift nach seinem
Sakko. »Ich muss leider wieder los. Ich habe gleich ein
Meeting im Büro. Du meldest dich, sobald du weißt,
wann ich dich besuchen kann?«

»Gerne. Sehen wir uns morgen wieder zum Lunch?«
Ich gehe davon aus, dass unser Mittagessen ein fixer

Termin in Toms Kalender geworden ist. Bei mir zumindest ist er mittlerweile ein fester Bestandteil des Tages und ich freue mich täglich darauf.

»Das wird eng. Ich hab einige Termine. Aber dein Atelier würde ich mir gerne mal ansehen. Das schaffe ich morgen sicherlich. Hast du denn Zeit, dass ich mal vorbeikomme?«, fragt er und will nach dem Portemonnaie greifen, doch ich schüttele den Kopf.

»Nein, lass das. Heute zahle ich. Und ,ja, ich habe Zeit, bin ja jeden Tag dort und würde mich über Besuch sehr freuen.« Ich bezahle die Rechnung – es ist nur fair, wenn wir uns dabei abwechseln –, dann treten wir zusammen durch die Tür hinaus in die Mittagshitze.

Tom schlüpft ein wenig widerwillig in sein Sakko. »Ich habe in den nächsten Tagen einige Termine, aber ich kann mich ja spontan bei dir melden, wenn sich ein Zeitfenster auftut. Ist das in Ordnung? Ich möchte dich auf keinen Fall stressen.«

»Ach, du stresst mich nicht. Die Teller muss ich sowieso noch brennen. Das dauert noch einige Tage. Viel zu gucken gibt es bei mir sowieso nicht«, sage ich gut gelaunt, obwohl ich schon weiß, dass ich nervös sein werde, wenn er vorbeikommt. Bisher hat mich nur Zoe besucht und der Paketbote. Und Phil, aber bei dem ist es genauso chaotisch wie bei mir. Aber sonst hat niemand meinen Arbeitsplatz gesehen und mir war es immer schnuppe, wie es dort aussieht.

Meist denke ich mir, dass es in Ordnung ist, wenn es chaotisch ist, schließlich wird gearbeitet. Aber wenn ich mir Tom in seinem dunklen Anzug vorstelle, der sich nirgendwo setzen kann, ohne staubig zu werden, dann empfinde ich meine Werkstatt als unordentlich und dreckig. Ich muss dringend aufräumen!

»Gut, dann melde ich mich und freu mich, wenn es morgen klappen sollte«, sagt er und reißt mich aus meinen Gedanken.

»Super, ich mich auch«, gebe ich zurück und umarme ihn kurzerhand. Ein Händeschütteln ist zu förmlich. Immerhin gehen wir schon zu lange gemeinsam Mittagessen. Da kann man sich auch mal umarmen.

Tom legt die Arme um mich und scheint einen Moment überrascht von der Geste zu sein, dann festigt er seinen Griff um meine Schultern und drückt mich an sich. Es ist eine Umarmung, die sich nicht fremd und ungewohnt anfühlt.

Tom übt sanften Druck aus und ich genieße die Geborgenheit mit geschlossenen Augen. Langsam lässt er mich wieder los, fast, als wolle auch er nicht, dass wir uns voneinander lösen, und doch passiert es. »Ich muss dann los«, sagt er leise und ganz nah an meinem Ohr. »Wir sehen uns dann morgen, wenn ich zu Besuch komme.«

»Sehr gerne. Und hab bitte nicht zu hohe Ansprüche an meine Werkstatt.« Wie ruhig ich klinge, obwohl in mir alles kribbelt.

»Hohe Ansprüche? Wie meinst du das?«, hakt er amüsiert nach.

»Ich weiß nicht, wie du dir mein Atelier vorstellst, aber wenn du dir da ein verträumtes Räumchen mit Deko vorstellst, wie man es in einer Zeitschrift für Inneneinrichtung sehen würde, dann liegst du falsch.« Wieso sage ich das denn jetzt? Er soll sich vorstellen, was er will.

Hoffentlich klappt das morgen. Dann wird er sehen, wie mein Arbeitsplatz aussieht, denke ich nicht ohne gewissen Stolz. Mein Atelier ist alles und es ist schön, wenn sich jemand dafür interessiert.

»Ich lasse mich einfach überraschen«, sagt er schulterzuckend. »So wie mich jeden Morgen der Hund überrascht, der aus meinem Kaffee auftaucht.« Er drückt mich ein zweites Mal an sich und mir wird ganz warm.

Toms Duft noch in der Nase und das Gefühl seiner Hände auf meinem Rücken stehe ich an der Straße und sehe ihm nach, wie er mit langen Schritten um die nächste Ecke verschwindet.

Ich habe definitiv einen Crush auf Tom Gavin.

Das war nicht geplant.

Kapitel 13

Am nächsten Tag bin ich total hibbelig und kann es kaum abwarten, dass Tom sich meldet. Das Atelier habe ich aufgeräumt und ein wenig entstaubt, damit er sich den Anzug nicht ruiniert, falls er doch spontan früher Zeit hat. Obwohl ich ihm gesagt habe, er solle nicht zu viel erwarten, sieht mein Atelier jetzt *doch* aus wie in einer Zeitschrift. Sogar die sterbende Pflanze konnte mit einem kleinen Schluck Wasser wieder zum Leben erweckt werden. Ich stehe in der Mitte des Raumes und wage es nicht, einen Arbeitsschritt anzufangen, weil ich keine Unordnung machen will, als es an der Tür klopft. Na also, da bin ich ja rechtzeitig fertig geworden.

Schwungvoll öffne ich die Tür und stehe Phil gegenüber.

»Was machst du denn hier?«

»Ich arbeite hier. Oder hast du das schon vergessen?«, fragt er und deutet in Richtung seines Ateliers. »Ich muss ein Bild verschicken.«

»Schön«, antworte ich und sehe ihn fragend an. »Und was habe ich damit zu tun?«

»Ich hab keine Bläschenfolie mehr. Hast du noch was?«, will Phil wissen. »Wegen einer Rolle will ich nicht zum Baumarkt fahren.«

»Ich schau nach. Komm rein.«

Phil betritt mein Atelier und ihm klappt der Mund auf. Staunend dreht er sich um sich selbst. Sein Blick huscht über die nach Farben sortierten Tassen im Regal, dem ordentlichen und vor allem sauberen Modellierbesteck in den Halterungen und der glänzenden Töpferscheibe.

»Was hast du denn vor? Hast du einen Fototermin? Hier sieht es aus wie geleckt.«

»Ich hab ein bisschen aufgeräumt«, sage ich schnell und schiebe die Tür zu meinem kleinen Lager beiseite. Hier stapeln sich Versandkartons und Säcke mit Füllmaterial für die Päckchen. In dem Räumchen ist es so dunkel, dass ich kaum etwas sehen kann, bin aber sicher, dass ich ganz hinten eine ganze Rolle Bläschenfolie hatte. Kramend und suchend höre ich Phil nur undeutlich.

»Aufgeräumt? Das kannst du gerne auch bei mir machen, wenn es danach so aussieht. Wenn ich es nicht besser wüsste, würde ich sagen, du bekommst Besuch.«

Ich richte mich so schnell auf, dass ich mir meinen Kopf stoße. »Was soll das heißen? Traust du mir keinen Besuch zu?«

»Doch«, sagt Phil langgezogen. »Aber niemanden, für den du aufräumst. Sag schon: Wer kommt?«

Mit der Rolle Bläschenfolie in der Hand komme ich aus meinem Lager und drücke sie Phil in die Hand. »Ein Makler. Der, der eventuell ein Atelier für dich und mich hat.«

»Oh, und du baggerst ihn an, damit er uns nimmt? Oder soll ich das machen? Wenn er schwul ist, kannst du ihn auch einfach zu mir rüberschicken und er könnte mich zufällig beim Malen erwischen. Ups.« Er gluckst und ich verdrehe die Augen.

»Nein, er ist nicht schwul.« Glaube ich zumindest. Da hätten mich meine Gefühle in die Irre geführt, wenn das der Fall wäre.

»Und du verdrehst ihm den Kopf?« Phil sieht mich wissend an und ich kneife die Lippen zusammen. »Was ist?«

»Ich hatte vor, ihn dazu zu bringen, mich nett zu finden und weißt du was? Jetzt finde *ich* ihn nett.«

»Ha, das ist wohl nach hinten losgegangen«, kichert Phil. »Weiß er von der Kündigung und, dass du ihn nett findest?«

»Natürlich nicht. Und das werde ich ihm auch nicht sagen. Irgendwann sage ich ihm, dass ich eine neue Werkstatt brauche, und das wird sich dann alles irgendwie ergeben.«

»In deinem Plan ist viel irgendwie und irgendwann drin, wenn du mich fragst. Aber, wer bin ich schon.« Er zuckt die Schultern und lässt sich von mir aus der Tür schieben.

»Richtig. Du bist ein Mann, der mit seinem Penis Bilder malt.«

Phil weiß, dass ich es nicht böse meine, aber trotzdem will, dass er sich nicht einmischt, und er verlässt widerstandslos mein Atelier. »Danke für die Folie, Holly, Darling.« Er winkt mit der Rolle und ich schließe die Tür, lasse den Blick schweifen und zücke das Handy.

So ein ordentliches Atelier muss ich nutzen, um meinen Followern mal alles zu zeigen, und ich drehe kurze Videos, Storys und mache unfassbar viele Bilder. Wer weiß, wann es bei mir wieder so aussieht.

Was mache ich jetzt? Wenn ich wieder anfange zu werkeln, sieht es unordentlich aus, sobald Tom kommt. Aber nichts tun kann ich auch nicht.

Unschlüssig stehe ich kurz herum und setze mich dann an den Computer, um neue Bestellungen zu checken, als mein Handy klingelt. Toms Name steht auf dem Display.

»Tom, hi.« Ui, bin ich atemlos.

»Hey Holly, ich … es tut mir leid, aber ich schaffe es heute nicht. Eigentlich sah alles gut aus, aber dann kam ein wichtiger Kundentermin rein, den ich nicht verschieben kann. Können wir unser Treffen auf einen anderen Tag legen? Mit Mittagessen wird es heute leider auch nichts. Tut mir leid.«

»Ach, kein Problem, dann sehen wir uns einfach nächste Woche. Morgen ist Samstag, da hast du sicherlich frei.«

»Ich würde auch an einem Samstag mit dir essen gehen, aber ich hab echt viel zu tun am Wochenende.« Er klingt tatsächlich, als würde er es bereuen.

»Okay, dann holen wir das einfach nach, wenn es zeitlich besser passt, ja?«

»Sehr gerne. Ich freue mich drauf.«

Ich bin ein bisschen enttäuscht und lege geknickt das Handy beiseite. Schade, ich hab mich gefreut, ihm meinen Arbeitsplatz zu zeigen. So sauber wird es hier so bald nicht mehr aussehen, zumal ich heute die Teller brennen und morgen bemalen werde.

Tatsache: Zwanzig Minuten später versinke ich wieder im Chaos, weil ich mit der Bemalung von anderen Rohlingen weitergemacht habe. Egal wie sehr ich es auch versuche, ich kann nicht so arbeiten, dass alles immer tiptop aussieht. Mein Geist muss sich kreativ entfalten können und das geht nicht, wenn ich mich nebenher daran erinnern muss, Ordnung zu halten.

***

In der kommenden Woche treffen wir uns zweimal. Tom hat Termine und ich verbringe die Mittagspause allein. Dabei merke ich, dass ich mich an Toms Gesellschaft gewöhnt habe, denn ich komme mir schäbig vor, im Supermarkt ein Sandwich zu besorgen und es im Atelier zu essen, während ich nebenher weiter arbeite. Im Grunde ist es gesünder, wenn man sich auf das Essen konzentriert, anstatt immer alles parallel zu machen. Ich muss mir das dringend abgewöhnen. Aber nicht heute. Ich bin im Arbeitsmodus und meine Kreativität wäre nach der Pause vermutlich weg. Deswegen beiße ich in mein Sandwich, lasiere die Teller, die den ersten Brand hinter sich haben, und setze danach die Entwürfe der Tassenkollektion um. Die Muster aus der Londoner U-Bahn sind ausgearbeitet und Skizzen angefertigt. Quer über dem Arbeitstisch hängen die Zeichnungen an einer Wäscheleine: das Konterfei von Sherlock Holmes, die geflügelten Greifen, die man an der Station Bank an der Wand findet, das bunte Mosaik der Tottenham Court Road. All das habe ich stilisiert, abgewandelt und den ganzen Vormittag auf die Tassen übertragen. Das Ergebnis werde ich erst nach dem finalen Brand beurteilen können. Zum Glück ist der Ofen fast voll und es lohnt sich, ihn anzuschalten.

Am späten Nachmittag bin ich mit der Bemalung fertig und stelle die Tassen vorsichtig in den Ofen. Dabei achte ich penibel darauf, dass sich die einzelnen Stücke nicht berühren, denn wenn die Farben schmelzen und zu Glas werden, klebt alles zusammen. Bei den neuen Entwürfen wäre das schade. Die Teller stehen eine Etage höher und werden bei diesem Durchgang fertig gebrannt. Nachher werde ich wissen, ob das Orange genau den Ton hat, den ich mir für das Café gewünscht habe.

Nachdem ich eine Weile Tetris gespielt habe und alles richtig steht, schließe ich die schwere Tür und schalte den Brennofen ein. Der Brand dauert sechs Stunden und heute am späten Abend werde ich dann sehen, ob es was geworden ist. Einen Brennofen zu öffnen, hat immer ein bisschen was von einer Geburt: Man weiß nicht, was einen erwartet.

Aber bis dahin habe ich einige Stunden Pause.

Mein Handy brummt.

Hallo Holly, ich bin mit dem Termin früher fertig und könnte in zwanzig Minuten vorbeikommen. Passt das? Tom

Er kommt? Heute? Mein Herz macht einen Hüpfer und ich sehe auf die Uhr. Zwanzig Minuten! Das ist nicht mehr genug Zeit, um das ganze Chaos hier zu beseitigen. Schade, dabei sah es hier vor kurzem so schön aufgeräumt aus.

Wo fange ich an? Alle erdenklichen Ablageflächen stehen wieder mit Kram voll! Wie ein aufgescheuchtes Huhn renne ich durch meine Werkstatt, versuche, alles gleichzeitig zu erledigen, und mache es nur noch schlimmer. *Entspann dich, Holly!*

Einmal tief einatmen und konzentrieren.

Erst einmal muss er sich setzen können. Irgendwo. Die Zeitungen, die ich als Unterlage genutzt habe, räume ich unter den Arbeitstisch, packe die verklebten Pinsel weg und spüle die Gläser und Paletten ab, die ich benutzt habe. Eine Viertelstunde später stehe ich leicht außer Atem neben dem großen Holztisch, auf dem die Tassen stehen, die bemalt werden, sobald ich weiß, dass die Farbgebung stimmt. Die Skizzen der London-Kollektion liegen sortiert daneben und, wenn ich mich umsehe, dann kann man das Atelier jetzt guten Gewissens vorzeigen. Es ist zwar nicht mehr so sauber wie nach meinem letzten Aufräum-Anfall, aber es ist ansehnlich.

Rasch stoße ich das Fenster auf, um ein bisschen frische Abendluft hereinzulassen, und sehe unten schon Tom über die Straße gehen. Wow, das ging schnell. *Er ist da!*

»Holly, entspann dich. Du befindest dich hier in deinem Tanzbereich. Was soll schiefgehen?« Obwohl ich mir das so ernst wie möglich zu sagen versuche, klappt es nicht, mich zu beruhigen.

Scheiße bin ich nervös, das ist mir lange nicht mehr passiert. Ein letzter Blick in den Spiegel; ja, ich sehe gut aus. Oder sollte ich die Haare doch lieber –?

»Holly?« Es klopft an meiner Tür und durch die eingelassene Milchglasscheibe erkenne ich Toms Umriss und öffne ein bisschen zu enthusiastisch.

Jetzt erkennt er sofort, dass ich auf ihn gewartet habe. Ich hätte besser vorgeben können, beschäftigt zu sein. Mist, daran hab ich nicht gedacht.

»Hey Tom, du hast es auf Anhieb gefunden?«

»Fast«, gibt er zu und grinst verlegen, »ich hab zuerst bei einem Phil geklopft. Das ist ein lustiger Kerl. Er malt mit seinem –«

»Penis, ich weiß und es verkauft sich gut.«

In Toms Gesicht steht dieselbe Fassungslosigkeit, die ich anfangs empfunden habe, nachdem ich Phil zum ersten Mal bei der Arbeit zusehen konnte.

»Er macht das mit –« Tom hält inne, sieht dann kurz an sich herunter und nickt anerkennend. »Respekt, ich müsste da keine Acrylfarbe dran haben. Aber wenn es ihm Spaß macht ...«

»Er benutzt Kondome dafür«, erkläre ich. »Vielleicht solltest du das mal ausprobieren. Womöglich würde dir damit ein Strichmännchen besser gelingen.« Ich kann mir ein Grinsen nicht verkneifen.

Tom lacht, betritt mein Atelier und sieht sich interessiert um. »Ich bin ein hoffnungsloser Fall, was Kunst angeht.«

»Ach, das glaube ich nicht. Du kannst es gerne versuchen.« Ich deute auf die Töpferscheibe, die in einer Schüssel an der Wand steht, die voller Tonspritzer ist. »Das Gute am Ton ist, dass man ihn zusammenkneten kann, wenn etwas nicht gelungen ist.«

Tom schlendert durch mein Atelier, während ich über Ton und seine Vorteile sinniere, und bleibt vor den Entwürfen stehen. »Wow, die sind superschön. Hast du dich von London inspirieren lassen?« Er hat die Skizzen gesehen und blättert die einzelnen Seiten um.

»Ja, ich dachte, eine Kollektion meiner Heimatstadt wäre angebracht. Das hatte ich bisher nicht im Programm.« Argwöhnisch beobachte ich ihn, wie er die Zeichnungen mustert, und warte auf sein Urteil.

»Die sind wunderschön. Die Farben gefallen mir. Wow.« Er legt die Skizzen wieder zurück und sieht sich im Atelier um. »Was zahlst du an Miete?«, will er wissen und der Blick, mit dem er mein Atelier ansieht, ist der eines Profis.

»Zu viel«, sage ich. »Räume für Künstler zu finden, die erschwinglich sind, ist in London ein Ding der Unmöglichkeit. Aber jetzt, wo ich einen Fachmann hier habe, muss ich dich fragen: Wieso sind die Mieten in der Stadt eigentlich so teuer und wieso gibt es niemanden, der da gegensteuert?« Verwirrt sieht er mich an und ich helfe ihm ein bisschen auf die Sprünge: »Nun, für wie viel wirst du deine neuen Studios vermieten?«

»Geplant sind 18 Pfund pro Quadratmeter«, sagt er und mir entgleisen fast die Gesichtszüge. Es ist viel, und trotzdem günstiger als meine jetzige Miete. »Das geht aber nur, weil die Stadt diese Räume fördert und mir viel Geld bezahlt, damit ich sie günstiger mache. Sonst würde ich das nicht tun.«

»Aber wieso nicht? Man könnte doch einfach nett sein und den Leuten, die es sich kaum leisten können, das Leben leichter machen.«

»Wieso sollte ich dafür verantwortlich sein, den Leuten erschwingliche Mieten zu bieten? Ich bin Geschäftsmann und ich muss sehen, wo ich bleibe. Würde ich meine Immobilien verschenken, könnte ich den Beruf an den Nagel hängen«, sagt er und zuckt mit den Schultern. »Und ganz ehrlich: Wer sich London nicht leisten kann, der muss weiter außerhalb wohnen und arbeiten.«

»Aber das macht doch London aus«, echauffiere ich mich und hebe hilflos die Hände. Bis eben fand ich Tom sehr nett, aber, dass er diese geldgierige, geschäftliche Einstellung hat, geht mir gehörig gegen den Strich. »Man kann doch die Stadt nicht zu einem Mekka für die Reichen und Schönen machen, während das einfache Leben komplett ausradiert wird. London lebt von der Vielfalt, der Kunst, den verschiedensten Kulturen. Wenn das alles durch zu teure Mieten aus der Stadt verdrängt wird, verlieren wir doch das, was wir an London alle so sehr lieben.« Fragend sehe ich ihn an. Er muss das doch auch so sehen, oder nicht? Ihm muss die Vielfalt in der Stadt doch auch etwas bedeuten. Oder?

Tom macht eine Bewegung, halb Nicken, halb Kopfschütteln. »Ich gebe dir recht, was die Vielfalt und die Kreativität in der Stadt betrifft, aber wenn alle nach London wollen, dann ist es der Markt, der die Nachfrage regelt. Niemand würde mich als Makler ernst nehmen, wenn ich meine Immobilien zu Schleuderpreisen vermieten würde. Außerdem nimmt auch niemand auf mich Rücksicht: Wenn ich ein Haus kaufe, dann zahle ich den Preis, den der Markt vorgibt. Um das wieder reinzubekommen, bin ich gezwungen, die Mieten anzupassen. Sonst könnte ich kein Geld verdienen. Und wer sich London nicht leisten kann, der muss, wie gesagt, weiter außerhalb wohnen. Dazu will ich nicht gehören.«

Einen Moment lasse ich diese Aussage sacken, sehe mich in meiner Werkstatt um. Ich mache das hier ja, um Geld zu verdienen.

Und weil ich es gern tue.

»Aber Geld verdienen ist doch nicht alles. Wenn man es auf dem Rücken von hart arbeitenden Menschen verdient, die man ausbeutet, dann ...«

Tom hebt die Hand und sieht mich streng an. Einen Moment glaube ich, eine unsichtbare Linie überschritten zu haben.

»Willst du damit sagen, dass ich nicht hart arbeite und überbezahlt bin?«, will er wissen und klingt sauer. »Weißt du, was es für ein Aufwand ist, das alles zu planen, zu organisieren und unter einen Hut zu bekommen? Ich bin 24/7 erreichbar und in meinem Job. Wenn ich nicht gerade mit dir Essen gehe.« Er zwinkert und ich bin erleichtert, dass ich ihn anscheinend doch nicht so sehr verärgert habe, wie ich dachte. Gleichzeitig merke ich, dass mir die Gegenargumente ausgehen.

»Trotzdem sind die Mieten in der Stadt zu hoch und ich fände es nicht schlimm, wenn ich von den Menschen, denen ich etwas vermiete, gemocht werde. Deine Mieter denken sicherlich jeden Monat mit einem mulmigen Gefühl an die Mietzahlungen und haben Angst, wenn ein Brief von dir ins Haus flattert. So geht es mir zumindest immer.« Ob er daran schon einmal gedacht hat?

»Holly.« Tom seufzt und reibt sich die Augen. »Ich bin ja dafür, dass man verschiedene Meinungen hat, aber ich habe den ganzen Tag gearbeitet und will jetzt ein bisschen abschalten. Kannst du das verstehen? Lass uns doch darauf einig werden, dass wir in diesem Punkt sehr verschiedene Standpunkte vertreten und ich mit den Vanguard Courts zumindest einen kleinen Schritt auf die Leute zu gemacht habe, indem ich öffentlich geförderte Ateliers anbieten werde.«

Nein, ich will mich nicht auf unentschieden einigen. Ich will, dass er einsieht, dass sein Beruf Menschen ausbeutet.

Schade, beim letzten Mittagessen fand ich ihn noch komplett perfekt. Sein Bild hat ein paar kleine Risse bekommen. Wie Ton, der im Ofen reißt.

Kurz beiße ich mir auf die Lippe, sehe ihn an und – nicke dann knapp. »Danke. Dass du Kunst einen kleinen Raum gibst. Da tust du mehr als alle anderen. Kunst ist wichtig, weißt du?« Ich lächele ihn an.

»Ich habe mich damit immer schwer getan. Zumindest mit den Menschen, die sich nur deswegen Künstler nennen, um keiner geregelten Arbeit nachgehen zu müssen und Müßiggang frönen zu können. Solche Faulenzer kann ich nicht verstehen.«

»Das denkst du über mich?«, frage ich und bin nun mindestens genauso entrüstet wie Tom vorhin bei meiner Bemerkung, er wäre überbezahlt.

Rasch schüttelt er den Kopf. »Nein, du bist eine Handwerkerin. Ich rede von Kunst, die keinen Zweck erfüllt wie zum Beispiel ...« Er sucht nach den richtigen Worten. »... diese Sache, die dein Kollege nebenan macht. Penis-Kunst. Braucht man das?«

Wow, Tom hat von Kunst und dem, was sie mit Menschen macht, wirklich keinen blassen Schimmer und ich überlege kurz, wie ich ihm nahebringen kann, was in Menschen wie Phil vorgeht, wenn sie malen. Mit neugierigem Blick setze ich mich auf die Kante meines Arbeitstisches und sehe ihn an.

»Was empfindest du, wenn du Sport machst oder einer Tätigkeit nachgehst, die dich ausgleicht?«

Tom runzelt die Stirn. Dann sagt er langsam: »Es entspannt mich und hilft mir, meine Gedanken zu sortieren.«

»Genau das tut Kunst bei denen, die sie erschaffen. Meistens zumindest. Wenn Phil malt oder ich töpfere, dann ist diese Handarbeit eine Art Pausenknopf fürs Gehirn. Plötzlich kann man seine Gedanken sortieren, schweifen lassen, findet Lösungen für Probleme, die man schon lange vor sich herschiebt, oder Dinge, die belastend sind, lassen sich auflösen. Nicht jeder findet diese Art Entspannung beim Sport oder bei etwas anderem. Kreative Menschen finden das in ihrer Arbeit. Manche können schlicht nichts anderes, weißt du?« Ich muss an meine Kindheit und Jugend denken. Wie oft habe ich mich ins Zeichnen und Werkeln geflüchtet, wenn ich ein Problem in der Schule oder mit Freundinnen hatte. Danach ging es mir besser. Ich war nie der Typ Mensch, der immer die richtigen Worte findet. »Mir hat das früher viel geholfen und ich wusste mich oft nicht besser auszudrücken als über das, was ich erschaffe. Ob es eine Zeichnung war oder eine gebastelte Figur. Nicht jeder Mensch kann so rational sein wie du, Tom, weißt du?«

Meiner kleinen Ansprache hinterlässt einen Moment der Stille und einen Tom, der den Blick über meine Arbeitssachen schweifen lässt. Wahrscheinlich kennt er neunzig Prozent der Gerätschaften nicht.

»So habe ich das noch nie gesehen«, gibt er zu und lächelt. »Danke, dass du so ehrlich mit mir bist. Darf ich auch ehrlich sein? Hier ist es richtig ordentlich. Ich ging immer davon aus, dass kreative Menschen chaotisch veranlagt wären. Da hab ich mich wohl geirrt.«

Süß, dass er mir die Ordnung abnimmt. Ich muss lächeln. »Ich hab eben im Turbogang aufgeräumt. Hier sah es aus, als hätte eine Bombe eingeschlagen«, gebe ich zu. »Ich bin nicht ordentlich. Ganz und gar nicht. Aber jetzt kann man sich immerhin setzen.« Ich deute auf die freien Stühle vor der Töpferscheibe. »Willst du es nicht mal versuchen?« Verschwörerisch beuge ich mich zu ihm vor: »Vielleicht verstehst du dann, wie entspannend das ist, und wenn es nichts wird, verrate ich es niemandem.«

Tom sieht mich an und scheint es kurz in Erwägung zu ziehen. Sein Blick huscht immer wieder zur Töpferscheibe hin. »Ich würde mich da komplett einsauen.«

»Ich habe Schürzen. Oder Maler-Overalls. Es kann nichts passieren.«

»Du lässt wohl nicht locker.«

»Nein, das ist auch eine gute Eigenschaft von Künstlern«, sage ich grinsend und ziehe einen Overall aus dem Regal. Ungefragt schüttele ich ihn auf und drücke Tom das Ding in die Hand. Dann schneide ich mit Draht ein Stück frischen Ton ab und lege ihn auf die Scheibe. »Komm, ich zeig´s dir.«

Er ist zögerlich, scheint mir aber zu vertrauen, und zieht sich tatsächlich den Overall an. Der Hocker ist auf meine Körpergröße eingestellt und er muss die langen Beine ein wenig anziehen. Wie ein Frosch sitzt er da und probiert sich unsicher am Töpfern.

Anfangs eiert der Klumpen auf der Töpferscheibe ziemlich hin und her, weil er die Mitte nicht finden kann. »Das wackelt.«

»Warte, ich helfe dir.« Schnell tauche ich die Hände in eine Schüssel Wasser, lege sie um den Tonklumpen und drücke fest, bis er sich genau in der Mitte befindet.

Erstaunt sieht Tom mir dabei zu. »Da braucht man ja enorme Kraft, das ist ja irre.«

»Nur am Anfang. Je länger der Ton bearbeitet wird, desto weicher wird er und dann ist es leichter.« Vorsichtig führe ich seine Hand. »Ich zeige dir, wie fest du zudrücken musst.« Wie winzig meine Hand neben seiner aussieht. Die Wärme, die von seiner Haut abstrahlt, trifft mich direkt ins Herz.

»Mache ich das so richtig?«, fragt er und sieht zweifelnd auf den Ton, den man nach wie vor als undefinierbaren Klumpen bezeichnen könnte. Aber das ist Teil des Prozesses. Es dauert, bis man eine Form erkennen kann – gerade am Anfang.

»Ja, alles richtig. Wenn du ein wenig mehr an dieser Stelle drückst …« Sachte führe ich seine Hand und dabei spritzt Ton in meine Richtung.

»Oh, sorry!« Tom löst die Hände und will mir den Ton wegwischen, vergisst aber, dass sie alles andere als sauber sind. »Jetzt hab ich es schlimmer gemacht.« Verlegen sieht er mich an und muss dann lachen. »Ich stelle mich an, wie der erste Mensch …«

»… zumindest wie ein Mensch, der noch nie getöpfert hat.« Damit kein Unfall mehr passiert, löse ich den Fuß vom Pedal der Töpferscheibe und sie verlangsamt sich.

»Ich sollte dir die Kreativität überlassen, meinst du nicht?« Resigniert steht er auf und wir sehen uns an. Es braucht nur einen halben Schritt nach vorn und ich würde ihn berühren können. Mein Herz rast und mir ist heiß und kribbelig.

Tom wischt sich die Hände am Overall ab und streicht mir sanft über das Gesicht. »Du hast da noch Ton.« Er spricht leise und mein Blick bleibt an seinen Lippen hängen. Sie sind schmal und die Oberlippe ist leicht geschwungen. Die Bartstoppeln sind nah am Lippenrot.

Ob ich sie spüre, wenn ich ihn küsse?

»Ich habe überall Ton«, hauche ich und wende den Blick nicht von seinen Augen ab. O Gott, dieser Mann ist schön!

»Wenn ich mich so ungeschickt anstelle, ist es sicherlich gut, dass ich dir nur beim Einpacken der Teller helfen werde, meinst du nicht?« Er spricht mindestens genauso leise wie ich und weicht keinen Millimeter zurück.

»Jeder hat seine Stärken und Schwächen. Wer weiß, vielleicht packst du so schön ein, dass ich dich zukünftig dafür engagieren werde.« Ohne den Blick abzuwenden, hebe ich die Hand und streiche ihm neckend über das Kinn. Eine Geste, die ich mich niemals getraut hätte, die mir aber gerade so natürlich und passend vorkommt, dass ich sie einfach nicht unterdrücken kann.

Ihm scheint sie zu gefallen, denn er strahlt und erwidert sie zärtlich. »Dann werde ich mich besonders anstrengen.«

Kapitel 14

»Du bist in ihn verknallt. Ver-knallt«, wiederholt Zoe und deutet mit ihrem Kaffeelöffel auf mich.

Wir sitzen in der Abendsonne im Cossall Park, der sich in der Nähe von Zoes Schule befindet. Hier treffen wir uns häufiger im Sommer, weil man unter den Laubbäumen lange Schatten hat und die Cafés in der Nähe fußläufig zu erreichen sind. Es ist bequem, sich Nachschub von Kaffee oder Snacks holen zu können, wann man will. Das Gras ist durch die Hitze so ausgetrocknet, dass sich die trockenen Halme durch unsere Picknickdecke piksen, aber das stört uns nicht. Wir sind mit Klatsch und Tratsch beschäftigt. Zwar finde ich es nicht gut, dass ich Inhalt des Klatschs bin, gleichzeitig tut es mir gut, meine Gedanken sortieren zu können, indem ich mich mit Zoe unterhalte. Denn seit dem letzten Treffen mit Tom muss ich quasi ständig an ihn denken. Und das ist gerade mal wenige Stunden her.

»Ich glaube, das hatten wir lange nicht mehr. Das letzte Mal war in der Schule, oder? Ab dann hattest du nur noch deine Keramik im Kopf. Hach ja, es wurde wieder Zeit.« Sie trinkt einen Schluck. »Wobei das Objekt der Begierde ein bisschen ungünstig gewählt ist, meinst du nicht?«

Ich kann nur nicken und verberge das Gesicht in den Händen. Die Schmetterlinge, die in meinem Inneren aufflattern, wenn ich an den Makler denke, tun mir *so* gut. Obwohl ich es genieße, verdeutlichen sie mir, dass ich da in jemanden verknallt bin, den ich nur unter einem Vorwand getroffen habe. Das ist eine Grundlage, wie man sie nicht haben möchte, wenn man sich verliebt. Außerdem kollidieren unsere Ansichten in einigen Bereichen ziemlich. Ich, die Künstlerin, die am liebsten umsonst wohnen will, und er, der Gewinn aus Vermietung schlagen möchte. Das passt nicht zusammen.

Ich hab das ganze Konstrukt auf Sand gebaut. Auf Treibsand. Es ist nur eine Frage der Zeit, wann alles in sich zusammenfällt. Ach, ist das alles scheiße!

»Ja, es ist ungünstig, aber ich kann ihm das nicht beichten. Er wird es dann nicht mehr ernst nehmen, wenn ich ihm sage, dass ich etwas für ihn empfinde. Und sind wir mal ehrlich, ich würde mir an seiner Stelle auch nicht glauben. Außerdem tue ich mich schwer damit, dass er auf der Seite meiner Gegner steht.«

»Deiner Gegner? Wie meinst du das?« Zoe runzelt die Stirn und legt den Kopf schief.

»Er ist Makler. Er gehört zu den Menschen, die Häuser an große Firmen statt an Künstler vermieten und möglichst hohe Mieten ansetzen, damit sie Provisionen bekommen, von denen sie gut leben können. Das ist das Gegenteil von dem, was ich will.«

»Moment, das stimmt nicht«, widersprich Zoe mir. »Stünde er auf der anderen Seite, dann würde er nicht diese Fabrik in Ateliers umwandeln, sondern in Büros.«

Ja, so habe ich auch erst gedacht.

»Er macht das nur, weil das Projekt von der Stadt gefördert wird, und nicht, weil er der Meinung ist, man bräuchte mehr Kunst in London.«

Meine Freundin lässt diese Aussage sacken und kratzt mit ihrem Löffel den Rest Kaffeeschaum aus ihrem Becher. »Das ist schade«, bemerkt sie dann, stellt ihn weg und stützt sich auf der Picknickdecke auf. »Aber deswegen kannst du ihn trotzdem nett finden. Man muss nicht jeden Punkt im Leben eines anderen Menschen nachvollziehen. Ich glaube, das ist gar nicht möglich.«

Ich nicke. Seit Tom mich besucht hat, grüble ich darüber nach, wie es weitergehen soll. Im Grunde bin ich zufrieden, dass mein Plan funktioniert hat und er mich sympathisch findet, mich sehen will.

Das, was ich beabsichtigt hatte.

Gleichzeitig bin ich von seiner geschäftsmännischen Art abgeschreckt, weil sie meinem Leben so widerspricht, trotzdem war da dieses Herzklopfen, als wir gemeinsam an der Töpferscheibe saßen, das noch immer in mir nachhallt, wenn ich daran denke. Es war alles nicht geplant und jetzt ist da mehr. Das will ich nicht kaputt machen. Tom ist mir wichtig und mehr als »nur« der Makler, der die Räumlichkeiten hat, die ich brauche. Allein das gemeinsame Mittagessen ist so zur Routine geworden, dass es mir fehlt, wenn es ausfällt.

»Vielleicht sollte ich aufgeben«, überlege ich und setze mich seufzend auf, »und mir das Studio in Vanguard Court aus dem Kopf schlagen. Online kann ich ja trotzdem weitersuchen. Sicherlich wird sich was finden, wenn ich mich reinknie, und dann bin ich nicht auf Tom angewiesen. Mein Gewissen wäre wesentlich leichter, wenn wir uns treffen, und ich kann mich auf ihn einlassen.«

»Du willst diese genialen Studios aufgeben?« Entrüstet setzt sich Zoe auf. »Aber die sind wie für dich gemacht, Holly!«

»Ja, ich weiß und ich sehe mich auch dort, wenn ich mir ein neues Studio vorstelle. Aber Tom die Wahrheit zu sagen, geht nicht. Er wird mit Sicherheit sauer sein. Oder verletzt. Oder beides. Und das möchte ich nicht.« Nachdenklich greife ich nach meinem Kaffee.

»Das musst du wissen«, sagt Zoe und zuckt mit den Schultern. »Wenn er es doch erfährt, dann sollte es auf keinen Fall aus Versehen passieren, sondern von dir gesteuert, damit du ihn besänftigen kannst.«

»Ich werde ihm mit Sicherheit *nicht* sagen, dass ich ihn gezielt angesprochen habe, soviel steht fest.« Entschlossen stehe ich auf. Obwohl es im Park total schön ist und ich noch Stunden hier verbringen könnte, muss ich langsam zurück ins Atelier. Mein Brennofen wird bald fertig sein. Dann kann ich die Prototypen der London-Kollektion ansehen und auswerten. Vorher muss ich Platz schaffen, um alles sortieren zu können. Also packen wir unsere Sachen zusammen und schlendern durch den Park zurück.

»Wann siehst du ihn wieder?«, fragt Zoe und schultert die Tasche mit der Picknickdecke.

»Weiß noch nicht. Heute Abend schreibe ich ihm. Er hat mir von den neuen Studios erzählt und will sie mir zeigen. Dann kann ich offiziell Interesse anmelden, wenn ich die Räumlichkeiten gesehen habe.« Was sich seit unserem Ausflug dorthin wohl alles getan hat? Die Bauarbeiten sind ja in vollem Gange.

»Das ist eine gute Idee, dann kommt ihr ganz fließend und natürlich auf das Thema zu sprechen, ohne dass du deinen Plan beichten musst«, stimmt Zoe mir zu und wir schlendern zurück.

Noch immer ist es sehr warm und, wenn ich Zeit hätte, würde ich den milden Abend in einer Bar im Freien verbringen, aber das geht nicht. Die Arbeit ruft – wie immer. Vor meinem Atelier verabschieden wir uns voneinander und ich eile die Treppe hinauf, gespannt auf das, was mich im Brennofen erwartet. Hoffentlich ist nichts zusammengeklebt. Was passieren kann, wenn ich die Sachen zu nah zusammen stelle. Die Lasur schmilzt beim Brand zu Glas, glättet die Oberfläche und dichtet den Ton ab, verbindet sich im schlimmsten Fall aber auch zu einer bombenfesten Schicht, die sich ohne Schaden nicht trennen lässt.

Die Anzeige der Temperatur zeigt unter hundert Grad an und ich öffne vorsichtig die Tür des Ofens. Mit einem Handschuh geschützt, nehme ich eine Tasse nach der anderen heraus und stelle sie ins Regal. Die Teller platziere ich auf dem Tisch. Sie sehen auf den ersten Blick großartig aus. Bis morgen sind sie abgekühlt und ich kann sie mir genauer ansehen.

Erst, als ich zu Hause bin, komme ich dazu, Tom eine Nachricht zu schreiben und zu fragen, wann wir uns wieder sehen. Er antwortet sofort. Ob er darauf gewartet hat?

Komm morgen Abend um halb sieben zum Vanguard Court, da ist die Baustelle der neuen Studios. Ich warte dort auf dich. Ich freu mich. x Tom

Er hat ein Küsschen geschickt! Mein ganzer Körper kribbelt und ich starre auf das kleine X, das mich regelrecht anschreit. Ein Küsschen!

Gestern hätte ich ihn am liebsten geküsst. Als er so dicht vor mir stand und mich angesehen hat, war ein Kuss greifbar nah, doch ich hab es nicht gewagt. Dabei hat es sich so richtig angefühlt und ich bin mir sicher, dass es ihm genauso ging. Allein, dass er über seinen Schatten gesprungen ist und sich mir zuliebe an die Töpferscheibe gesetzt hat. Wer macht schon gern etwas, worin er nicht gut ist? Das wagt man nur in Gegenwart von jemandem, bei dem man sich sicher fühlt und weiß, dass man nicht ausgelacht wird. Das muss bei mir der Fall gewesen sein.

Lächelnd schreibe ich zurück, dass ich pünktlich sein werde und mich freue, zögere einen Moment – und schicke dann ebenfalls ein Küsschen.

Das Treffen morgen wird entscheidend dafür sein, wie wir in Zukunft miteinander umgehen, dessen bin ich sicher. Ob Tom das genauso sieht? Ob er bei unserem letzten Treffen dasselbe Prickeln gespürt hat? Die Berührungen, die wir vorhin ausgetauscht haben, waren sanft und zögerlich, man könnte fast meinen, wir hätten einander ausgetestet, um zu wissen, wie weit man gehen kann. Ja, wir sind nicht überall derselben Meinung, aber wie Zoe schon sagt: Das muss man nicht immer sein.

Hätte ich ihn nur geküsst, dann hätte ich Gewissheit gehabt. Aber so muss ich mich bis morgen gedulden und werde heute Nacht sicher vor lauter Aufregung nicht schlafen können.

Kapitel 15

Staunend nehme ich eine Tasse nach der anderen in die Hand und stelle sie auf den Arbeitstisch. Wow, die Farben sind großartig und es ist unverkennbar, dass die Londoner U-Bahn dafür Modell gestanden hat. Mir gefällt, was ich sehe. Die werden in jedem Fall ins Sortiment aufgenommen. Gleich am nächsten Tag werde ich neue Tassen drehen, um die Kollektion zu vervielfältigen, und ich bin sicher, dass mir die Exemplare aus den Händen gerissen werden. Alle lieben London, die Briten lieben Tee – es spricht alles für diese Tassen und ich bin fast ein wenig nervös, wenn ich mir ausmale, dass diese Kollektion meine bisher erfolgreichste werden *könnte.* Es war eine gute Idee, die Londoner U-Bahn als Vorlage zu nutzen und ich lenke mich mit der Arbeit ab. Sie dämmt die Nervosität ein, die ab und zu in mir aufflammt, weil Tom und ich uns nachher treffen.

Unauffällig, fast, als würde ich es vor mir selbst verbergen wollen, schaue ich immer wieder auf die Uhr und mache mich schließlich rechtzeitig auf den Weg zum Vanguard Court.

***

Weil ich es nicht mehr abwarten kann, gehe ich viel zu früh los.

Bevor ich dumm vor der Fabrik herumstehe und warte, spaziere ich einmal um den Block. Nach einer kurzen Runde biege ich wieder auf die Hauptstraße ein und sehe Tom, der wenige Meter vor mir geht und an einer Backsteinmauer in die Seitenstraße abbiegt, die zum Vanguard Court führt.

Als ich ebenfalls in die Straße einbiege, sieht er mich sofort und strahlt.

»Hey, da bist du ja schon!«, ruft er mir entgegen und ich bringe schnell die letzten Meter hinter mich.

Die Abendsonne wirft ein weiches Licht auf das unebene Kopfsteinpflaster und lässt es glänzen. Es ist so glatt, dass ich ins Straucheln komme und beinahe umknicke. In High Heels hätte ich mir die Bänder gerissen.

Rasch streckt Tom einen Arm aus. »Vorsicht, der Boden ist ein bisschen gefährlich«, sagt er und strahlt mich an. Seinen Griff lockert er kaum und zieht mich stattdessen in eine Umarmung, die ich erwidere. »Ich hab mich heute den ganzen Tag auf unser Treffen gefreut«, raunt er leise in mein Ohr.

»Ich mich auch. Ich bin gespannt auf das, was du mir gleich zeigen wirst.«

»Oh, du wirst begeistert sein«, sagt Tom strahlend und lässt mich los. »Wollen wir reingehen?« Der Bauzaun quietscht ein wenig, als er ihn zur Seite zieht, damit wir auf den Vorplatz der alten Fabrik kommen. »Ich war seit Tagen nicht mehr hier. Mal sehen, was sich getan hat.«

»Wow, das ist ja mega!«, bringe ich hervor. Es ist nicht so, dass ich das nicht alles schon gesehen hätte, aber tatsächlich sieht die Fabrik vollkommen anders aus als bei meinem letzten Besuch. Die kaputten Fensterscheiben sind ersetzt worden und anstatt des ganzen Mülls, liegt Bauschutt herum.

»Pass auf, dass du dich nicht in diesem Draht verfängst«, sagt Tom und deutet auf die Schlaufen, die eine Stolperfalle abgeben.

Umsichtig steige ich darüber, balanciere mich aus und Tom greift meine Hand. Er hält mich fest, bis ich wieder sicher stehe. Natürlich wäre das auch ohne seine Hilfe gegangen, aber wenn ich die Chance bekomme, ihn zu berühren, muss das genutzt werden. Die Schmetterlinge flattern wieder los, drehen Salti und Loopings.

»Hier kommen überall Studios hin«, erklärt Tom und bleibt zwischen dem Hauptgebäude und dem, was ich bei der ersten Besichtigung als Garage oder Lagerhalle bezeichnet hätte, stehen. »Und hier auch. Diese Studios auf der rechten Seite werden für Leute sein, die viel draußen arbeiten. Ich denke da an Menschen, die Holz schnitzen oder sowas in der Art.« Er zieht mich weiter. »Hier waren vor einigen Wochen alle Fenster kaputt und Rowdys haben hier drin gewütet. Hier kannst du rein sehen.«

»Wow, das ist ja groß.«

»Ja, es sind vierzig Quadratmeter«, sagt Tom, der direkt hinter mir steht. Sein Atem kitzelt meinen Nacken. »Und jedes Studio hat ein Waschbecken und Starkstromanschluss. Man sagte mir, dass Handwerker sowas brauchen.«

»Das ist toll. Vielleicht sollte ich mich bei dir bewerben. Das ist viel schöner als meine jetzige Werkstatt. Und günstiger.« Ich zwinkere ihm zu.

»Ich würde dich sofort nehmen«, sagt er nah an meinem Ohr und ich drehe den Kopf in seine Richtung.

»Ja? Das würdest du tun?« Er ist mir so nah wie gestern im Atelier und ich verliere mich in seinen Augen. Gott, in mir kribbelt alles und ich bekomme eine Gänsehaut.

»Würde ich. Du passt mit deiner Arbeit hier super rein und ich könnte dich jeden Tag zum Mittagessen besuchen. Mein Büro liegt um die Ecke. Das wäre schön. Ich treffe dich gerne.«

Seine Brust berührt meinen Rücken und ich spüre die Vibration, wenn er spricht. Die Augen, seine Stimme, die Tatsache, dass er mich in den Arm genommen hat und festhält; all das sorgt dafür, dass mein Hirn komplett leer ist. Kein Gedanke lässt sich formen. Ich kann nur starren und hoffen, dass mir das Herz nicht zu laut klopft.

»Verwirre ich dich so?«

»Woher ...?«

»Ich spüre deinen Puls an meinem Arm«, sagt er leise und bevor ich auf andere Gedanken kommen kann, bevor ich mir eine Ausrede einfallen lassen kann, küsse ich ihn.

Er dreht mich zu sich und wir stehen einander gegenüber. Toms Atem geht genauso schnell wie meiner. Wie von selbst schlinge ich die Arme um seinen Hals und stelle mich auf die Zehenspitzen. Ich will ihm nahe sein. So nah wie möglich!

Wie konnte ich jemals auf den Gedanken kommen, dass ich mich nicht in Tom verlieben würde? In dem Moment, als ich ihn zum ersten Mal in der U-Bahn ge-

sehen habe, hätte ich es wissen müssen. Wahrscheinlich war ich so ins Gespräch zwischen Tom und seinem
Kumpel vertieft, dass ich sein Äußeres ausgeblendet
habe. Hätte ich darauf geachtet, dann wäre mir aufgefallen, wie attraktiv er ist, und dass es nur eine Frage
der Zeit sein würde, bis ich ihm verfalle.

Und genau das ist jetzt passiert. Ach was, das ist schon
vor langer Zeit passiert!

Sachte ziehe ich seine Unterlippe zwischen die Zähne,
spüre die Bartstoppeln auf meiner Haut und höre das
tiefe Seufzen, das ich ihm damit entlocke. Das Fenster
drückt sich mir in den Rücken, als Tom mich dagegen
presst. Alle Nerven sind auf den Mann fokussiert, den
ich küsse. Der Kuss wird langsamer und ich koste jeden
Moment aus, bis wir uns voneinander lösen.

»Wow«, bringt er keuchend hervor, lächelt mich an
und umfasst mein Gesicht sachte mit beiden Händen.

Mehr sagt er nicht und ich vermute, dass er genauso
sprachlos ist wie ich. Der Kuss kam plötzlich und hat
uns beide überrumpelt, dementsprechend stehen wir
nur da und strahlen uns an. In mir flattert alles und aus
dem Grinsen komme ich nicht mehr raus.

Tom nickt die schmale Straße entlang; er will mir das
Gebäude weiter zeigen und ich greife nach seiner Hand.
Natürlich will ich mitkommen.

Wie krass ein Kuss etwas verändert: Vorhin fühlte
sich das Händchenhalten noch unsicher an. Keiner von
uns beiden wusste, wie der andere empfindet. Jetzt liegt
eine gewisse Sicherheit in der Geste und die Tatsache,
dass Tom meine Hand ab und zu sachte drückt, bestätigt mich darin, dass hier alles richtig ist.

Na ja, fast.

Tom führt mich durch die Baustelle, zeigt mir Räumlichkeiten und erklärt nebenbei, was hier noch alles gemacht werden muss und dass er in ein paar Wochen die offizielle Bewerbungsphase einläuten wird. In mir rumort das schlechte Gewissen und ich bin mehrmals kurz davor, die Karten offen auf den Tisch zu legen. Ab und zu spüre ich, wie sich ein Geräusch in meiner Kehle anbahnt, aber ich bringe es nicht über mich, etwas zu sagen.

Und so bleibt ein nagendes Gefühl in mir zurück, als ich Tom wenig später zum Abschied küsse. Fast so, als wäre ich eine vermeintlich makellose Porzellantasse, die auf der Rückseite einen kleinen Riss hat, den der Käufer nicht sieht.

Kapitel 16

Am nächsten Tag macht Tom früher Feierabend, denn ich brauche ihn, um die Teller einzupacken, und er wollte dabei helfen. Am späten Nachmittag klingelt er bei mir und ich öffne begeistert die Tür.

»Hey, schön, dass du da bist.«

»Hast du auf mich gewartet?«, fragt er, zieht mich sofort in seine Arme und küsst mich.

»Ja, und ich schaue schon seit einer halben Stunde auf die Uhr«, sage ich leise und küsse ihn strahlend ein zweites Mal.

»Ich wollte schon früher da sein, aber ich musste noch nach Hause, weil ich nicht im Anzug hier auftauchen wollte«, gesteht er und zupft am Saum des T-Shirts herum.

»Ist es dir hier zu staubig?«

»Auch, aber mir war einfach zu warm in dem Anzug.« Ich bekomme einen Kuss auf die Nasenspitze, dann sieht er sich neugierig um. »Was muss ich machen? Denk daran, ich bin künstlerisch nicht talentiert.«

An der Hand ziehe ich ihn zu meinem Arbeitstisch, auf dem ich die Teller ausgelegt habe. »Die hier müssen abgewischt werden und wir müssen alle in Seidenpapier einschlagen und dann in einen Karton legen. Hier ist das Füllmaterial und davon brauchen wir reichlich.« Ich deute auf das pastellfarbene Papier, das in einem offenen Karton auf dem Tisch liegt, und sehe Tom auffordernd an, der fragend die Schultern zuckt.

»Kannst du den Anfang machen? Ich weiß gar nicht, wie das aussehen muss, und du hast doch sicherlich einen gewissen Standard beim Einpacken.« Er sieht mich erwartungsvoll an.

Ich greife nach dem ersten Teller, wische ihn einmal ab und lege ihn dann auf das Papier. »Beim Einschlagen solltest du darauf achten, dass nichts vom Teller rausschaut und dann machst du hier einfach einen Klebestreifen drauf. Zwischen jedem Teller sollten mindestens zwei Zoll Füllmaterial liegen, damit sie nicht aufeinander knallen.« Während ich alles vormache und erkläre, bemerke ich, dass Tom überhaupt nicht bei mir ist. Grinsend starrt er mich an und ich halte inne. »Du passt ja gar nicht auf.«

»Nein, ich beobachte dich lieber«, gibt er zu, zieht mich an sich und verwickelt mich wieder in einen Kuss.

Gott, ich könnte ihn einfach den ganzen Tag küssen und dränge mich gegen ihn.

»Holly, ich kann mich nicht konzentrieren«, knurrt er und lacht tief.

»Du hast angefangen, mich abzulenken.«

»Ich kann nicht anders. Du bist einfach zu sexy.« Gierig küsst er mich erneut, lässt den Mund an mein Ohr gleiten und knabbert an meinem Ohrläppchen.

Jede Faser meines Körpers fokussiert sich auf diese eine Berührung. »So? Trotz der Latzhose?«

»Ich liebe diese Latzhose«, gesteht er und presst mich fest an sich.

Seine Worte treffen mich direkt ins Herz und gleichzeitig erregt es mich ungemein. »Du kannst sie mir später gerne ausziehen«, höre ich mich sagen und Tom intensiviert den Kuss seufzend.

»Das würde ich am liebsten sofort tun, Holly.« Er beißt sich auf die Lippen, als könne er sich nur schwer davon abhalten, mir jetzt und hier die Kleidung vom Körper zu reißen und – o Gott – selten habe ich einen Gesichtsausdruck gesehen, der mich heißer gemacht hat. »Aber wir müssen die Teller einpacken.«

»Teller? Ach ja.« Die hätte ich bei der ganzen Knutscherei fast vergessen.

»Dann, ab an die Arbeit.« Langsam, aber bestimmt schiebt er mich von sich und greift vorsichtig den ersten Teller.

Wie kann er nur von der einen auf die andere Sekunde umschalten? Fasziniert sehe ich ihm dabei zu, wie er meine Arbeit behutsam und vorsichtig in Papier schlägt und dabei so vorsichtig ist, als würde er ein Vogeljunges anfassen. Er nimmt Rücksicht auf meine Leistung und schätzt die Arbeit, die darin steckt, das sehe ich ihm an.

Natürlich entgeht ihm mein Blick nicht. »Mache ich alles richtig?«

»Ja, perfekt«, antworte ich und bin sicher, dass ich ihn vollkommen dümmlich angrinse. Aber was soll ich machen? Meine Hormone spielen verrückt und die Schmetterlinge in meinem Inneren haben bestimmt schon ein Schleudertrauma.

Insgesamt verpacken wir zwanzig Teller. Je zehn pro Karton. Nachdem alles zugeklebt wurde, stellen wir die Lieferungen neben die Tür und klatschen uns ab.

»Das können wir öfter gemeinsam machen. Du bist ein richtig guter Assistent«, sage ich lobend zu Tom, der sich scherzhaft verneigt.

»Immer gerne.«

»Immer gerne? Ich dachte, Kunst liegt dir nicht.«

»Das war keine Kunst, das war harte Arbeit«, sagt er und ich kann nicht anders, als in die Hände zu klatschen.

»Du hast zugegeben, dass Kunst Arbeit ist!«

»Hab ich nie bestritten«, sagt er schnell, doch ich schüttele den Kopf.

»Nein, so aalglatt kannst du dich bei deinen Kunden rausreden, nicht bei mir. Du hast gesagt, dass Künstler für dich keine arbeitenden Menschen sind. Erkennst du jetzt, was da alles dranhängt. Es ist nicht nur die Herstellung, sondern auch der Verkauf und das Marketing.« Ich deute auf den Fußboden. Obwohl wir recht sauber gearbeitet haben, liegen noch die Maisflocken von dem Polstermaterial herum. »Aufräumen ist auch Arbeit.«

Es dauert ewig, bis wir alles eingesammelt haben. Durch das offene Fenster wabert die Luft eines lauen Abends herein und es riecht nach Regen. Es war ein heißer Tag und ein Sommergewitter gäbe der Stadt eine kleine Abkühlung. In der Ferne kann man bereits ein Donnergrollen hören. Lange wird es nicht mehr dauern, bis es losgeht. Bevor ich das Fenster schließe, atme ich einmal genüsslich ein, dann drehe ich mich zu Tom um, der am Arbeitstisch lehnt und mich mild lächelnd ansieht. »Es regnet gleich.«

»Ich weiß. Wollen wir gehen? Ich bin zu Fuß hergekommen und bis zu meiner Wohnung könnten wir es noch schaffen, bevor der große Regenguss kommt«, schlägt er vor.

Zu seiner Wohnung?

»Ist das eine Einladung?«, frage ich erfreut, denn ich würde gern sehen, wie Tom lebt. Als Makler hat er sicherlich eine super schicke Wohnung, an die er nur herangekommen ist, weil er sie sich zuerst krallen konnte. Ein Penthouse oder sowas.

»Ja, das kannst du als Einladung sehen. Außerdem brauche ich jetzt dringend eine Dusche. Ich bin total verschwitzt. Das Einpacken war nicht ganz ohne.« Er zwinkert und ich schlucke.

Ich soll mit zu ihm nach Hause kommen und er will unter die Dusche. Ist mein Gehirn zu vernebelt oder sagt er mir durch die Blume gerade, dass er heute gern mit mir schlafen möchte? Alle Zeichen deuten darauf hin und ich bin mit einem Schlag nervös angespannt.

Aber voller Vorfreude.

Ich will auf jeden Fall mitkommen und ... einfach alles mit ihm tun.

Tatsächlich kann ich mich nicht erinnern, jemals ein solches Verlangen nach jemandem gehabt zu haben.

»Ich komme gerne mit.«

»Gut, dann los, draußen zieht sich der Himmel schon zu.« Er wirft einen kurzen Blick aus dem Fenster, schnappt sich seine Tasche und greift nach der meinen. »Komm, lass uns gehen, hübsche Frau.« Er zwinkert und schaltet einfach das Licht aus.

Draußen hat sich der Himmel in ein ungesundes, schwefelfarbiges Gelb verfärbt und der Geruch nach Regen erfüllt die Luft.

»Wohnst du weit entfernt von hier?«, frage ich und ziehe den Kopf ein, als bereits nach wenigen Metern die ersten Tropfen fallen. Warmer Regen auf heißem Asphalt – mein liebster Geruch!

»Fünf Minuten, wenn wir schnell gehen«, antwortet Tom und sieht zum Himmel.

Die Wolkenmassen türmen sich auf, wirken bedrohlich und tragen doch gleichzeitig so viel wertvolles Wasser in sich, dass man für jeden Tropfen dankbar sein muss. Er fasst meine Hand und zieht mich zügig auf dem schmalen Bürgersteig hinter sich her. Wir passieren ein kleines Mäuerchen, hinter dem sich ein verwilderter Garten befindet, der nach Wasser lechzt. In diesem Moment öffnen sich die Himmelsschleusen und ein Platzregen, wie ich ihn lange nicht erlebt habe, ergießt sich über London, wäscht die drückende Luft rein und schwemmt den Staub des Tages in den Rinnstein. Rasch ziehe ich den Kopf ein, aber die Regentropfen laufen mir trotzdem in den Kragen und binnen weniger Sekunden bin ich bis auf die Haut durchnässt.

Das Wasser pflatscht auf den Boden und spritzt gegen unsere Beine, während wir gemeinsam durch Pfützen springen und ich mir wieder wie ein kleines Kind vorkomme.

Im Laufen dreht Tom sich zu mir um und sagt lachend: »Ich hab nie einen Schirm dabei. Das sollte ich mal ändern.«

»Solltest du«, kichere ich und beobachte einen Wassertropfen, der ihm von der Nasenspitze tropft.

Sein graues T-Shirt klebt ihm am Körper wie eine zweite Haut und Toms Haare nutzen die Feuchtigkeit, um wieder in ihre Lockenstruktur zu springen. Er sieht viel jünger aus, wenn seine Frisur nicht so streng ist.

»Sind wir gleich bei dir? Sonst werden wir noch weggespült.«

»Da vorne ist es schon.« Er deutet auf ein Gebäude, eines der typischen englischen Reihenhäuser mit rotem Backstein und weißen Fensterrahmen sowie einem hübschen Hauseingang, der über eine Treppe erreichbar ist.

Komisch, ich hätte was Exklusiveres erwartet. Na ja, mal sehen, wie es drinnen aussieht. Wir betreten das Treppenhaus und schütteln uns den Regen aus den Haaren. Jetzt, wo wir in der Wohnung sind, ist mir kalt und fröstelnd schlinge ich mir die Arme um den Oberkörper.

Tom nimmt meine Hand und nickt zur Treppe hin. »Wir müssen in die zweite Etage.«

Die Stufen knarren und quietschen, während wir sie hinauf steigen, und oben angekommen schließt Tom eine dunkelbraune Wohnungstür auf. Das Treppenhaus ist hübsch zurechtgemacht, wurde vermutlich erst vor kurzem gestrichen, hat helle Wände und taubenblaue Fensterrahmen.

»Ich habe nicht aufgeräumt«, sagt er entschuldigend und drückt die Tür auf. Er lässt mir den Vortritt und ich mache den ersten Schritt auf einen hellen Holzboden, den ich augenblicklich volltropfe.

»Oh je, gleich schwimmt dein Flur.« Hilflos, weil ich keine Ahnung, habe, wohin ich gehen kann, ohne alles unter Wasser zu setzen, drehe ich mich im Kreis.

Tom kommt mir zu Hilfe und deutet auf eine Tür. »Hier ist das Badezimmer. Da kannst du die nassen Sachen loswerden. Ich bringe dir etwas von mir, dann können deine Klamotten trocknen«, bietet er an und öffnet mir die Tür.

Das Bad ist winzig klein, die Fliesen in einem matten Grau, grenzen sich durch eine silberne Leiste auf halber Höhe von der gestrichenen Wand ab. Toms Körpergröße zeigt sich deutlich am Spiegel, der so hoch hängt, dass ich mich selbst nicht sehen kann. Auf dem Waschbecken liegt ein Rasierer, über der Duschkabine trocknet ein rotes Handtuch, ansonsten steht nichts herum. Also, ich würde das hier als aufgeräumt bezeichnen.

Mittlerweile sind meine Klamotten so kalt, dass ich zittere und versuche, alles auszuziehen, ohne dabei unnötig mit den Stoffen in Kontakt zu kommen. Nasse Kleidung loszuwerden, ist jedoch alles andere als einfach und ich winde und kämpfe mich aus meinem T-Shirt, das überall an mir kleben bleibt. Endlich landet es auf dem Boden und ich steige aus meiner Jeans, als es klopft.

»Kann ich reinkommen?«, fragt Tom vorsichtig durch die Tür und öffnet sie einen Spalt breit. »Ich habe dir ein Shirt von mir und ein frisches Handtuch geholt, damit du dich ... oh.« Er hält inne, weil ich halb nackt vor ihm stehe, und schluckt. Auch er ist sein T-Shirt losgeworden und steht oben ohne vor mir. Ob er das absichtlich gemacht hat?

Mir wird ganz kribbelig, wenn ich ihn so ansehe und vor allem den Blick, mit dem er mich mustert. Verlangend, sehnsüchtig, lustvoll. »Ich kann wieder rausgehen, wenn du ...«

»Nein. Bleib.« Zum Glück ist das Badezimmer klein und ich erreiche ihn mit zwei schnellen Schritten, umschließe sein Gesicht mit den Händen und ziehe ihn in einen Kuss. Unsere Oberkörper prallen aufeinander, als ich ihn gegen das Türblatt dränge, und Tom erwidert den Kuss sehnsüchtig. Warme Hände berühren meine vom Regen abgekühlte Haut und hinterlassen Spuren aus Feuer. Ich schnappe nach Luft, presse mich enger an ihn, sauge jede Berührung auf wie ein nasser Schwamm.

»Das wollte ich schon den ganzen Tag tun«, gebe ich leise zu und er nickt atemlos.

»Ich auch. Du kannst dir gar nicht vorstellen, wie sehr.« Mit dem Daumen streicht er mir über die Unterlippe und sein Blick bohrt sich in meinen. So intensiv, dass sich in mir vor Lust alles zusammenzieht.

Ich will mit ihm schlafen, will ihn in mir spüren. Noch nie hatte ich ein solches Verlangen nach jemandem. Würde er mich jetzt an meiner empfindlichsten Stelle berühren, käme ich sicher sofort.

Als hätte er meine Gedanken gelesen, gleitet seine Hand von meinen Lippen zum Dekolleté, über meine Seite und unter den Stoff meiner Unterwäsche. Gott, kann er aufhören, mich so zu quälen? Genussvoll schließe ich die Augen und keuche leise, als er mit einem Finger in mich eindringt.

»Du bist ganz feucht«, haucht er mir lasziv ins Ohr, was den Zustand nur noch verstärkt. »Ich könnte dich jetzt hier auf dem Waschtisch nehmen, weißt du das?«

»Worauf wartest du?«, bringe ich leise zustande, öffne den Knopf seiner Jeans und schiebe sie samt Boxershorts hinunter. Seine Erregung drängt sich gegen meinen Unterbauch. Die weiche Haut gespannt vor Lust.

»Ich brauche ein Kondom.« Wieder verwickelt er mich in einen Kuss, damit wir das Liebesspiel nicht unterbrechen müssen, drängt mich zum Waschtisch und sucht mit einer Hand in der Schublade nach einem der kleinen Päckchen. Unauffällig zieht er es sich über, hebt mich dann auf den Waschtisch und dringt mit einer so schnellen, fließenden Bewegung in mich ein, dass ich kurz aufschreie. Damit hatte ich nicht gerechnet und auch nicht damit, wie gut er sich anfühlt.

»O Gott, Holly, du fühlst dich so gut an«, keucht er mir ins Ohr und stößt kraftvoll und voller Lust zu.

Ihn in mir zu spüren, zu wissen, wie er mich ausfüllt, lässt mein Herz höher schlagen. Kalt ist mir schon lange nicht mehr. Mit jedem Stoß dringt er tiefer in mich ein, zieht das Tempo an und folgt seinem Instinkt. Unser Atem geht schwer und ich kralle mich in seine Schulterblätter, hinterlasse Striemen auf seiner hellen Haut.

»Tue ich dir weh?«, keuche ich, als er zusammenzuckt.

»Nein, alles in Ordnung.« Wieder ein Kuss, der mir den Atem nimmt, ein weiterer Stoß und ich sehe Sterne. Tom folgt mir wenige Sekunden später. Ich schließe die Augen und hoffe, dass sich mein Atem schnell wieder beruhigt. Seine Arme halten mich fest und immer wieder küsst er meine Schläfe. Vollkommen berauscht von Glücksgefühlen, kann ich keinen klaren Gedanken fassen, aber das ist egal. Gerade muss ich nicht denken.

»Willst du unter die Dusche springen?«, fragt er leise, ohne mich dabei loszulassen. Ja, ich will duschen. Gleichzeitig will ich hier bleiben.

»Kommst du mit?«

»Liebend gern. Ich kann dich doch jetzt nicht alleine lassen.«

Zur Dusche muss ich nicht gehen, denn Tom behält mich einfach in seinen Armen und trägt mich in die Kabine. Sie ist klein, aber wir haben genug Platz, weil wir nah beieinander stehen. Es dauert eine Weile, bis wir uns auf eine Temperatur einigen können, die mich nicht auskühlt und Tom nicht verbrennt, doch schließlich stehen wir gemeinsam unter dem Strahl der Regendusche, verteilen Schaum auf unseren Körpern und küssen uns verliebt.

Ich kann die Finger einfach nicht von ihm lassen. »Was für Sport machst du eigentlich?«

»Ich mache im Fitnessstudio meist Ausdauertraining, wieso?« Tom legt den Kopf in den Nacken, um sich das Shampoo aus den Haaren zu spülen.

»Weil man das sieht.«

»Na, wenn das so ist, dann bin ich ja froh, mich regelmäßig ins Studio zu bewegen. Ich muss doch meine Freundin begeistern.« Er hat ganz unbedacht gesprochen und hält inne. Auch ich habe das Wörtchen gehört und starre ihn an.

»Freundin? Meinst du wirklich?«

Verlegen zuckt er die Schultern und schaltet das Wasser ab. »Na ja, ich dachte, weil wir uns gut verstehen, weil wir miteinander geschlafen haben, weil ich dich gerne küsse und um mich habe ...«

»Du musst mir nichts erklären«, sage ich lachend. Wie süß, dass er so verlegen ist. »Ich sehe das genauso. Ich wollte mich nur noch mal rückversichern.«

»Da kannst du dir sicher sein, Holly.« Er zieht mich an sich, drückt seine Lippen an meine Schläfe und öffnet dann die Kabinentür der Dusche, um nach einem Handtuch zu greifen.

Nachdem wir uns abgetrocknet und angezogen haben, wobei ich in Toms T-Shirt fast versinke, zeigt er mir seine Wohnung, die fast doppelt so groß ist wie meine. Der Fußboden aus hellen Holzdielen steht im starken Kontrast zu den grau gestrichenen Wänden. Noch immer prasselt der Regen gegen die hohen Fensterscheiben und lässt alles verschwimmen, was dahinter zu sehen ist. Der Kamin ist weiß gestrichen und drum herum lädt eine Sitzgruppe aus Sesseln zum Entspannen ein.

»Wow, sind das tolle Sessel.« Mit der Hand streiche ich über den angerauten, hellen Stoff.

»Hab ich bei Ebay geschossen. Man liegt in diesen Dingern wie auf Wolken.«

Tatsächlich sind die Sessel so ausladend, dass sie fast als Sofa durchgehen könnten. Würde ich mich darauf setzen, könnte ich mit den Füßen den Boden sicherlich nicht mehr berühren.

Ein Laptop liegt auf dem Couchtisch, wahrscheinlich arbeitet er ab und zu auch hier.

»Möchtest du was trinken? Das hatte ich dir gar nicht angeboten, sorry.«

»Du willst mir doch nur deine Küche zeigen, oder?«

»Natürlich. Ich hab erst vor kurzem einen neuen Kühlschrank bekommen, der muss präsentiert werden«, antwortet er grinsend und öffnet eine Schiebetür.

Die Küche ist ein Traum, aber für mich viel zu hoch. Alle Arbeitsplatten sind auf Tom ausgerichtet und ich komme mir darin vor wie ein Zwerg. Trotzdem ist sie sehr schön, man sieht aber – genau wie bei mir –, dass hier wenig gekocht wird. Alles wirkt eher unbenutzt und fast so, als gäbe es diese Küche nur zu Dekorationszwecken.

»Du bist nicht oft hier, oder?«, stelle ich fest und streiche mit der Hand über die hohen Stühle, die an einer kleinen Mücheninsel stehen.

»Sieht man das?«, fragt Tom verlegen und öffnet den Kühlschrank – er ist fast leer. Nur eine Flasche Wasser, ein Netz Orangen sowie etwas Butter und eine Dose Thunfisch nehmen ein wenig Platz ein. »Ja, sieht man. Mann, ich kann dir nicht mal etwas zu essen anbieten. Ich bin ein miserabler Gastgeber. Tut mir leid, Holly.«

»Wir könnten ja was essen gehen und irgendwann mal gemeinsam kochen, wenn die Planung es hergibt. Was meinst du?«, schlage ich vor, schließe den Kühlschrank und zwänge mich zwischen das Gerät und Tom.

Meinen Freund.

Das klingt gut und so ungewohnt, weil ich schon lange niemanden mehr mit diesem Titel versehen durfte. Tom und ich. Ich und Tom. Holly und Tom. Daran möchte ich mich gewöhnen.

»Du willst also was essen gehen.« Tom wiederholt meinen Satz langsam, als wäre er nicht sicher, ob das eine gute Idee ist. »Und was ziehst du dabei an?« Er nickt zu meiner Latzhose, die noch immer tropfnass über einem Stuhl in der Küche hängt. »Eine Hose von mir wird dir wohl kaum passen. Und die hier ist eiskalt. Nein, ich schlage vor, dass wir beide uns etwas bestellen und hier den Tag ausklingen lassen, was meinst du?«

Kann ich das ablehnen, während er mir beim Sprechen sanft die Hüfte streichelt und seine Lippen ständig meinen Hals streifen.

»Hm, ich kann mich nicht konzentrieren ...«

»Soll ich für uns diese Entscheidung treffen?«, raunt er und ich nicke dümmlich grinsend.

»Ich esse alles.«

»Alles? Gut, dann bestelle ich Haggis.«

»Nein, das esse ich nicht.« Das schottische Nationalgericht, das aus Innereien, Haferflocken, gegart im Schafsmagen, besteht, kommt mir nicht über die Zunge.

»Ich mag das sehr gerne. Der Schafsmagen wird doch im Grunde nur wie eine Wurstpelle genutzt und die Füllung ist eine Resteverwertung. Eigentlich sehr nachhaltig.« Egal wie sexy ich Tom finde. Mit diesem Lobpreis auf Haggis sammelt er gerade wieder Minuspunkte.

Kapitel 17

Meine Abneigung gegen Haggis scheint Tom zu motivieren. Denn er bestellt dieses Zeug in einem kleinen Imbiss.

»Ja, Kartoffelbrei und Erbsen als Beilage bitte. Wie lange wird es dauern? Zwanzig Minuten, alles klar.« Grinsend legt er auf. »Ich habe dir extra noch eine Beilage dazu bestellt. Falls du Haggis nicht magst.«

»Oh, wie gnädig von dir, danke.« Ich ringe mir ein Grinsen ab und bei dem Gedanken an den Haggis wird mir jetzt schon schlecht.

Der Lieferdienst kommt pünktlich und die Boxen riechen wirklich lecker, als wir den Styropordeckel öffnen. Haggis kenne ich als braune undefinierbare Pampe, ähnlich wie Porridge. In meiner Box befinden sich kleine frittierte Bällchen, Möhren und Kartoffeln und es riecht gut.

»Was ist das?«, frage ich argwöhnisch und schiebe mit der Gabel eines der Bällchen hin und her.

»Haggis. Frittiert«, antwortet Tom mit vollem Mund. Er hat bereits einen großen Bissen genommen und kaut genüsslich.

In mir kämpfen zwei Fronten gegeneinander: Der Geruch ist verlockend und ich habe Hunger. Aber zu *wissen*, was es ist, das sich da in meiner Box befindet, verursacht mir Übelkeit.

»Probier es wenigstens, Holly.« Auffordernd tippt er mit seiner Gabel gegen eines der Bällchen und sieht mich mit einem Hundeblick an, dem ich fast nicht widerstehen kann.

»Woher deine Leidenschaft für dieses ... für *das*? Du preist das ja regelrecht an.«

»Meine Oma war Schottin. Ich verbinde mit Haggis Kindheit.« Schulterzuckend teilt er ein Bällchen und spießt es auf. »Ein bisschen Kartoffelbrei dazu ... mh, lecker.«

Na gut, ich bin erwachsen. Ich sollte mich nicht so anstellen. Rasch kneife ich die Augen zu, öffne den Mund und lasse mich füttern.

Die Panade ist knusprig. Das Fleisch – oder was auch immer in Haggis alles verwurstet wurde – weich und würzig. Pfeffer, ein wenig Salz. Eine Brise Chili vielleicht? Dazu kommt der weiche, milde Kartoffelbrei.

»Es schmeckt dir«, haucht Tom, der mich beim Kauen keine Sekunde aus den Augen gelassen hat, und grinst breit.

»Zumindest hatte ich es mir deutlich schlimmer vorgestellt«, gebe ich zu und schlucke den Bissen hinunter. Im Grunde könnte es sich bei Haggis auch um veganes Hackfleisch handeln und das kann ich problemlos essen. Mein Leibgericht wird das zwar nicht, aber es schmeckt und wenig später stelle ich den leeren Teller beiseite. »Hast du deine Oma oft in Schottland besucht?«

Tom bekommt einen verklärten Blick und seufzt. »Als Kind war ich häufig in den Sommerferien dort. Meine Eltern haben viel gearbeitet und Granny hat sich gefreut, ihren Enkel einige Wochen bei sich zu haben. Für mich war es dort traumhaft. Ich konnte den ganzen Tag draußen spielen, kam mit zerschrammten Knien wieder nach Hause und war ausgelastet. Und abends hat meine Oma häufig Haggis zubereitet. Deswegen erinnert mich das Essen an diese Zeit. Wo bist du aufgewachsen?«

»Meine Eltern kommen aus Seaford, unten an der Küste. Ich bin dort geboren und wir sind dann nach New Addington gezogen, da war ich fünf. Mein Vater arbeitet in einer kleinen Firma und meine Mutter ist beim Kinderarzt an der Rezeption. Mich hat es schon immer nach London gezogen. Ich mag diese Stadt und die Möglichkeiten, die man hat, auch wenn man nicht jeden Tag alles nutzt und es natürlich teuer ist.«

Tom nickt. Klar, er kennt die Immobilienpreise und trägt seinen Teil dazu bei. »War sicherlich schwer, ein Atelier zu finden, oder?«

Ich nicke. Jetzt wäre die Möglichkeit, ihm von der Kündigung zu berichten. *Jetzt!* »Einfach war es nicht. Ich hatte mich anfangs dort nur eingemietet, weil es einer Kollegin gehörte, die ein Jahr in Deutschland war. Dort hat sie dann die große Liebe gefunden und ich konnte den Raum übernehmen, als feststand, dass sie nicht wieder zurückkommt.« Lächelnd denke ich an die Zeit zurück, in der ich zusammen mit ihr gearbeitet und getöpfert habe. Wir hatten großen Spaß, neue Designs zu entwerfen, und sie hat mir wirklich gefehlt, nachdem sie gegangen ist. Aber ohne sie hätte ich niemals den Raum bekommen. Das war mehr Glück als Verstand.

»Das ist ja gut gelaufen«, murmelt Tom und streichelt abwesend meinen Arm. »Die Mieten sind wirklich heftig, das gebe ich zu. Deswegen hat die Stadt wahrscheinlich dieses Projekt ins Leben gerufen. Peckham kann ein wenig mehr Kunst durchaus gebrauchen. Ich bin sicher, dass es Bedarf gibt – es sich eben die meisten nur nicht leisten konnten. Oder es schlicht keine Angebote gab.«

Es liegt mir auf der Zunge. Ich könnte jetzt problemlos sagen, dass ich dringend ein neues Studio brauche. Aber ich kriege keinen Ton heraus. Etwas in mir blockiert und alles, was ich hinkriege, ist, müde zu lächeln.

»Und mit dir habe ich ja eine wunderbare Beraterin an meiner Seite. Du kannst mir sagen, was Künstler und Handwerker in ihren Werkstätten benötigen.«

»Ach, das interessiert dich?«, frage ich nach und muss an unser Gespräch vor einigen Tagen denken.

»Ja, das tut es. Ich will meinen Job gut machen und gute Studios anbieten, auch wenn ich nach wie vor deine Meinung nicht teile, was die Mietpreise angeht. Aber weißt du was? Ich habe darüber nachgedacht, was du mir gesagt hast. Du sagtest, ich wäre rational. Dabei bin ich alles andere als das.« Die anfängliche Leichtig keit ist verschwunden. Jetzt sieht er ernst aus.

Ich runzele die Stirn. »Wie meinst du das?«

»Mein Vater hat vor seinem Ruhestand erfolgreich in der Wirtschaft gearbeitet. In seinen Augen war und bin ich als Makler vollkommen ungeeignet. Ich bin zu weich und zu gutmütig. Von ihm habe ich gelernt, dass man sich nicht alles gefallen lassen darf und über Leichen gehen muss, um etwas zu erreichen. Mittlerweile bin ich da sehr streng und lasse mir nicht mehr alles gefallen. Würde ich allerdings rational denken, hätte ich längst eingesehen, dass ich meinen eigenen Weg in diesem Business finden muss. Stattdessen will ich es meinem Vater täglich beweisen. Und weiß doch, dass es nie genug sein wird.«

Das klingt schrecklich traurig, aber in meinen Augen ist Tom alles andere als zu weich. Er setzt hohe Mieten an und ist durch und durch Geschäftsmann. Ich verstehe nicht, was sein Vater an der Art und Weise negativ zu bemängeln hat. So arbeitet ein Geschäftsmann doch, oder?

»Ich finde nicht, dass du zu weich bist. Wenn es nach mir ginge, könntest du weicher sein. Zum Beispiel noch mehr Künstlerateliers anbieten und dich dadurch von deiner Konkurrenz abheben. Du hättest in jedem Fall ein Alleinstellungsmerkmal. Makler mit Herz.« Wir sehen uns einen Moment lang an und Tom scheint tatsächlich über meine Aussage nachzudenken.

Dann gesteht er: »Das klingt alles ganz wunderbar, aber ich sehe nicht, wie ich mit einem solchen Konzept Erfolg haben würde. Die Häuser sind teuer in der Anschaffung und die Mieten wären dann viel zu niedrig. Du musst für deine Tassen ja auch einen gewissen Preis nehmen, weil es sich sonst nicht lohnt. Und wir wollen alle Geld verdienen. Oder etwa nicht?«

»Ja, aber es ist doch ein Unterschied, ob wir von einem Gegenstand des täglichen Lebens sprechen, oder von einem essenziell wichtigen Element wie einer Wohnung oder Arbeitsstätte. Meine Tassen kann man im Zweifel einfach nicht kaufen, wenn man es sich nicht leisten kann, aber eine Wohnung braucht jeder.«

»Da hast du recht. Aber soll ich deswegen Wohnungen verschenken und selber wie ein armer Schlucker dastehen? Ich will meinen Beruf nicht an den Nagel hängen. Ich mache ihn gerne. Die Planung, die Organisation, das Erschließen alter Gebäude, die man umbauen kann – darin lebe ich mich aus und das ist mein Ding. Kannst du das nicht verstehen?« Bittend sieht er mich an und ich nicke.

»Ja, ich kann es verstehen. Nur, das nachzuvollziehen, fällt mir schwer«, gebe ich zu und er rutscht ein wenig auf der Couch zu mir herüber, streckt eine Hand aus und streicht mir über die Wange.

»Man muss nicht alles nachvollziehen können, was der andere tut, meinst du nicht? Wir sind zwei Menschen mit zwei verschiedenen Meinungen. Das darf man haben. Deswegen finde ich dich trotzdem attraktiv.« Mit diesen Worten zieht er mich in einen Kuss, der die ganze Argumentation kurz in den Hintergrund rücken lässt.

***

Nachdem meine Klamotten trocken sind, verabschiede ich mich von Tom, obwohl ich gern die Nacht bei ihm verbracht hätte. Aber er hat früh morgens einen Termin und ich will zeitig wieder in der Werkstatt stehen. Und ich bin sicher, dass wir wenig Schlaf bekämen, wenn ich über Nacht bliebe.

Tom lässt es sich nicht nehmen, mich nach Hause zu begleiten, und so nutzen wir den Weg für einen nächtlichen Spaziergang, der nun, da der Regen die Luft ein wenig reingewaschen hat, für Abkühlung sorgt.

»Sehen wir uns morgen trotzdem?«, frage ich nach dem vierten Abschiedskuss vor meiner Haustür und lege die Arme um seinen Hals.

Gespielt nachdenklich zieht Tom das Handy aus der Tasche. »Warte, da muss ich erst meinen Kalender checken – natürlich sehen wir uns. Ich kann nach Feierabend vorbeikommen.«

»Ich freu mich auf dich.«

»Ja? Auch wenn ich in deinen Augen ein Preistreiber bin?«, fragt er mit hochgezogenen Brauen.

»Ja, auch dann«, antworte ich lächelnd. Ich kann ja nichts dafür, dass der Mann, bei dem ich Herzklopfen bekomme, so einen Beruf ausübt.

Doch, ich habe ihn mir ja gerade deswegen ausgesucht.

»Ich kann es kaum erwarten.« Ein letzter Kuss, dann reißen wir uns voneinander los und ich schwebe auf meiner rosa Wolke die Treppe hinauf in die Wohnung.

Oben angekommen, rufe ich Zoe an und erzähle ihr, was passiert ist. Mich wurmt, dass ich die Chance nicht genutzt habe, alles aufzuklären, als sie sich mir vorhin im Gespräch geboten hat.

»Mensch, Holly, das wäre perfekt gewesen und sicherlich hätte er dir nicht böse sein können, immerhin wart ihr voller Kuschelhormone nach dem Sex.« Der Blick, mit dem Zoe mich über den Handybildschirm hinweg ansieht, sagt alles und ich zucke entschuldigend mit den Schultern.

»Ich wollte einfach nicht der Stimmungskiller sein.«

»Das kann ich verstehen, aber je länger du es ihm nicht sagst, desto größer wird später die Verwunderung sein.«

»Das weiß ich, Zoe«, sage ich fast schon genervt, obwohl ich weiß, dass sie recht hat. Tom wird sich fragen, weshalb ich eine so wichtige Sache vor ihm verschweige, zumal er direkt an der Quelle sitzt. Ich würde es ihm auch übelnehmen, wenn er auf der Suche nach neuem Geschirr nicht zu mir käme oder mich zumindest um Rat fragen würde. »Ich sage es ihm, sobald sich die nächste Gelegenheit dazu ergibt. Versprochen.«

»Wenn du das nicht tust, dann werfe ich all deine Tassen aus meinem Schrank«, droht sie grinsend. »Er wird das verstehen. Ihr seid zusammen und verknallt. Er wäre ein Idiot, wenn er kein Verständnis dafür hätte. Immerhin kennt er die Lage auf dem Markt aus erster Hand.«

Ja, und er ist auch maßgeblich daran beteiligt, dass sie sich nicht so schnell ändern wird.

Kapitel 18

Das Leben ist schön! So schön, dass es beinahe gruselig ist. Ich habe einen Lauf wie lange nicht mehr. Die London-Kollektion hat einen Nerv bei den Kunden getroffen und ich verkaufe sie wie warme Semmeln. Ein kleiner Souvenirshop hat mehrere Sets bestellt und die Rückmeldung, die ich bekomme, ist großartig. Die Bemalung kenne ich mittlerweile auswendig, so oft habe ich die Muster schon gezeichnet. Mein Instagram-Account wächst und seit Influencer die Tassen entdeckt haben, flattern stetig neue Bestellungen über den Onlineshop rein. Zum ersten Mal seit Aufnahme meiner Selbstständigkeit habe ich ein konstantes Einkommen. Und zwar eines in einer Höhe, von dem ich die Fixkosten bestreiten kann. Das gab es noch nie. Es erleichtert, weil ich nicht jeden Monat planen und kalkulieren muss.

Mittlerweile sind zwei Wochen vergangen, seitdem Tom und ich uns geküsst und miteinander geschlafen haben, und ich schwebe nach wie vor auf Wolke sieben. Täglich sehe ich meinen Freund. Wir treffen uns nicht mehr nur zum Mittagessen, sondern zum Dinner, schlendern danach häufig durch einen der Parks und genießen die warmen Abende am Teich sitzend. Bisher hatte ich nicht den Mut, Tom zu mir nach Hause einzuladen.

Jetzt, da ich seine Wohnung kenne, die durchgestylt und ordentlich ist, kommt mir meine wie der letzte Kaninchenstall vor. Sie misst knappe fünfundzwanzig Quadratmeter. Ich kann kaum zwischen dem Bett und dem Kleiderschrank hindurchgehen und im Wohnzimmer ist es so eng, dass eine winzig kleine Couch nur knapp ihren Platz findet. Als ich nach London gezogen bin, mit dem Ziel, eine eigene Werkstatt zu bekommen, wollte ich so wenig Geld wie möglich für eine Wohnung ausgeben, um mehr Budget für das Atelier zu haben. Deswegen habe ich das Kleinste genommen, das ich gefunden habe, und bin seither dort geblieben. Die Priorität liegt einfach woanders, schließlich ist die Arbeit bisher mein Lebensmittelpunkt gewesen und es ist wichtig, dass ich genug Platz habe, um ordentlich werkeln zu können. Davon hängt alles ab.

Gewesen, weil Tom mehr Raum einnimmt. Ich genieße die Abwechslung, die er mir nach Feierabend bietet. Wir können miteinander lachen, über alles reden – fast alles, denn von der Kündigung weiß er noch immer nichts – und bei ihm bin ich ganz unverfälscht.

Fast.

Dass es eine Zeit gab, in der er nicht in meinem Leben war, ist kaum noch vorstellbar. Endlich habe ich jemanden an meiner Seite.

Gut, abgesehen von Zoe, die war schon immer eine Konstante, aber die hatte ja nicht jeden Abend stundenlang Zeit. Dass Tom abends bei mir ist, hat zur Folge, dass ich nicht mehr so lange arbeite und mir einen Feierabend zugestehe, den ich Jahre nicht hatte. Wie ungewohnt es ist, gegen sechs Uhr abends meinen Arbeitsplatz zu verlassen. Fast komme ich mir wie eine ganz normale Angestellte vor. Tom gibt mir eine gewisse Struktur und ich lebe nicht mehr ungeplant in den Tag hinein, auf der anderen Seite halte ich auch ihn davon ab, jeden Abend bis spät in die Nacht noch Bürokram zu erledigen. Wir geben einander mehr Freizeit und das tut uns beiden gut.

»Haben deine Künstlerfreunde eigentlich ein Problem damit, dass du einen Makler datest?«, will Tom an einem Abend wissen, als wir gemeinsam im Park sitzen. »Immerhin bin ich der Erzfeind. Zumindest, wenn ich dem Glauben schenke, was du so gesagt hast.«

Was ich gesagt habe, scheint nicht spurlos an ihm vorüber gegangen zu sein, und ich bin stolz drauf, dass meine Argumente etwas in seinem Denken angestoßen haben. Zumindest scheint er ein wenig über den Tellerrand zu blicken.

»Tatsächlich wissen das meine Freunde noch gar nicht. Wir sehen uns ja auch noch nicht so lange«, weiche ich aus und greife nach seiner Hand. »Man hängt ja nicht alles sofort an die große Glocke, oder? Aber wenn sie es wüssten, dann würden dir sicherlich alle die Bude einrennen, weil alle nach bezahlbaren Räumlichkeiten suchen. An Kunden würde es dir nicht mangeln.«

»Du gibst wohl nicht auf, mich dazu zu kriegen, weiter in bezahlbaren Wohn- und Arbeitsraum zu investieren.« Er lächelt und küsst mich. »Leider bin ich nicht der Einzige, der in meiner Firma Entscheidungen trifft. Solche Gedankenspiele müsste ich auch mit meinem Kollegen besprechen. *Wenn* ich so etwas in Erwägung ziehen würde«, setzt er rasch nach, weil ich vor Begeisterung schon nach Luft geschnappt habe.

Es wäre super, wenn er darüber nachdenken würde.

»Ich werde natürlich nicht unter den Mietspiegel gehen, aber zumindest kann man überlegen, es so erschwinglich wie möglich gestalten. Und ich würde mir meine Mieter sehr genau aussuchen. Jemand, der schon in den alten Räumlichkeiten kaum pünktlich überwiesen hat, wird bei mir keine Chance haben. Zuverlässigkeit ist mir sehr wichtig. Ich kann es mir nicht leisten, mich mit Mietern herumzuärgern, wenn ich schon die Räumlichkeiten biete, dann lasse ich mir nicht auf der Nase herumtanzen«, erklärt er streng und lehnt sich gegen den Baum, unter dem wir sitzen.

Ganz in der Nähe wartet ein Eichhörnchen darauf, gefüttert zu werden, und Tom greift in die Packung Haselnüsse. Die kleinen Tierchen sind so zahm, dass sie einem aus der Hand fressen, wenn man nur lange genug stillhält. Eines nähert sich Tom und wir verstummen kurz, um es nicht zu verschrecken.

»Apropos Büro und Arbeit: Danke, dass du mich jeden Abend dazu bringst, pünktlich Feierabend zu machen. Seit wir zusammen sind, habe ich keine Überstunden mehr eingetragen, weil ich es kaum erwarten kann, dich zu sehen«, erzählt er und grinst.

Ja, man sieht ihm die fehlenden Überstunden an. Er sieht erholter aus. Die Augen wirken wacher, die Haut ebenmäßiger. Tom hat das Sakko ausgezogen und die Hemdsärmel hochgekrempelt. Ich strecke die Hand aus und streiche ihm über den Unterarm. Er bekommt eine Gänsehaut.

»Wir sind zusammen«, wiederhole ich nicht ohne Stolz in der Stimme.

»Ja, sind wir und ich bin jeden Tag sehr glücklich darüber«, entgegnet er und zieht mich so nah an sich, dass wir uns an der Stirn berühren.

»Ich wollte das nur gerne hören«, sage ich locker. Seine Hand legt sich in meinen Nacken und er zieht mich in einen zärtlichen Kuss. »Ich sage es dir gerne jeden Tag, wenn du willst«, sagt er leise und ich nicke mit heißen Wangen.

»Auf jeden Fall.«

»Oder hast du etwa Bedenken wegen dem, was zwischen uns ist? Ich habe nämlich keine.« Seine Lippen streifen meinen Hals und ich lehne mich in die Berührung.

Die Bartstoppeln kitzeln auf der Haut und lenken mich von dem schlechten Gewissen ab, das sich wieder meldet. Tom ist sich sicher und ich habe ihm noch immer nichts von der Kündigung erzählt. Dabei wäre eben wieder ein passender Zeitpunkt dafür gewesen.

Ich sollte das dringend tun, bevor es zu lange her ist und unglaubhaft wird. Seufzend lasse ich mich nach hinten auf die Picknickdecke fallen und ziehe ihn mit mir. Natürlich will ich ihn küssen, aber ich kann mich damit auch ablenken und die Zweifel ersticken, die sich immer wieder melden, damit ich endlich alles erzähle. Aber es ist nicht der richtige Moment – wie immer.

Dass wir mitten im Park knutschen, ist egal. Es dämmert langsam und wer jetzt noch unterwegs ist, will nur nach Hause.

»Wenn es ein wenig dunkler wäre, dann würde ich hier sofort mit dir schlafen«, raunt er mir ins Ohr und die Worte verfehlen ihre Wirkung nicht.

Sex mit Tom ist traumhaft und ich könnte es auch sofort hier tun. Aber nicht bei Dämmerung. Womöglich zeigt man uns noch an wegen Erregung öffentlichen Ärgernisses.

»Vielleicht können wir das ja später bei dir tun, was meinst du?«

»Liebend gerne.« Seine Stimme ist gedämpft. Noch immer liebkost er meinen Hals.

»Vorher müssen wir aber noch kurz in mein Atelier. Ich muss nachsehen, ob der Glasurbrand gelungen ist, damit morgen die Bestellungen rausgehen können.« Der ganze Ofen ist voll mit der London-Kollektion und die zu packenden Pakete stehen schon bereit.

»Du denkst immer an deine Arbeit. Du bist ja schlimmer als ich.«

»Ich bin selbstständig. Selbst und ständig.«

»Ich auch«, meint er trotzig und beißt mir sachte ins Ohrläppchen. Seine Zungenspitze gleitet leicht über meinen Hals.

Nur mit Mühe kann ich mich auf eine Antwort konzentrieren. »Ja, aber du hast Mitarbeiter, die für dich arbeiten, und ich bin für meinen Laden alleine verantwortlich, das ist was anderes.«

»Aber, wenn ich verkacke, ziehe ich andere Leute mit runter, das baut auch einen gewissen Druck auf. Aber ich weiß, was du meinst. Du hast schließlich niemanden, der dir unter die Arme greifen kann. Außer mir, der schon ein wenig Erfahrung beim Einpacken gesammelt hat.« Er seufzt, lässt von mir ab und zieht mich auf die Beine. »Dann lass uns einen Blick in dein Atelier werfen, bevor ich dich mit in mein Bett – in meine

Wohnung – nehme.« Er zwinkert, rollt die Decke zusammen und Arm in Arm spazieren wir durch den Park zurück.

»Ich finde es schön, dass du in Gedanken durchspielst, dich mehr um die Kunst zu kümmern«, sage ich und strahle ihn von der Seite her an.

»Warte ab, noch ist es nur eine Überlegung und die muss ich gut abwägen und durchrechnen.«

Es ist noch keine sichere Entscheidung, er knabbert daran, das weiß ich. Aber immerhin habe ich ihm diese kleine Idee in den Kopf gepflanzt und vielleicht trägt *Gavin Immobilien* ja in Zukunft dazu bei, dass Leute wie ich nicht mehr um jeden Quadratmeter kämpfen müssen.

***

Das Gebäude, in dem sich meine Werkstatt befindet, liegt dunkel vor uns, nur die kleine Lampe über dem Eingang brennt, ist aber so schwach, dass sie kaum Licht spendet. Unbeirrt gehe ich auf die Tür zu, doch Tom neben mir ist angespannt.

»Ist die Lampe schon immer so schwach?«

»Seit ich mich erinnern kann, ja. Ich habe nie wirklich darauf geachtet«, antworte ich schulterzuckend.

»Hast du keine Angst?«

»Wovor? Dass Phil mit seinem bunten Penis um die Ecke kommt?«, frage ich glucksend und stecke den Schlüssel ins leicht angerostete Schlüsselloch. Es hakt ein bisschen und ich muss ziemlich ruckeln, bis das Schloss aufgeht.

»Nein, das nicht, aber hier ist ja abends niemand mehr und die Hecken bieten einen guten Sichtschutz.« Tom schiebt die Hände in die Taschen und zieht die Schultern hoch, sagt aber nicht mehr, wofür ich sehr dankbar bin.

Ich weiß genau, dass er denkt, dass ich als Frau nachts nicht allein hier unterwegs sein sollte. Aber habe ich eine Wahl? Deswegen erwidere ich darauf nichts, sondern öffne die Tür und schalte das Licht am Handy an.

»Die Lampe im Treppenhaus geht wohl auch nicht?«

»Nein, ist schon ewig kaputt.« Im Augenwinkel sehe ich, wie sich Tom ungläubig umsieht. Er scheint nicht glauben zu können, dass das Gebäude in so schlimmem Zustand ist. »Hier müsste dringend renoviert werden.«

Das wäre der ideale Moment, um die Karten auf den Tisch zu legen, Holly!

»Ja, das haben die bestimmt bald vor«, sage ich ausweichend und könnte mich selbst ohrfeigen.

Wieder eine vertane Chance! Mann, Holly!

Wir steigen die Treppe hinauf in mein Atelier und dort gibt es endlich funktionierende Lampen. Helle Tageslichtlampen, denn ich brauche das beste Licht, das ich bekommen kann, um sauber mit Farben arbeiten zu können. Schnurstracks gehe ich auf den Ofen zu, schiebe den Sicherheitshebel nach unten und öffne ihn. Angenehme Wärme strahlt mir entgegen. Er ist so weit abgekühlt, dass ich die Tassen anfassen kann, ohne mich zu verbrennen.

»Und ist es was geworden?«, fragt Tom und reckt den Hals.

Rasch kontrolliere ich jede Reihe der Tassen und kann auf den ersten Blick keine misslungenen Exemplare erkennen. »Ja, es sieht gut aus. Würdest du sie rausnehmen und hier oben auf das Regal stellen, damit sie ganz abkühlen können? Ich zähle in der Zeit die Bestellungen, damit ich keine vergesse.«

Tom bekommt zwei Handschuhe in die Hand gedrückt und zieht sie über. Vorsichtig nimmt er eine Tasse nach der anderen heraus. Er weiß mittlerweile, wie viel Arbeit darin steckt, und fasst sie an, als wäre jedes Exemplar ein frisch geschlüpftes Küken.

»Sag mal, Holly, wieso machst du dir mit diesen Bestellungen eigentlich so einen Stress? Ich habe das Gefühl, du willst so viele wie möglich herstellen. Hast du Zeitdruck? Du könntest den Kunden einfach kommunizieren, dass es länger dauert, und dir dann Zeit lassen, oder nicht?«, will er wissen und schiebt ein Tablett voller Tassen oben auf das Regal.

Jetzt muss ich reden!

»Ich werde das Atelier nicht mehr lange haben. Wir müssen alle bis Jahresende raus.« Ich seufze. »Das Haus wird saniert. Du hast die Mängel ja selbst gesehen. Danach wird die Miete so angehoben, dass ich sie mir nicht mehr leisten kann. Deswegen versuche ich, so viel wie möglich zu verkaufen und vorzuproduzieren, um eine Durststrecke zu überbrücken, sollte ich in der Zeit schnell keine neue Werkstatt finden. Von zu Hause aus ist ein Arbeiten nicht möglich. Deswegen bin ich gerade ein wenig im Eichhörnchen-Modus.« Puh, habe ich schnell gesprochen. Aber jetzt ist es raus.

Es ist gesagt.

Zitternd atme ich ein, was Tom missinterpretiert und mich sofort in den Arm nimmt. »Holly, hast du echt Angst, du könntest nichts finden?«

»Ganz London scheint vermietet zu sein. Es ist schwer. Ach, was sage ich: Es ist nahezu unmöglich. Ich hab alles abgesucht und ich bin jeden Tag auf Immobilienseiten unterwegs. Aber entweder sind die Räumlichkeiten im Keller, zu klein oder zu groß oder so überteuert, dass ich es mir nicht leisten kann.«

»Du erinnerst dich aber, dass dein Freund *zufällig* Besitzer von neuen Künstlerstudios ist, oder? Und mitbestimmen kann, wer einen Platz bekommt?«

Wenn er nur wüsste, dass das kein Zufall ist!

»Holly, wieso hast du mir das denn nicht gesagt?«

»Ich weiß nicht. Ich wollte nichts von dir fordern.«

»Aber es belastet dich und macht dir Druck. Und ich habe die Lösung dafür. Glaubst du, ich werde zulassen, dass du mit deinem Handwerk auf der Straße landest? Ich setze dich oben auf die Liste der Interessenten und dann wirst du unter den Ersten sein, die sich bewerben können. Ich entscheide zwar nicht allein, wer einziehen darf, aber so hast du eine gute Chance. Was meinst du?«

Obwohl ich darauf spekuliert habe, dass er mir genau das anbietet, erleichtert es mich, dieses Angebot laut ausgesprochen zu hören, und mir kommen die Tränen. Bahnen sich heiß einen Weg über meine Wangen. Wie gern würde ich sie unterdrücken, aber sie fließen einfach.

»Hey, alles gut, du musst nicht weinen.« Schnell küsst er mich lachend.

»Doch, weil ich so erleichtert bin«, bringe ich schluchzend hervor. »Ich habe die ganze Zeit überlegt, was ich machen soll, und alle Ideen liefen ins Nichts. Ich lebe von dem Handwerk und ohne Arbeitsplatz kann ich meinen Lebensunterhalt nicht verdienen. Du kannst dir nicht vorstellen, was für schlimme Gedanken ich hatte. Zu suchen und nichts zu finden und zu wissen, dass man gegen den Auszug nichts unternehmen kann, weil man am kürzeren Hebel sitzt ...«

»Nein, das kann ich mir nicht vorstellen. Aber wenn ich dir da ein wenig Last abnehmen kann, dann werde ich alles in meiner Macht Stehende tun, um dir zu helfen. Und deswegen setze ich dich nachher im Büro auf die Liste. Versprochen.«

Ich umarme ihn fest und er schüttelt die dicken Handschuhe ab, um mir über den Rücken zu streichen.

»Danke.«

»Immer.« Seine Lippen berühren meine Stirn und ich versinke in dem Kuss.

Ich bin so erleichtert, ihn gefunden zu haben, und dankbar für die Gefühle, die er in mir weckt.

Außerdem habe ich es endlich über mich gebracht, auszusprechen, was los ist. Zumindest zur Hälfte.

Dass ich ihn extra wegen der neuen Studios angesprochen habe, wird er nie erfahren.

Kapitel 19

Für den heutigen Tag haben wir uns zum Mittagessen verabredet und treffen uns im *Luke's Diner*. Es liegt in der Nähe von Toms Wohnung und bietet hervorragendes und preislich humanes Mittagessen an. An den dunkelrot lackierten Tischen, die mit einer Aluschiene eingefasst sind, fühle ich mich wie bei einem Urlaub in den USA. Mit der Ausnahme, dass man bei einem Blick aus dem Fenster auf britische Hausfassaden schaut und im Fernseher, der an der Wand in der Ecke hängt, die Nachrichten der BBC laufen. Ich sitze bereits an einem der Fenster, als Tom das Lokal betritt und direkt auf mich zukommt.

»Ich habe heute Morgen Post bekommen«, sagt er, beugt sich zu mir und küsst mich liebevoll. Seine Hand berührt kurz meinen Hals, dann greift er in sein Sakko, zieht einen cremefarbenen Umschlag aus der Innentasche und legt ihn mit blasierter Miene auf den Tisch.

Auf den ersten Blick würde ich sagen, dass es sich um eine Einladung handelt. Der Umschlag ist aus dickerem hochwertigem Papier und Toms Adresse wurde in einer geschwungenen Handschrift geschrieben.

»Was ist das?«, frage ich und greife danach.

»Schau rein, dann weißt du es.« Tom lächelt vielsagend.

Vorsichtig öffne ich die Lasche und ziehe tatsächlich eine Einladung hervor. Sie ist auf den 6. Juli datiert und lädt zu einer Hochzeit ein.

»Mein Kollege heiratet am Wochenende. Ich darf jemanden mitbringen und möchte dich fragen, ob du meine Begleitung sein möchtest.« Mit dem Finger streicht er über den Rand der Einladungskarte und meinen Handrücken. »Das würde mich sehr freuen. Ich hatte lange niemanden mehr an meiner Seite.«

»Ich war schon ewig nicht mehr auf einer Hochzeit«, überlege ich und strahle ihn an. Ich würde gern mitkommen. »Aber kannst du so kurzfristig denn jemanden mitbringen? Eine Hochzeit ist doch schon Monate geplant. Nicht, dass du den ganzen Plan durcheinanderbringst.«

»Ich habe den Bräutigam angerufen und wir haben Glück. Jemand hat abgesagt und du kannst den Platz einnehmen. Perfekt, oder?«

»Oh, super, dann komme ich sehr gerne mit. Danke, dass du mich mitnimmst.«

»Natürlich. Du bist meine Freundin und wir haben damit die Gelegenheit auf einen schönen Abend. Die Feier findet in West London in einem Jockey Club statt. Sehr edel und schick. Also auch eine Möglichkeit, sich mal wieder in Schale zu werfen.«

»In Schale werfen? Du trägst doch den ganzen Tag einen Anzug«, bemerke ich und er nickt lächelnd.

Sein Blick wandert über meine Kleidung und er flüstert: »Du weißt, dass ich deine Latzhosen liebe, aber ich würde dich zu gerne auch mal in einem Abendkleid sehen.«

»Sehr edel und schick«, wiederhole ich und fühle mich sofort wie Vivien, die in *Pretty Woman* ein Kleid für ein Abendessen braucht, in ihrem Kleiderschrank aber nur Overkneestiefel und Miniröcke hat. »Für so was hab ich gar kein passendes Outfit.« In Gedanken gehe ich meinen Kleiderschrank durch. Jeans, T-Shirts, meine Arbeitshosen, die ein oder andere Bluse. Aber ein Kleid? Ich kann mich nicht mal daran erinnern, wann ich das letzte Mal eines getragen habe. Es muss Jahre her sein.

Das wird schwer. Um eine Shoppingtour werde ich wohl nicht herumkommen. Oder ich frage Zoe, ob sie was im Schrank hat, das mir passt und dem Anlass entspricht.

»Werte ich es als Zusage, dass du dir schon überlegst, was du anziehen möchtest?« Er schmunzelt. Dieses Schmunzeln, das mich dahinschmelzen lässt.

Rasch greife ich seine Hand und kreuze unsere Finger miteinander. »Ja, natürlich.« Strahlend und voller Vorfreude gebe ich ihm die Karte zurück. »Das wird dann unser offizieller Termin als Paar.«

»Ja, das wird es und ich freu mich drauf. Übernachtungsmöglichkeiten gibt es im Übrigen auch. Der Einladung lag ein Infoblatt bei und ich habe mir schon vor Wochen dort ein Zimmer gebucht, weil ich keine Lust hatte, mitten in der Nacht noch zurück nach Hause fahren zu müssen.«

»Wir können in einem Jockey Club übernachten?«

»Nein, nicht im Club direkt. Angrenzend gibt es Zimmer, die schön sind. Es wird dir bestimmt gefallen. Ich habe sie mir auf der Webseite angesehen. Es ist ein kleines Hotel, wahrscheinlich, um den Leuten, die von weit her zu einem Rennen kommen, Übernachtungsmöglichkeiten zu geben. Es gibt ein großes Bett mit Aussicht auf die umliegende Natur und ich bin sicher, dass es dort traumhaft still ist.« Bei der Erwähnung des Bettes zwinkert er und in mir beginnt alles zu kribbeln.

Ich weiß genau, was er vorhat. Das ist so süß und ich nicke begeistert. »Ja, ich würde gerne dort übernachten. Ich gebe dir natürlich das Geld für meinen Anteil dafür. Egal wie teuer es ist.« Bisher haben wir unser Mittagessen auch immer abwechselnd bezahlt, da ist es für mich selbstverständlich, ihm meinen Anteil an den Kosten zu geben – auch wenn dieser mit Sicherheit meinen finanziellen Rahmen sprengen wird, den ich für Hotelzimmer habe.

»Definiere teuer«, sagt Tom und hebt die Brauen. »Du denkst hoffentlich nicht, dass du für das Zimmer bezahlen musst. Du bist meine Freundin und da zahle ich. Mach dir da bitte keine Sorgen. Du sollst einen schönen Abend haben und kein finanzielles Desaster erleben.«

»Puh, da bin ich ja erleichtert. Schließlich muss ich mir schon genug Gedanken um mein Outfit machen«, antworte ich dankbar und nehme mir vor, Zoe gleich nach unserem Treffen anzurufen.

Nach der Mittagspause begleite ich Tom zum Büro. Vor dem Gebäude bleiben wir genau an der Stelle stehen, die zum Verhängnis für meinen Kaffeebecher geworden ist. Hätte ich damals geahnt, was dieser Zusammenprall auslöst, ich wäre wohl schon in der U-Bahn in ihn hineingerannt.

»So, ich werde dann mal wieder ...«, sagt mein Freund schwermütig und sieht an der Hausfassade hoch, die im Sonnenlicht strahlt.

»Was steht denn heute noch auf deinem Plan?«, frage ich, um den Abschied noch einige Sekunden hinauszögern zu können. Die Einladung hat mir nochmals verdeutlicht, dass das zwischen uns ernst ist, und ich will mich gerade ungern losreißen.

»Bürokram. Grundrisse raussuchen, abgleichen, einige Telefonate mit der Versicherung führen, Verträge aufsetzen lassen – der ganze Rattenschwanz, der an Immobilien dran hängt. Und natürlich: Dich ganz oben auf die Liste der Bewerber setzen.« Er küsst mich zum Abschied, nimmt mich in den Arm und flüstert: »Melde dich, wenn du ein Kleid gefunden hast, dann suche ich einen passenden Anzug aus dem Schrank.«

»Wie viele Anzüge hast du denn?«

Tom runzelt die Stirn. »Das weiß ich nicht. In den letzten Jahren haben sich einige angesammelt. Du musst dich farblich nicht einschränken. Nimm das Kleid, das dir am besten gefällt und in dem du dich wohl fühlst. Ich passe mich dann an.«

Kurz überlege ich, was er denn tun würde, wenn ich ein knallrotes Kleid aussuche, doch dann fällt mir ein, dass er sich ja auch in der Krawattenfarbe an mich anpassen kann. Wir verabschieden uns mit einem langen Kuss, Tom steigt die Treppen zu seinem Büro hinauf und ich gehe zu Fuß zu meiner Werkstatt zurück.

***

»Zoe, ich brauche ein Kleid für eine Hochzeit am Wochenende. Ich bin Toms Begleitung. Hast du etwas, das mir passen könnte?« Das Smartphone liegt auf meinem Arbeitstisch und ist auf Lautsprecher. Zoes Nummer

165

habe ich gewählt, sobald ich wieder im Atelier war. Immerhin muss ich mich beeilen. Bis zum Wochenende ist nicht mehr viel Zeit.

»Er nimmt dich auf eine Hochzeit mit? Oh, das ist ja romantisch. Vielleicht fängst du ja den Brautstrauß und ihr heiratet als Nächstes.« Wäre meine Freundin ein Emoji, hätte sie jetzt vermutlich Herzchenaugen.

»Immer langsam, wir wollen nichts überstürzen«, beruhige ich sie. »Die Feier findet in einem Jockey Club statt und ich habe nur Klamotten, die allesamt nicht für eine solche Location geeignet sind. Ich glaube, ein schickes Cocktailkleid wäre angebracht. Extra etwas dafür kaufen, will ich aber nicht.«

Die Preise für diese Kleider sind mir zu hoch. Dass ich von meiner Arbeit leben kann – und das in einer der teuersten Städte der Welt –, bedeutet nicht, dass ich in der Position bin, Geld für ein Kleid zu haben, dass man nur ein- oder zweimal trägt.

»Wir haben nicht dieselbe Größe«, murmelt Zoe nachdenklich. »Aber ich kann meine Kolleginnen fragen, da sind einige dabei, die deine Statur haben, und vielleicht hat jemand ein Kleid, das passt.«

»Das wäre lieb von dir, danke. Ich brauche es schon bis diesen Freitag.«

»Ich schreibe gleich eine Nachricht an alle und gebe deine Nummer weiter, ja?«, bietet Zoe an und ich stimme zu.

Sobald ich aufgelegt habe, verliere ich mich trotz meiner Aussage kurz auf der Seite einer Modemarke und suche nach Kleidern. Falls sich kein passendes finden sollte, muss ich wissen, wo ich schnell eines herbekomme. Welche Farbe steht mir denn besonders gut?

Im Kopf gehe ich meinen Kleiderschrank durch. Ich habe viel Lila, Rot, Taubenblau und Gelb und weil ich keine Experimente machen will, filtere ich die Auswahl an Klamotten nach diesen Farben. Die Ausbeute ist ernüchternd. Die meisten Kleider haben einen Ausschnitt, bei dem ich Angst hätte, am Abend oben ohne dazustehen. Und die Kleider, deren Dekolleté passt, bestehen nur aus Rüschen. In so was sieht man aus wie ein Marshmallow. Frustriert über die lahme Ausbeute schließe ich die Seite wieder.

Hoffentlich findet eine der Kolleginnen was Passendes, sonst muss ich mir auf den letzten Drücker noch einen Hosenanzug oder Ähnliches kaufen und dann wird es stressig. Einen Moment überlege ich, ob ich mich in den Bus setzen und in die City fahren soll, aber dann gebe ich nur unnötig Geld aus, wenn ich am Ende doch ein Kleid geliehen bekomme.

Außerdem muss mein Onlineshop dringend aktualisiert worden, was auch Zeit benötigt. Die Anzahl der Tassen, die aktuell verfügbar sind, konnte ich durch die Fertigung neuer Exemplare wieder erhöhen. Nach wenigen Klicks steht auf der Homepage jetzt »aktuell wieder verfügbar« und animiert sicherlich neue Kunden zum Kauf.

Nachdem ich den Onlineshop fertig bearbeitet habe, fange ich mit der nächsten Ladung Tassen an und sitze gerade an der Töpferscheibe, als es an der Tür klopft und Phil hereinkommt.

Er grinst und wedelt mit einem Bündel aufgefächerter Geldscheine. »Money, Money, Money ...«, singt er und zählt gönnerhaft 200 Pfund auf meinen Tisch. »Madame, Ihr Anteil an meinem Bild. Vielen Dank für den Schuhabdruck und den dadurch entstandenen individuellen Touch.«

Ich starre auf die Geldscheine und kann es kaum glauben. 200 Pfund ist viel Geld!

»Wie viel hast du für das Bild denn bekommen?«, hauche ich, wische mir die Hände an der Schürze ab und greife nach den Scheinen.

»Fünftausend. Ein Versicherungsmakler hat das Bild auf meiner Seite gesehen und sofort gekauft und du hast ja einen Anteil an dem Look des Bildes.«

»Ich habe es mit meinem Schuh kaputtgemacht«, betone ich, strahle aber über den unverhofften Geldregen. Wenn sich kein Kleid finden sollte, werde ich den Betrag investieren.

»Und, was machst du mit der Kohle?«, fragt Phil neugierig und ich zucke die Schultern.

»Vielleicht kaufe ich mir dafür was Schönes.«

»Mach das, du hast es dir verdient, Darling.« Phil küsst mich auf die Wange und tänzelt um meinen Tisch herum. »Mach nicht zu lange, denk an deinen Feierabend«, ermahnt er mich und schließt die Tür.

Wow, 200 Pfund. Ich sollte häufiger Phils Bilder kaputtmachen.

Kapitel 20

Zoe hat tolle Kolleginnen, denn, wie es aussieht, haben sie ihre Kleiderschränke auf links gedreht und bombardieren mich nach Feierabend mit Bildern von Kleidern, die sie gefunden haben. Die Auswahl ist recht groß und ich entscheide mich für das Kleid einer Kollegin, die Dayita heißt und nur zwanzig Minuten von mir entfernt wohnt. Ich schreibe ihr, dass ich es gern ausleihen würde, und wir verabreden uns für den nächsten Tag, damit ich es abholen kommen kann. Kaum ist das in trockenen Tüchern, melde ich mich am frühen Abend bei Tom.

Ich habe ein Kleid gefunden. Es ist taubenblau.

Er antwortet sofort:

Super, das ging ja schnell. Hast du ein Foto?

Grinsend tippe ich eine Antwort:

Nein, das wird eine Überraschung. Du musst dich bis Freitag gedulden. Außerdem muss ich es erst anprobieren.

Ich bin sicher, du wirst zauberhaft darin aussehen. Xx

Ein Mann, der Küsschen schickt! Hach, ich bin verknallt.

***

Am nächsten Nachmittag bin ich mit Zoes Kollegin verabredet, um das Kleid abzuholen und anzuprobieren. Dayita lebt im Nachbarstadtteil und ich zuckele in einem vollkommen überhitzten Bus von Peckham nach Camberwell. Mit dem Handy nach der richtigen Adresse suchend, gehe ich die Hauptstraße entlang, verfolge den blauen Punkt, der sich an meiner Stelle durch die Straße bewegt. In einer schmalen Straße, die mit Laubbäumen gesäumt ist, befindet sich die Adresse und ich gehe suchend an den hellen Treppen entlang, die zu den Haustüren führen. Die Häuser sind hübsch, etwas gehoben, aber nicht super nobel. Allerdings kann ich mir vorstellen, dass die Wohnungen hier sicherlich gemütlich sind und manche Häuser wahrscheinlich über einen kleinen Garten verfügen. An einem Haus prangt eine schwarze Metallziffer 10 und ich steige andächtig die Treppe hinauf. Würde ich jeden Tag diese Treppe hochgehen, könnte ich mich immer wie die First Lady fühlen. Stattdessen habe ich nun eher was von einem dieser amerikanischen Pfadfinder, die an den Türen Kekse verkaufen, und sehe auf meine abgetretenen Sneaker, die auf der grellweißen Treppe fast grau aussehen. Das Klingelschild ist golden und ein melodisches Läuten ertönt, als ich auf den Knopf drücke.

»Ja?«, kommt es aus der Gegensprechanlage.

»Holly Philipps hier, ich bin wegen des Kleides ...« Die Tür öffnet sich surrend.

170

»Erste Etage!«, ertönt eine Stimme und ich steige die Stufen hinauf.

Die Wohnungstür ist schon geöffnet und eine Frau mit strahlendem Lächeln und dunklen Augen steht in der Tür. Ihr dickes Haar ist glatt, schulterlang und hat einen beneidenswerten Glanz. »Ah, du musst Holly sein. Ich bin Dayita«, begrüßt sie mich überschwänglich und zieht mich in den Flur der Wohnung. »Entschuldige den Currygeruch. Meine Mutter war zu Hause in Indien im Urlaub und hat die neu gekauften Gewürze sofort verkocht. Ich habe das Kleid extra auf den Balkon gehängt, damit es nicht nach Essen riecht.« Sie winkt mich hinter sich her.

Die Einrichtung ist geschmackvoll. Farbenfrohe Tücher an der Wand und niedrige Tischchen mit Lampen zeigen deutlich, welchen kulturellen Hintergrund die Familie hat. Im Vorbeigehen kann ich kurz einen Blick ins Wohnzimmer erhaschen, wo die ganze Familie beim Essen sitzt.

»Hey, das ist Holly, sie leiht sich das Kleid aus«, erklärt Dayita und ich werde vielstimmig begrüßt.

Manche wünschen mir eine schöne Hochzeit, andere winken mich heran, damit ich mitesse, doch ich lehne dankend ab und folge Dayita ins Wohnzimmer.

»Da ist das gute Stück.« Sie drückt die Balkontür auf und nimmt ein taubenblaues Kleid samt Kleiderbügel von einem Haken an der Wand. Sicherheitshalber hängt eine Folie darüber.

»Oh, das sieht super aus, danke, dass du es mir ausleihst, obwohl wir uns nicht kennen«, sage ich und halte das Kleid testweise an meinen Körper. Sollte ich mich nicht kolossal verschätzt haben, passt es.

»Sehr gerne.« Dayita winkt ab. »Ich brauche es im Moment nicht und so bekommt das Kleid wieder ein bisschen Auslauf.« Sie lacht und ich ziehe umständlich eine meiner Tassen aus der Tasche.

»Hier, als kleines Dankeschön.« Ich reiche sie ihr, die ich in warmen Tönen bemalt habe und die hervorragend zur Einrichtung der Wohnung passt.

»Das wäre doch nicht nötig gewesen, vielen Dank. Die ist wunderschön. Zoe hat schon immer von deiner Arbeit geschwärmt und ich sehe sie ja jeden Tag bei uns in der Schule. Jetzt habe ich endlich mein ganz eigenes Stück.« Strahlend stellt sie die Tasse auf einer Kommode ab und begleitet mich zur Tür. »Viel Spaß bei der Hochzeit. Du musst dich mit der Rückgabe nicht beeilen, ich brauche das Kleid in der nächsten Zeit nicht.«

Sehr gut, dann muss ich mich nicht stressen, es in die Reinigung zu bringen. An der Wohnungstür verabschieden wir uns voneinander und ich lege das Kleid vorsichtig über meinen Arm. Es soll möglichst knitterfrei bei mir ankommen.

***

Zu Hause schlüpfe ich vorsichtig hinein. Der Stoff ist leicht und fließend, fühlt sich kalt auf der Haut an und fällt in weichen Wellen um meine Waden. Der Schnitt ist klassisch elegant und ich fühle mich wie die Kronprinzessin von England. Den Reißverschluss allein zu schließen, ist nicht einfach, doch nach einigem Verbiegen und Fluchen habe ich es geschafft und drehe mich zum Spiegel um.

»Wow.« Das Kleid ist super, nur meine Haare sehen aus wie ein Vogelnest.

Ratlos ziehe ich die Zopfgummis heraus und die dunklen Locken entwirren sich zu einem unförmigen Chaos. Nicht besser.

Wie lange war ich nicht mehr beim Friseur? Ratlos zupfe ich an meinen Haaren herum. Da ist kein Schnitt drin, was sonst nicht auffällt. Wenn sie offen sind, dann ist meine Frisur ziemlich langweilig. Hab ich mich im einen Moment noch attraktiv gefühlt, verschwindet dieses Gefühl schneller, als eine Tasse zerspringen kann, wenn sie runterfällt.

Vorsichtig schlüpfe ich wieder aus dem Kleid, hänge es in den Schrank, springe unter die Dusche. Wenig später liege ich mit nassen Haaren auf der Couch und suche online nach Frisuren, die ich mir machen kann, ohne dafür extra zum Friseur zu müssen.

Schließlich entscheide ich mich für einen Knoten, der auf den Fotos elegant aussieht und den ich – hoffentlich – genauso gut hinbekomme.

Am nächsten Morgen – es ist der Freitag – bin ich mit meiner Frisurenwahl nicht mehr zufrieden, denn sie will und will nicht funktionieren. Und ich bin in Zeitdruck, denn die Hochzeit startet um ein Uhr mittags. Keine Ahnung, wie oft ich alles wieder aufgelöst und neu gesteckt habe, aber es wird nicht besser. Ein Blick auf die Uhr lässt mich hektisch werden. Tom müsste bereits auf dem Weg sein und ich bin weder geschminkt, noch habe ich eine Frisur auf dem Kopf. Fahrig greife ich nach dem Glätteisen. Die Notlösung und ein ungewohnter Anblick. Glatte Haare habe ich so selten, weil sie sich bei der kleinsten Ahnung von Feuchtigkeit wieder kräuseln. Doch heute soll das Wetter gut werden.

Zügig schminke ich mich, lege Lippenstift auf und tupfe mir etwas Rouge auf die Wangen. Jetzt sehe ich aus, als hätte ich eine erholsame Nacht gehabt und nicht ewig am Handy gehangen. Gut, dass es Make-up gibt. Ich war so schnell, dass sogar noch Zeit bleibt, um ein wenig aufzuräumen, und eilig verstaue ich Zeitungen im Schrank und stelle die benutzten Gläser zurück in die Küche.

Tom ist pünktlich und ich werfe einen kurzen Blick aus dem Fenster, als ich seinen Wagen vorfahren höre. Obwohl ich ihn im Anzug kenne, bin ich gespannt und kann es kaum erwarten, ihn zu sehen. Ob es ihm genauso geht? Als ich die Tür öffne, bin ich nervös und das nicht nur wegen meines Outfits. Tom wird einen Blick in meine Wohnung erhaschen können. Hoffentlich gefällt ihm, was er sieht. Seine Autotür öffnet sich und Tom steigt aus. Die Warnblinkanlage lässt er eingeschaltet, weil man hier eigentlich nicht parken darf, und geht zügig auf meine Haustür zu. Meinen Blick scheint er bemerkt zu haben, denn er hebt den Kopf und winkt kurz lächelnd. Mit klopfendem Herzen drücke ich den Summer und öffne die Wohnungstür, zupfe nochmal an meinem Kleid und höre seine Schritte auf der Treppe. Gleich ist er da.

Zuerst taucht sein Kopf in meinem Blickfeld auf, dann sehe ich endlich, was er sich für den heutigen Tag ausgesucht hat. Der dunkelblaue Zweiteiler ist unglaublich schick. Tom trägt eine silbern schimmernde

Weste drunter und sieht aus wie James Bond auf dem Weg zum Casino. Er grinst.

»Hallo, schöne Frau, ich bin hier, um Holly Philipps abzuholen. Wissen Sie zufällig, ob sie hier wohnt? Oder habe ich mich in der Adresse vertan?« Gespielt unsicher sieht er an mir vorbei in die Wohnung. »Ah, ich sehe, Sie sind auch Fan von Hollys bezaubernden Tassen.« Er deutet auf ein Exemplar, das ich als Blumentopf für einen Kaktus benutze, dann macht er ein überraschtes Gesicht. »Oh, du bist es. Wow. Ich hab dich mit den glatten Haaren gar nicht erkannt.«

»Das glaube ich dir nicht«, antworte ich lachend und ziehe ihn in einen Kuss. »Du siehst gut aus. Blau steht dir.«

Er strahlt. Die kurzen Bartstoppeln sind ab und er hat seine Haare mit mehr Sorgfalt frisiert.

»Danke, ich bin froh, heute was anderes als schwarz tragen zu können. Aber neben dir werde ich vollkommen untergehen.« Seine Hand bleibt auf meiner Taille liegen und er schüttelt ungläubig den Kopf. »Wenn es nach mir ginge, dann könnten wir hier bleiben und dieses Kleid gleich wieder ausziehen. Du siehst unglaublich sexy aus. Gib mir schnell dein Gepäck, bevor ich es mir anders überlege. Ich bringe es runter zum Auto.« Er nimmt meine Tasche entgegen und geht vor mir her die schmale Treppe hinunter. Ich folge ihm ein wenig steifbeinig. Hohe Schuhe bin ich nicht gewohnt.

»Beeilen wir uns. Hier ist Parkverbot«, sagt er, hält mir die Tür zum Auto auf und setzt sich dann zügig hinter das Lenkrad. Dabei wirft er mir immer wieder einen Seitenblick zu. Er startet den Wagen, fährt aus der Straße hinaus, biegt auf die Hauptstraße ab und fädelt sich in den Verkehr ein. Nachdem wir uns durch Camberwell und Chelsea gekämpft haben, fahren wir auf die Schnellstraße, die uns nach Westen bringt.

»Ich bin ein bisschen nervös«, gebe ich zu, als wir die Hauptstraße verlassen und die Schilder den Jockey Club ankündigen. In einiger Entfernung glaube ich, das Gebäude schon erkennen zu können. Von Weitem ist es nicht mehr als ein flaches Gebäude, das mit weißen Zäunen umgeben ist und in dessen Umgebung hohe Kastanien wachsen.

Wir kommen näher und passieren eine große Tafel, auf der in geschwungener Schrift die Hochzeit angekündigt ist. Blumen und Luftballons wiegen sich in der leichten Brise und ich ahne, dass das Farbkonzept der Hochzeit Weiß und Beige sein wird. Weiß und Beige. Wie langweilig. Vorhersehbar – zumindest dann, wenn man sich auf den Sozialen Medien die Inspirationen holt.

Das Gebäude ist weiß getüncht, verfügt über große Fenster und dunkle Holzbalken bilden einen starken Kontrast zur Wandfarbe. Dass hier Pferdesport betrieben wird, verraten nur die Stallungen, die man in einiger Entfernung erkennen kann. Ansonsten ist hier alles so sauber und wie geleckt, dass die Pferde das Grundstück wahrscheinlich erst betreten dürfen, wenn sie vorher mit einem Hochdruckreiniger abgespritzt worden sind.

Toms dunkler Mercedes reiht sich problemlos zwischen den anderen Autos ein. SUVs und Limousinen teurer Marken glänzen frisch poliert in der Sonne. Ich bin heute wahrscheinlich die Einzige, die kein eigenes

Auto besitzt. Beim Aussteigen schirme ich die Augen gegen das Licht ab. Die Autos, der weiße Himmel und heller Kies auf dem Boden blenden von allen Seiten.

»Was machen wir mit dem Gepäck?«, will ich wissen und deute auf den Kofferraum.

»Lass uns erst mal reingehen, das bringen wir später in Erfahrung«, sagt er, setzt sich eine Sonnenbrille auf und greift meine Hand.

Die Geste gibt mir Sicherheit. Ich kenne hier ja niemanden.

An der Tür zeigen wir unsere Einladung vor und betreten dann das kühle Innere des Hauses. Erleichtert atme ich auf. Hier ist es angenehm. Meine Schuhe klackern auf dem Naturholzboden und wir schlängeln uns zwischen Stehtischen hindurch, an denen schon viele Gäste stehen. Es gibt Sekt, Orangensaft und kleine Häppchen, aufgeregtes Stimmengewirr und gut riechende Menschen und ich mittendrin. An meiner linken Hand ist noch ein kleiner Farbfleck, wie mir gerade auffällt, und ich kratze ihn unauffällig ab, fasse Toms Hand dann ein wenig fester. Er schüttelt indes eine nach der anderen, stellt mich unzähligen Menschen vor, deren Namen auf mich einprasseln wie Sommerregen.

»Das ist Ian, ihm habe ich ein Büro vermietet – und das ist Maggie, sie ist ebenfalls im Immobiliengeschäft, aber wesentlich hochpreisiger als ich. Ian, Maggie, darf ich euch Holly vorstellen, eine begnadete Künstlerin.«

»Holly, wie schön, Sie kennenzulernen.« Maggie, eine Dame mittleren Alter schüttelt mir die Hand. Viele Armreifen klimpern an ihren Handgelenken und sie strahlt mich mit gebleichten Zähnen an, die blenden.

»Freut mich ebenfalls«, erwidere ich. Kaum sind wir einige Schritte weitergegangen, wende ich mich an Tom. »Auf wessen Hochzeit sind wir jetzt genau?«

»Mein Kollege Michael heiratet. Wir haben zusammen gearbeitet. Seine Frau Ruby ist Designerin für hochpreisige Reitmode und die Tochter eines Jockeys. Sonst hätten sie diese Location nicht bekommen.«

»Nein, bestimmt nicht«, gebe ich zu und lasse den Blick durch den Raum schweifen. Durch große Fenster ist die Rennstrecke zu sehen, die von gepflegten Hecken und weißen Holzbalken gesäumt ist. In den Büschen hängen creme-weiße Schleifen, die sich auch hier in der Dekoration wieder finden. Alles ist opulent und die Blumengestecke in den schlanken Vasen haben mit Sicherheit einige Tausend Pfund gekostet. Alles ist in Beige, Weiß und Grün gehalten.

»Gefällt es dir?«, raunt Tom und reicht mir eine Sektflöte. Die Gläser klingen hell, als wir anstoßen und er sieht mir lächelnd in die Augen. »Was hältst du von der Dekoration? Als kreativer Mensch kannst du das sicherlich beurteilen.« Sachte streift seine große Hand meinen unteren Rücken. Eine liebevolle Geste, die aber deutlich macht, dass wir zusammen gehören. Das macht mich unheimlich stolz. Tom präsentiert mich wie eine besonders schöne Immobilie, die nicht zu verkaufen ist.

»Ich bin kein Deko-Profi, aber würde ich heiraten, wäre das alles bunter«, gebe ich zu, obwohl ich noch nie über meine Hochzeit nachgedacht habe. Wieso hätte ich das tun sollen? Bisher gab es nicht den passenden

Mann an meiner Seite. Außerdem finde ich, dass der Titel Ehefrau so alt klingt. Keine Ahnung, ob das was für mich ist.

»Bunter? Du denkst da an selbst getöpfertes Geschirr?«

»Nein, eher an Knetmasse«, gebe ich zu und muss kichern, weil Tom vollkommen verdattert aussieht. Und selbst dieser Blick macht ihn nicht weniger attraktiv.

»Knetmasse? Wieso denn das?«

Ich deute nach vorn. Von unserem Platz aus sieht man in den Raum, in dem später gefeiert werden soll. Runde Tische mit Streudeko und Kerzen. Kleine Steinchen in schlanken Gläsern, in denen Stumpenkerzen stecken, verziert mit Bändern. Wunderschön – aber meist nicht lange.

»Weißt du, was im Laufe einer Feier mit der Tischdekoration passiert? Sie wird von den Gästen zerpflückt. Wenn einem zwischen den Reden oder den Gängen langweilig ist, verliert sich der ein oder andere darin, mit heißem Wachs zu spielen oder die Deko hin und her zu schieben. Deswegen würde ich Knetmasse aufstellen, so kann man sich damit beschäftigen und die Deko bleibt den ganzen Abend unangetastet – zumindest wäre das meine Hoffnung. Am Ende könnte man noch die schönste Knetmassenkreation auszeichnen, das wäre doch lustig, meinst du nicht?«

»Das ist ein kluger Gedanke, Holly. Aber den Preis würdest sicherlich du gewinnen. Durch deine Arbeit kannst du wahrscheinlich auch hervorragend mit Knete umgehen. Ich kann mir das jedenfalls sehr gut ...«

»Sehr verehrte Gäste!«, ruft ein Mann an der Tür. »Ich möchte Sie alle nach draußen bitten, wo die Trauung stattfinden wird!« Die ganze Gesellschaft setzt sich in Bewegung und wir treten hinaus in die Hitze. Einige Damen ziehen sofort Fächer aus den Taschen und setzen sich Sonnenbrillen auf. Ich habe weder das eine noch das andere dabei und muss gegen die Sonne blinzeln.

Das Gras federt unter meinen Füßen, eine leichte Brise begleitet uns zu einem Pavillon, wo die Trauung stattfinden wird. Unter einem weißen Stoffdach sind Stühle aufgestellt und ich nehme neben Tom Platz. Ganz vorn stehen zwei Stühle, über denen eine Girlande aus Ballons angebracht wurde. Mr und Mrs wurde in geschwungener Schrift aus Holz gefräst und die Buchstaben finden sich über den Plätzen wieder. Der Bräutigam steht schon auf seinem Platz, allerdings hat er sich vor das Mrs gestellt und ich kann mir ein Grinsen nicht verkneifen. Ob er das noch bemerkt?

»Fühlst du dich wohl?«, fragt Tom leise und sieht mich prüfend von der Seite her an.

Ich nicke lächelnd. »Du bist ja bei mir«, sage ich mit gedämpfter Stimme und drücke seine Hand sachte. Ich war bisher nie in Begleitung auf einer Hochzeit und dann mit Tom, obwohl wir nicht lange zusammen sind. Ich genieße den Moment, auch wenn ich hier niemanden kenne, und vielleicht kann ich aus diesem Tag neue Inspirationen ziehen.

Eine Hochzeitskollektion würde sich bestimmt gut machen. Weiße Tassen mit Mr und Mrs drauf.

Oder einem Brautpaar im Tassenboden.

Kapitel 21

Die Trauung ist herzergreifend, auch wenn der Bräutigam die ganze Zeit versehentlich auf dem Stuhl sitzt, der der Braut zugewiesen wurde. Auf seiner Lehne steht in verschlungenen Buchstaben Mrs. Das wird später sicherlich lustig, wenn man die Fotos des Tages ansieht. Das Kleid der Braut ist ein Traum aus Spitze und dünnem Tüll, perfekt für den heißen Tag und sie sieht aus wie eine Elfe. Um mich herum ertönt immer wieder ein Schniefen, als die beiden einander das Ja-Wort geben. Hach, es ist kitschig und die weißen Tauben, die am Ende aus einer Kiste freigelassen werden und durch den Pavillon fliegen, sind fast schon zu viel des Guten. Zumal sich eine ältere Dame schreiend weg duckt, als ein Vogel im Tiefflug über sie hinweg segelt, weil das arme Tier den Weg nach draußen nicht auf Anhieb findet.

Wenig später versammelt sich die ganze Gesellschaft auf der Terrasse, wo das Brautpaar beglückwünscht wird. Es dauert eine ganze Weile, bis die fast zweihundert Gäste ihre Glückwünsche ausgesprochen haben, dann bittet man uns in den Festsaal. Auch hier hängt eine große Tafel, auf der ein Plan der Tische sowie die Namen der Gäste notiert sind. Wir finden schnell unseren Platz und sitzen gemeinsam mit Leuten unseres Alters und einem älteren Ehepaar in der Nähe eines großen Fensters. Auch hier versprühen die Blumengedecke einen süßlich schweren Duft, der sich mit dem penetranten Parfüm mischt, in dem die ältere Dame im pinkfarbenen Kleid gebadet hat. Sie sitzt direkt neben mir und ich bekomme leichte Kopfschmerzen, dabei sitze ich erst seit zwei Minuten.

Nach Kaffee und Tee, einigen Reden und Anekdoten komme ich mit einer anderen Tischnachbarin ins Gespräch, die ebenfalls als Begleitung dabei ist und niemanden kennt. Wie die meisten Gäste heute trägt auch sie elegante und hochwertige Kleidung – sicherlich Designerware. Sowieso scheinen alle hier aus sehr gehobenen Kreisen zu stammen. Zumindest, wenn ich den Gesprächen lausche, die sich um Veranstaltungen, Sektfrühstück, teure Urlaube und Autos drehen.

»Mein Freund kennt die Braut vom Sport«, erzählt meine Tischnachbarin. »Sie haben eine Zeit lang gemeinsam Hockey gespielt. Ich habe mit Hockey ja nichts am Hut. Ich gehe zum Yoga. Machst du auch Sport?«

»Ich steige täglich Treppen, aber sonst komme ich nicht dazu«, sage ich.

»Arbeitest du viel?«

»Ja, im Grunde den ganzen Tag. Ich bin selbstständig«, erzähle ich stolz. Ich mag mein Business und stehe voll hinter dem, was ich mache. Aber es ist klein und ich wage zu bezweifeln, dass noch jemand in diesem Raum ein Einzelunternehmen führt. Zumindest sehen alle aus, als würden sie Firmen leiten. Hier passe ich damit nicht rein.

»Das ist toll. Womit bist du denn selbstständig?«, fragt sie mit einem strahlenden Lächeln.

»Ich bin Keramikerin.«

»Ach, deswegen haben Sie so abgearbeitete Hände«, bemerkt die Dame mit dem schweren Parfüm neben mir und wirft einen missbilligenden Blick auf meine Hände, die deutliche Spuren des Töpferns zeigen.

Meine Nägel sind kurz, damit ich im Ton keine Abdrücke hinterlasse, und die Haut an den Knöcheln ist schuppig. Der ständige Kontakt mit Wasser trocknet aus.

»Nun, ich arbeite eben mit den Händen. Das hinterlässt Spuren«, sage ich leise und werfe einen Seitenblick zu Tom, der steht jedoch in dem Moment auf, um sich am Buffet ein Stück Kuchen zu holen. Ich glaube, er hat die Unterhaltung gar nicht mitbekommen.

»Wenigstens haben Sie ein hübsches Kleid angezogen«, setzt die Dame hinterher. »Von welchem Designer ist das?« Die Frage klingt scheinheilig, weil sie es sicher besser weiß. Das sehe ich ihr an der Nasenspitze an. Sie will mich auflaufen lassen.

»Das weiß ich nicht. Es ist geliehen«, gebe ich zu.

»Das Kleid ist *geliehen*?«

»Ja«, antworte ich unsicher. Ist es verpönt, ein Kleid zu leihen? Hilfesuchend sehe ich zu meiner anderen Sitznachbarin, die fragend die Schultern zuckt.

»Also, ich«, fängt die Dame an und reckt das Kinn ein wenig, »ich kaufe Kleider immer neu. Vor allem dann, wenn ich auf einer Hochzeit eingeladen bin. Nicht, dass das frisch vermählte Paar Pech in der Ehe hat, weil ich mir kein Kleid leisten wollte.« Sie streicht sich über das pinke Ungetüm, das sie am Körper trägt, und ich kann mich nur schwer davon abhalten, nichts Bissiges zu erwidern. Wenigstens sehe ich in dem Kleid nicht aus wie ein Marshmallow.

»Was hat denn ein geliehenes Kleid mit dem Glück des Paares zu tun? Das müssen Sie mir jetzt mal erklären«, bitte ich sie angestrengt ruhig.

»Nun, wenn ich kein Geld habe, dann färbt das auf das Paar ab und wir wollen nicht, dass die beiden arm wie die Kirchenmäuse werden.« Mit der Kirchenmaus meint sie mich.

»Vielleicht bin ich als Glücksbringer hier. Man sagt, dass bei der Hochzeit etwas Geborgtes, etwas Blaues, etwas Neues und etwas Altes haben sollte. Nun, das Kleid ist blau und geborgt. Die Deko und das Brautkleid sind neu und einige Gäste hier schon sehr betagt. Ich sehe darin nichts Negatives – im Gegenteil. Es sind alle Bedingungen erfüllt.« Obwohl ich taff tue, trifft mich der Kommentar. Es kann sich eben nicht jeder so was leisten, aber das kann hier anscheinend niemand nachvollziehen.

Der Fuhrpark und die Location sprechen eine deutliche Sprache. Ich bin nur Gast in dieser Welt.

Ruckartig stehe ich auf und in dem Moment kommt Tom wieder an den Tisch. Er hat einen Teller mit Kuchen dabei.

»Wo willst du hin, Holly?«

»Auf die Toilette«, sage ich schnell, schenke ihm ein Lächeln und versuche, nicht auszusehen, als würde ich die Flucht ergreifen.

So eine dumme Kuh! Das Kleid ist schön und ich fühle mich darin wohl. Eine Frechheit, mich so zu behandeln.

Zügig, ohne wütend dabei auszusehen, gehe ich zwischen den Tischen hindurch, umrunde die Tanzfläche und stoße dann die Flügeltür zum Vorraum auf. Hier ist die Luft ein wenig besser. Kurz bleibe ich neben einem mannshohen Blumengesteck stehen und biege dann zur Toilette ab, die sich im Untergeschoss befindet.

Der rosafarbene Marmor sieht aus wie rohes Fleisch, ist aber angenehm kühl und ich stütze mich auf dem Rand des Waschtischs ab. Einatmen und beruhigen. Normalerweise bin ich schlecht aus der Ruhe zu bringen, und versuche immer, das Gute in den Leuten zu sehen. Aber das ging dann doch zu weit.

Warum? Weil jemand meinen schmalen Geldbeutel kritisiert – ja, gesehen – hat? Oder ist es die Angst, dass ich nicht zu Tom passen könnte, weil wir in zwei verschiedenen Welten leben? Dabei ist er ja nicht steinreich. Er hat eine Firma und eine Wohnung in London.

Das habe ich auch – wenn auch in einem anderen Maßstab. Seit Jahren kämpfe ich darum, meine Unabhängigkeit halten zu können, balanciere zwischen beruflichem Erfolg und der Pleite. So ist das nun mal und da ist es nicht verwerflich, wenn man sich einen Lebensstil angewöhnt hat, der sparsam und bedacht ist.

Wäre ich länger sitzengeblieben, hätte ich der Dame eine Ansage gemacht. Aber ich will die Hochzeit nicht versauen. Deswegen atme ich mehrmals tief ein und richte mich vor dem Spiegel auf. »Es ist egal, ob dein Kleid geliehen ist, oder nicht«, sage ich deutlich zu meinem Spiegelbild.

»Holly, bist du da drin?« Toms Stimme dringt leise durch die Tür und er klopft zaghaft.

»Ich komme.« Schnell straffe ich die Schultern, recke das Kinn und sehe mir in die Augen. Ich habe mehr geschafft als viele, die einfach in eine wohlhabende Familie hineingeboren wurden.

»Alles in Ordnung? Unsere Tischnachbarin hat mir gesagt, was los war. Lass dir davon nicht die Laune verderben.« Er öffnet die Tür und lugt durch den Spalt in den Vorraum der Damentoilette, in der ich Zuflucht gesucht habe.

»Tu ich nicht. Ich versuche nur, meine Wut zu zügeln. Wer glaubt sie denn, wer sie ist?« Schnaubend stoße ich mich vom Waschbecken ab.

»Sie fühlt sich dir überlegen, weil sie mehr Geld hat, das ist alles«, sagt er schulterzuckend und fasst mich an den Schultern.

»Fühlst du dich auch so?«

»Was? Mich dir überlegen?«

Ich nicke und sehe ihm kurz in die Augen, dann senke ich den Blick und spreche aus, was mir eben durch den Kopf ging. »Ich denke manchmal, andere finden es verwerflich, wenn ich sparsamer bin, eben weil mein Einkommen unstet ist.«

»Du glaubst, ich finde das auch? Holly, du hast ein Business, wovon du in einer der teuersten Städte der Welt leben kannst. Daran ist nichts zu verurteilen. Das ist großartig. Und wenn du glaubst, dass ich viel Geld habe, dann kann ich dir sagen, dass meine Wohnung auch nur gemietet ist und mein Wagen ein gebrauchter ist. Hier auf dieser Hochzeit sind wir beide die mit dem dünnsten Konto. Und deswegen werden wir den Abend erst recht so richtig genießen.« Er nickt zur Tür und greift nach meiner Hand: »Komm, zeigen wir allen, wie schön dein geliehenes Kleid beim Tanzen aussieht.«

***

Über der Tanzfläche schwebt ein Meer aus Lichterketten. Nur schemenhaft sich die Tanzpaare zu erkennen, die sich Arm in Arm im Takt der Musik wiegen. Tom führt mich zwischen den anderen hindurch. Im Augenwinkel kann ich Frau Parfümexplosion sehen, die uns beäugt, und führe die Drehung extra schwungvoll aus. Der Stoff meines Kleides schwingt schwer nach und Tom legt die Arme um mich.

»Ich wusste nicht, dass du tanzen kannst«, flüstert er nah an meinem Ohr.

»Ich habe als Jugendliche eine gewisse Zeit Tanzstunden gehabt. Da scheint etwas hängengeblieben zu sein. Du bist aber auch nicht schlecht.«

»YouTube«, gibt er zu. »Ich habe gestern ein bisschen geübt, um zu verhindern, dass ich wie der letzte Vollidiot dastehe.« Prompt tritt er mir auf die Füße und ich verziehe das Gesicht. »Sorry.«

Wie niedlich von ihm. Ich kann nicht umhin, mir vorzustellen, wie er mit aufgeklapptem Laptop Tanzschritte übt. Schwungvoll drehe ich mich einmal im Kreis und bemerke aus den Augenwinkeln, dass mein Kleid Blicke auf sich zieht, und kann mir ein triumphierendes Grinsen nicht verkneifen.

Entweder liegt es am Kleid oder andere Gäste haben bemerkt, dass ich hier nicht her passe.

»Was ist los?«, raunt Tom mir lächelnd zu. »Wieso grinst du so?«

187

»Madame schaut ein bisschen neidisch.«

»Dabei helfe ich gerne.« Tom legt seine Hände um meine Taille und verpasst mir einen erneuten Schwung, wobei er mir wieder auf die Zehen tritt, was ich ignoriere und mich auf die Präsentation des Kleids konzentriere.

Die Dame an unserem Tisch wirkt beeindruckt, auch wenn sie versucht, es zu verbergen, und das gibt mir ausreichend Genugtuung, um Tom beim nächsten Song von der Tanzfläche zu ziehen.

»Komm, machen wir eine Pause, bevor du mir noch häufiger auf die Zehen trittst.«

»War es so schlimm, dass ich dich vergrault habe?«, fragt er, lässt sich aber von mir zurück zum Tisch ziehen, wo wir mit hochgezogenen Brauen begrüßt werden.

»Na, das sah ja ganz passabel aus – für ein geliehenes Kleid ...«

»Das lag nicht am Kleid«, unterbricht Tom sie, bevor sie ausschweifender werden kann. »Der Wert und die Wirkung eines Kleides hängen nicht vom Preis ab, sondern, ob es mit Stil und Anmut getragen wird. Und das hat Holly auf jeden Fall.« Seine Lippen berühren meine Schläfe zärtlich und er greift nach unseren Gläsern. »Wir werden den restlichen Abend nicht an Ihrem Tisch verbringen. Wir bevorzugen freundlichere Gesellschaft. Tschüss.«

Ihr Gesichtsausdruck ist unbezahlbar.

»Du bist ja direkt.« Ich kann nicht anders, als zu kichern, und halte mir rasch die Hand vor den Mund. Das Gesicht der Dame werde ich nicht vergessen.

»Ich will, dass wir zwei einen schönen Abend gemeinsam haben, und den lasse ich uns von einer solchen
Trulla nicht verderben«, sagt Tom und lotst mich zu einer Gruppe, die uns zu sich heranwinkt. Sicherlich
habe ich ihnen schon die Hand geschüttelt, aber es sind
so viele Menschen hier, die alle denselben Friseur und
Chirurgen zu haben scheinen, dass ich den Überblick
verloren habe.

Kapitel 22

Den restlichen Abend verbringen wir damit, von einem Tisch zum anderen zu wandern. Viele der Männer scheinen Tom von der Arbeit zu kennen und ich schließe aus den Gesprächen, dass er manchen ein Büro vermietet hat. Es wird über das Business und über Geld gesprochen und während ich zuhöre, ist der Kommentar unserer Tischnachbarin vergessen. Nach zahlreichen Spielen, einer herzergreifenden Rede des Bräutigams, der es sich gegen Mitternacht nicht nehmen lässt, seiner frisch Angetrauten erneut ewige Liebe zu schwören, meldet sich bei mir die Müdigkeit und ich rutsche in meinem Stuhl immer tiefer. Keine Ahnung, wie viel Sekt ich getrunken habe, aber ich fühle mich ein wenig beschwipst, was sich bei mir meist in Müdigkeit wandelt. Wenn ich nicht aufpasse, schlafe ich hier auf dem Stuhl ein.

»Sollen wir uns langsam auf den Weg in unser Zimmer machen?« Tom streicht mir mit der Hand zärtlich über den Arm und ich nicke. »Bist du sehr müde, oder darf ich dir in unserem Zimmer noch aus diesem Kleid heraushelfen?«

»Dafür bin ich in jedem Fall zu haben«, nuschele ich grinsend.

Aus dem Kleid helfen – gute Umschreibung für Sex.

Das weiß ich, ohne ihn anzusehen. Nervöses Kribbeln macht sich in mir breit und ich lasse mich von ihm auf die Beine ziehen.

»Leute, wir verabschieden uns«, sagt er in die Runde und klopft auf den Tisch.

Die meisten Gäste sind betrunken und von der eleganten Upperclass-Gesellschaft ist kaum noch etwas übrig. Alkohol lässt eben alle Hüllen fallen. Es ist laut, die Gespräche sind ein bisschen zu ehrlich und die Gläser zu leer. Wenn man mich fragt, ist das der richtige Zeitpunkt, um die Hochzeit zu verlassen.

Das Zimmer, das Tom für uns beide gebucht hat, liegt auf dem Grundstück, aber in einem separaten Gebäude. Der Kiesweg dorthin schlängelt sich an Stallungen vorbei, aus denen das Schnauben von Pferden zu hören ist. Lampen auf niedrigen Sockeln beleuchten den Weg und schließlich finden wir das Gästehaus, das hinter hohen Bäumen auf einer kleinen Anhöhe liegt, weit genug vom Festsaal entfernt, um Ruhe zu haben.

»Das waren sicherlich auch mal Stallungen«, bemerkt Tom beim Öffnen der schweren Holztür. Wir treten in einen schmalen Flur mit glatt verputzten Wänden und einem uralten Holzboden. Türen rechts und links führen auf die Zimmer. »Hier ist unseres. Die Vier.«

Meine Güte ist das gemütlich! Britischer Landhausstil. Gedeckte Farben, ein Ohrensessel quetscht sich zwischen ein Bücherregal und einen Kamin.

»Pass auf deinen Kopf auf«, weise ich Tom an, der ins Badezimmer gehen will und sich beinahe am Türsturz den Kopf anschlägt.

Eine weitere Tür führt ins Schlafzimmer, in dem ein weiches Bett dazu einlädt, den ganzen Tag zu verschlafen. Mit Anlauf werfe ich mich darauf und versinke fast in der Masse aus Kissen und Decken.

»Hilfe, ich ertrinke in Kissen!«, rufe ich und Tom stürzt aus dem Badezimmer, bleibt in der Tür stehen und muss lachen.

»Findest du nicht, dass du ein wenig übertreibst?«

»Hilfst du mir raus?«

Er ignoriert meine ausgestreckte Hand und legt sich stattdessen zu mir. »Ich versinke gerne mit dir gemeinsam.«

»Oh, das ist jetzt ein bisschen kitschig, findest du nicht?« So ein Satz klingt in Filmen immer total romantisch, aber im echten Leben passt das nicht.

»Ja, ist es«, gibt er zu, rollt sich auf mich und verschließt meine Lippen mit seinen. »Aber das ist mir egal.« Seine Stimme geht mir sofort durch Mark und Bein. Gern würde ich mich dem Kuss hingeben.

»Tom, ich muss noch schnell auf die Toilette.« Wie unpassend, aber besser jetzt als später.

Als ich den Raum wieder betrete, hat Tom das Licht gelöscht und das Fenster ein wenig geöffnet. Die kühle Brise des lauen Abends wabert ins Zimmer und trägt den Geruch von geschnittenem Gras und Pferden mit sich.

»Wow, ist das schön.« Ich trete an das Fenster und sehe auf die Rennbahn und den kurzen Rasen, der im Halbdunkeln wie Samt aussieht.

»Möchtest du noch ein bisschen hier stehenbleiben?« Die Wärme von Toms Hand spüre ich, bevor er mich berührt. Dann streichen seine Finger zärtlich über

meine Schulter. Wenn er mich weiter so liebevoll streichelt, dann könnte ich eine Weile stehenbleiben. Seine
Hand wandert über den Rücken und löst langsam den
Reißverschluss. Langsam drehe ich mich zu ihm um.

»Hm, das ist sehr angenehm, Tom. Weißt du was?
Manchmal vergesse ich, dass du Makler bist. Du bist zu
nett«, spreche ich den Gedanken aus, der mir gerade in
den Kopf kommt und Tom hebt irritiert die Brauen.

»Sind Makler nicht nett?«

»Die meisten sind raffgierig und skrupellos«, antworte ich grinsend und streiche ihm mit dem Zeigefinger über den Kehlkopf.

»Alles Vorurteile. Künstler sind verpeilt und leben
von der Hand in den Mund«, haucht er, küsst mich und
zieht meine Unterlippe zwischen die Zähne.

Gott, ist das sexy.

»Das sind ebenfalls Vorurteile. Auf mich trifft es zumindest nicht zu. Meistens jedenfalls«, antworte ich
keuchend und lege den Kopf in den Nacken, als seine
Lippen meinen Hals berühren. Nun, vielleicht könnte
ich doch nicht hier stehenbleiben. Nicht, wenn dieses
Kribbeln in mir weiter zunimmt, und das wird es, da
bin ich sicher.

»Holly, du siehst wunderschön aus«, haucht er mir ins
Ohr und streift den Träger des Kleides ab.

Gott, ich hätte nicht gedacht, dass eine einzige Geste
so sexy sein kann! In Zeitlupe werde ich das Kleid los
und es sammelt sich zu meinen Füßen. So frei dazustehen, lässt mich frösteln. Mit bebenden Händen löse
ich die Krawatte von seinem Hals, bevor ich mich an
die kleinen Knöpfe mache.

»Küss mich«, bittet er atemlos und ich komme der Aufforderung bebend nach.

Der Kuss schmeckt nach Sahne und Alkohol und ich kann kaum genug bekommen. Jede Bewegung wird fahriger, als ich die Hitze spüre, die sich zwischen meinen Beinen ausbreitet. Vorbei ist die Zeit der Langsamkeit. Ich will nicht mehr warten und dränge mich ihm entgegen. Die Müdigkeit ist verschwunden und die Lust nimmt überhand. Mit einer schwungvollen Bewegung hebt Tom mich hoch, ich schlinge die Beine um seine Taille und er trägt mich zum Bett. Wie Wolken türmt sich die Decke auf, als wir uns darauf fallenlassen. Ich öffne die Lippen, lasse seine Zunge die meine umspielen. Toms Gewicht lastet angenehm schwer auf mir. Kurz löst er sich von mir, steht auf und öffnet den Gürtel seiner Anzughose. Dunkle Boxershorts kommen zum Vorschein, die nicht verbergen können, dass ihn die Lust mindesten genauso gepackt hat wie mich.

»Holly, du starrst«, stellt er amüsiert fest.

»Darf ich das nicht?«

»Es schmeichelt mir, wenn du das tust«, raunt er, krabbelt über mich und verwickelt mich erneut in einen Kuss.

Ich kann seine Erregung deutlich an meinem Oberschenkel spüren und wünsche mir nichts sehnlicher, als dass er uns endlich miteinander verbindet. Seine Hände schieben sich unter den Stoff meiner Unterwäsche und er gleitet mit den Fingern in mich. Es geht ganz leicht. Ich bin so was von bereit!

Seufzend dränge ich mich ihm entgegen, kann es kaum erwarten und genieße die Hitze, die sich in mir ausbreitet.

»Fühlst du dich wohl?«, fragt er und ich nicke. Sachte öffnet er den Verschluss meines BHs, der sich auf der Vorderseite befindet, liebkost die dünne Haut mit Lippen und Zähnen.

»Natürlich.« Ich schmiege mich ihm entgegen, gespannt darauf, wo er mich als Nächstes berühren wird. Zu meiner Überraschung zieht er die Hand zurück und packt mich an der Hüfte. »Was hast du vor?« Kichernd halte ich mich an seinen Schultern fest, als er uns auf die Seite dreht, bis er unter mir liegt.

»Ich möchte, dass du das Tempo vorgibst, okay?«, sagt er und seine Brust hebt und senkt sich zügig. Ist er nervös?

Ich bin es in jedem Fall. Obwohl es nicht das erste Mal ist.

Vorsichtig schiebe ich mich auf seinen Schoß, spüre die Erregung, die nur durch den Stoff der Boxershorts davon abgehalten wird, uns zu verbinden.

»Du fühlst dich großartig an, Holly«, haucht er und ich bewege das Becken nach vorn. »Holly, wenn du das noch mal machst, komme ich, bevor wir angefangen haben.«

»Was soll ich nicht mehr machen?«, frage ich und kann mir einen gespielt unschuldigen Unterton und eine erneute Beckenbewegung nicht verkneifen.

»O Gott, Holly …« Seine Hände packen meine Hüfte und er presst mich gegen sich.

»Hast du ein Kondom?«

»Im Koffer«, bringt er keuchend hervor und ich stehe auf. Obwohl ich gern fließend weitergemacht hätte, gilt safety first. Zum Glück finde ich die Kondome schnell und krabbele damit zurück ins Bett, in dem sich Tom mittlerweile die Shorts ausgezogen hat und mich sehnsüchtig erwartet. Die Packung raschelt, als er sie neben sich auf die Matratze legt und mich wieder zu sich zieht. Heute Morgen kam ich mir noch ein wenig leichtsinnig vor, als ich die Unterwäsche mit Spitzenbesatz angezogen habe, aber es war eine gute Entscheidung, denn sie kommt gut an und ich fühle mich sexy wie lange nicht.

Tom kann die Finger nicht bei sich lassen, schiebt die Hände unter den dünnen Stoff und zupft an der Spitze. »Du bist so sexy, weißt du das?«, haucht er und küsst mich wieder und wieder.

Zu gern würde ich diese Frage mit einem sicheren Ja beantworten, aber in Unterwäsche fühle ich mich nicht immer wohl. In der Jugend sind meine Brüste schnell gewachsen und das Gewebe der Haut ist an manchen Stellen gerissen. Da die Streifen auf der Unterseite sind, fällt das im Alltag nicht auf, aber mir wird bewusst, dass ich keinen BH mehr trage, weshalb ich rasch meine Brüste bedecke.

»Ich hab da diese Streifen auf der Brust«, gestehe ich leise.

Tom richtet sich auf und wir sitzen nun Brust an Brust. Sein Blick huscht über meinen Körper und bleibt an den Dehnungsstreifen hängen. »Die sieht man kaum. Beim letzten Mal ist mir das nicht aufgefallen«, haucht er und nutzt die Position, um Küsse auf meinem Dekolleté zu verteilen. »Ich liebe deine Brüste. Egal, ob gestreift oder nicht.«

Seine Worte tun unglaublich gut und zu sehen, wie liebevoll er mit dem Körper umgeht, den ich häufig viel zu kritisch betrachte, ist Balsam für die Seele. Dieser

Mann ist perfekt! Meine Güte, das ist alles einfach viel zu gut!

Und noch immer habe ich es nicht über mich gebracht, ihm die ganze Wahrheit zu sagen!

Ich verscheuche den Gedanken, der nicht hierher passt, und nehme sein Gesicht in meine Hände, küsse ihn und lasse es zu, dass er mir die Unterwäsche über den Po nach unten schiebt.

Es ist nicht unser erstes Mal, trotzdem tasten wir uns langsam und leidenschaftlich aneinander heran und ich vertraue Tom vollkommen. Dass er mich auf seinem Schoß lässt und mir dadurch gestattet zu entscheiden, wie weit wir gehen, gibt mir Sicherheit. Er fühlt sich gut an und, als ich mich auf seine Erregung sinken lasse, gibt es nur uns beide. Keine Zweifel mehr, kein schlechtes Gewissen. Nur Leidenschaft, Verlangen, Lust und Geborgenheit.

Wie lange hat der Sex gedauert?

Keine Ahnung. Jegliches Zeitgefühl ist mir verloren gegangen. Sekunden kamen mir vor wie Stunden.

Arm in Arm und verschwitzt liegen wir nebeneinander und starren an die Decke. Kaum zu glauben, was wir heute alles erlebt haben. Lächelnd sehe ich Toms Händen dabei zu, wie sie mit meinen Haaren spielen, und liebkose ab und zu seinen Hals, der herrlich nach Parfüm riecht. Ich könnte ihn auffressen.

»Ich liebe dich, Holly«, flüstert er und seufzt zufrieden.

Das ist ein Satz mit viel Bedeutung und er trifft mich direkt ins Herz, weil ich mir gewünscht habe, dass er ihn ausspricht. Gleichzeitig hatte ich Angst davor. Was, wenn ihn die Wahrheit zu sehr verletzt und er dann alles bereut?

»Ich liebe dich«, antworte ich und meine es ehrlich. Tom ist wundervoll und mein Herz hat er im Sturm erobert.

Kapitel 23

Im siebten Himmel schweben wir von einer Woche zur nächsten. Seit der Hochzeit und der gemeinsamen Nacht sind vier Wochen vergangen und der Sommer hat London fest im Griff. Die Schulen haben Sommerferien und in der Stadt ist es brütend heiß.

Meinen Tassenrohlingen kann man beim Trocknen zusehen, so schnell geht es und langsam, aber sicher geht mir der Lagerplatz aus. Deswegen zieht ein neues Regal bei mir ein und, weil es kompliziert ist, es allein aufzubauen, ist Phil aus seinem Atelier herübergekommen und geht mir dabei zur Hand. Wir haben das Metallgestell auf die Seite gelegt und setzen nun den ersten und den letzten Boden ein.

»Sag mal, dein Freund«, fängt er an und reicht mir den Akkuschrauber. »Das ist nicht zufällig der Makler, für den du letztens hier so motiviert aufgeräumt hast?«

»Doch«, sage ich und versuche, dabei möglichst locker zu klingen.

»Und das ist auch der Makler, den du ...«

»Den ich was?«

»... bezirzen wolltest, damit er uns ein Atelier gibt?« Phil ist direkt. War er schon immer und er hat recht.

Aber laut ausgesprochen klingt es gemein. Mein schlechtes Gewissen wird dadurch nur schlimmer.

»Ja, das hatte ich vor. Doch er war netter als gedacht und jetzt sind wir zusammen. Ich kann es ihm nicht sagen, dass ich ursprünglich andere Absichten hatte.«

»Weiß er denn, dass uns gekündigt wurde?«, hakt Phil nach und zieht die Stirn in Falten.

Ich nicke. »Ja, das habe ich ihm gesagt. Mehr als das weiß er aber nicht.«

Er nickt langsam, kaut einen Moment auf der Innenseite seiner Wange herum und zuckt dann mit den Schultern. »Muss er es denn unbedingt wissen?«

»Nein, natürlich nicht, aber ich würde mich ein wenig wohler fühlen, wenn die Basis, auf die unsere Beziehung aufbaut, keine Lüge wäre«, gebe ich zu.

Die Basis ist doch das Wichtigste von allem! Wenn ich beim Töpfern schlechten Ton benutze, dann zerspringen die Tassen. Wenn ich Luftblasen einarbeite, bersten sie im Ofen.

Unsere Beziehung ist eine Tasse mit einer großen Luftblase im Ton. Einer *ziemlich* großen Luftblase.

»Dann musst du das Risiko eingehen, dass alles schiefläuft, wenn dir die Wahrheit wichtig ist, und es ihm sagen«, stellt Phil nüchtern klar. »Ich an deiner Stelle würde das wohl nicht aufklären. Es ist ja nicht so, dass du ihm jetzt etwas vorspielst.«

»Nein, auf keinen Fall! Ich fand ihn eigentlich schon beim ersten Treffen attraktiv.«

»Dann hattest du zwar eine zweifelhafte Herangehensweise, aber deine Gefühle ihm gegenüber waren immer echt. Ich finde, das geht klar.« Phil steht auf, holt das nächste Regalbrett und hält es in den Rahmen, damit ich es festschrauben kann.

»Meinst du wirklich?«

»Ja. Und jetzt hör auf, dir Gedanken zu machen. Radiere diesen kleinen Teil einfach aus. Wichtig ist doch, dass ihr beiden glücklich seid, euch wohlfühlt – und wir einen neuen Arbeitsplatz bekommen.« Er zwinkert schelmisch und ich bringe ein Nicken zustande.

Sicherlich hat er recht. Meine Gefühle zu Tom sind echt und das ist es, was zählt. Entschlossen schraube ich das nächste Brett fest und wenig später richten wir das Regal gemeinsam auf. Ich habe im Voraus gut ausgemessen, denn es passt genau in den freien Bereich neben der Tür. Allerdings kann ich mich nur kurz an den leeren Regalbrettern erfreuen, denn keine Viertelstunde später ist es vollgestellt. Schön sieht es nicht aus, denn es lässt mein Atelier nun so richtig vollgestopft wirken, aber es fasst zumindest knapp zweihundert Tassen. Mein Lager wächst und wächst und langsam frage ich mich, ob ich aufhören sollte, wie ein Eichhörnchen im Herbst Vorrat anzulegen.

Tom hat mir ja gesagt, dass ich ganz oben auf die Liste komme, und ich glaube kaum, dass man die Freundin des Hausbesitzers nicht als Mieterin aufnehmen wird. Im Grunde ist es sicher.

Aber was, wenn das mit dem Atelier doch nicht klappen sollte?

Ich weiß, dass das klingt, als würde ich der Beziehung zwischen Tom und mir nicht trauen, aber ich bin selbstständig. Und das bedeutet, dass ich mein Business immer im Kopf haben und auf der Hut sein muss. Zu viel Leichtsinnigkeit katapultiert mich womöglich auf verlorenen Posten.

Dann ist kein doppelter Boden mehr da, der mich auffangen könnte.

Deswegen kann ich nicht aufhören, denn die Kisten voller Keramik, die immer mehr Platz einnehmen, sind mein doppelter Boden.

***

Am Nachmittag treffe ich mich mit Tom im Park. Er hat eine kurze Pause und wir wollen nicht darauf verzichten, einander zu sehen.

»Wieso produzierst du denn immer noch auf Vorrat?«, will er wissen, nachdem ich ihm von meinem Platzproblem berichtet habe, während wir im Park im Schatten liegen.

Das Thermometer hat heute die vierzig Grad Marke geknackt und London ist erschlagen von der Hitze. In der Innenstadt kann man zwischen den blendenden Glasscheiben der Wolkenkratzer sicherlich Spiegeleier braten. Tom hat sein Sakko ausgezogen und die Ärmel des Hemdes hochgekrempelt, um sich ein wenig abzukühlen. Nachdenklich streiche ich ihm über den nackten Unterarm und denke an das Gespräch mit Phil.

Ich kann es ihm nicht sagen, weshalb ich ausweiche. »Mein Onlineshop will gefüttert werden und je mehr Vorrat ich habe, desto entspannter kann ich meinen Alltag gestalten, weil ich nicht so schnell nachproduzieren muss.«

»Und ein entspannter Alltag bedeutet, dass du mehr Zeit für mich haben wirst, oder?«

»Ja, sicher.« Ich umfasse sein Gesicht mit den Händen und ziehe ihn in einen Kuss. Wir sinken ins Gras, das angenehm auf der Haut kitzelt. »Lass uns den ganzen Tag hier im Park bleiben, ja? Ich will nicht zurück in

202

mein stickiges Atelier«, seufze ich in den Kuss und spüre, dass er lächelt.

»Ich habe eine Klimaanlage im Büro.«

»Wieso bist du denn dann hier rausgekommen? Du hättest doch die Pause auch in deinem schön klimatisierten Büro verbringen können.«

»Ich wollte dich sehen, obwohl mein Büro wirklich sehr angenehm ist.«

»Willst du mich neidisch machen?«

»Ein bisschen vielleicht«, murmelt er, löst sich von mir und grinst. »Weißt du was? Dein neues Atelier wird auch eine Klimaanlage bekommen. Nächsten Sommer wirst du nicht schmelzen.«

Mein neues Atelier! *Mein* Atelier.

»Ich bin fest eingeplant?«, frage ich verdattert und sehe ihn ungläubig an.

»Wenn es nach mir geht, auf jeden Fall und ich denke nicht, dass jemand sonst etwas dagegen haben wird. Wieso sollten sie?«

Das klingt gut. Die Sache scheint sicherer zu werden.

»Tom, sag mal, könnte mein Kollege Phil dort ebenfalls einen Platz bekommen? Er wurde ja auch gekündigt und sucht genau wie ich nach einem neuen Platz.« Ich sehe ihn bittend an. Bisher habe ich es nicht geschafft, auch für Phil zu fragen, aber jetzt ist der passende Augenblick.

»Der Penis-Maler?« Er grinst. »Ich werde ihn vormerken. Sag ihm das.«

»Du bist ein Schatz, vielen Dank.« Dankbar küsse ich ihn und der Kuss schmeckt wunderbar. Mein Herz flattert. Ich bin so verknallt und das nicht, weil Tom mir meinen Arbeitsplatz retten wird. Trotzdem ist da dieser kleine Gedanke an die Luftblase in der Basis, der mir nach wie vor große Angst macht und es nicht zulässt, dass ich mich voll und ganz entspannen kann.

Tom scheint das nicht aufzufallen.

Zoe hingegen, die ich einige Tage später treffe, bemerkt sofort, dass mich etwas beschäftigt. Noch immer grübele ich darüber nach, ob es nicht besser wäre, ihm die ganze Wahrheit zu sagen. Wir sitzen in einem Café unter einer Markise und sehen dem Sommerregen zu, der auf den Gehweg prasselt und endlich für eine kurze Abkühlung sorgt.

»Was ist los? Dich beschäftigt doch etwas. Das habe ich schon beim Essen bemerkt«, sagt sie, beugt sich ein wenig vor und senkt die Stimme. »Ist was mit Tom?«

Gute Frage. Alles ist mit Tom, denke ich und spüre, dass diese Frage meine Schutzmauer durchschneidet wie Draht durch weichen Ton. Zoe ist meine beste Freundin und ich kann nichts vor ihr verbergen. Ein Stechen in den Augenwinkeln und ein Kloß im Hals bilden sich. Ich schlucke und da steigen mir doch die Tränen in die Augen.

»Holly, was ist denn los?« Rasch nimmt sie meine Hand und sieht mich besorgt an.

»Alles ist los«, heule ich und stütze mich auf die Ellbogen. »Tom und ich sind zusammen und ich bin glücklich mit ihm. Wir waren gemeinsam auf einer Hochzeit und das war wunderschön.« Zitternd hole ich Luft. »Aber ich habe diese Beziehung auf einer Lüge aufgebaut und ich weiß nicht, was ich machen soll. Es fühlt sich nicht gut an, ihm meinen eigentlichen Plan zu verheimlichen. Er hat mich ganz oben auf die Liste für die neuen Studios gesetzt und ich sollte zufrieden sein, aber ich habe so ein schlechtes Gewissen, weil ich ihn anfangs ja nur deswegen angesprochen habe. Eigentlich will ich es ihm sagen. Gleichzeitig auch nicht. Und dann habe ich ständig Angst, dass er es doch rausfindet.«

Unzusammenhängend platzt das alles aus mir heraus und Zoe sieht mich so mitfühlend an, als würde sie gleich ebenfalls anfangen zu weinen. »Weiß er von der Kündigung deines Ateliers?«

»Ja, das habe ich ihm gesagt. Mehr nicht.« Mit der Serviette wische ich mir die Tränen aus dem Gesicht und putze meine Nase. »Irgendwie hab ich es erst hinausgezögert und dann gab es nie den richtigen Zeitpunkt dafür. Und jetzt ist es zu lange her, als dass es noch erwähnenswert wäre. Wenn ich es sage, würde sich Tom fragen, wieso ich erst jetzt damit herausrücke, und ich stehe dumm da.«

»Und wenn du es gar nicht auflösen musst? Es wird sicherlich nicht rauskommen«, überlegt Zoe. »Du bist vor seinem Büro mit ihm zusammengestoßen – das hätte Zufall sein können. Ihr habt euch zum Essen getroffen und gut verstanden. Ab dann hat sich ja alles gesund und selbstständig entwickelt. Ihr seid ein Paar und jetzt bist du auf dieser Liste und sobald du deinen Platz in Vanguard Court hast, dann muss ihn doch gar nicht mehr interessieren, wieso und wie das alles zustande kam.«

»*Wenn* ich den Platz bekomme. Das entscheidet er nicht allein – hat er zumindest gesagt«, werfe ich ein.

»Ja, aber du hast doch nicht ernsthaft Zweifel daran. Wenn er da für dich ein gutes Wort einlegt, kommst du in *jedem* Fall rein und dann ziehst du aus. Fertig. Wie sollte er denn rausfinden, dass du von den Vanguard Courts vorher wusstest? Er kann ja nicht hellsehen und im Atelier hast du auch keinen Flyer rumliegen.«

»Stimmt, das kann er eigentlich nicht herausfinden, wenn ich es ihm nicht sage«, überlege ich schniefend. »Trotzdem habe ich das Gefühl, ihn zu belügen.«

»Du hast ihm doch nie Gefühle vorgespielt, Holly.« Zoe sieht mich ernst an und ich bin froh, dass sie einen klaren Kopf behält, wohingegen ich, zwischen Verliebtheit und schlechtem Gewissen schwankend, nicht logisch denken kann.

***

Tom unwissend lassen.

Das schmeckt mir ganz und gar nicht. Aber eine andere Lösung sehe ich momentan nicht, ganz gleich, von welcher Seite ich die Situation beleuchte. Ist es im Grunde nicht egal, *wieso* wir uns kennengelernt haben? Wichtig ist doch, dass es passiert ist und dass wir zusammen glücklich sind. Denn das sind wir.

Die Nächte verbringe ich immer häufiger bei Tom, wo wir gemeinsam eine Serie sehen, Sex haben und miteinander kochen. Abends neben ihm einzuschlafen, gibt mir Sicherheit und zum ersten Mal, seitdem ich selbstständig bin, kreisen meine Gedanken nicht 24/7 um meine Arbeit. Tom ist wie ein Pausen-Knopf. Eine Batterie, die mich auflädt.

Meine London-Kollektion erfreut sich nach wie vor großer Beliebtheit und nachdem ich Ende August auf einem Markt ausgestellt habe, gingen einige Fotos der Tassen wieder viral.

Niemals hätte ich gedacht, dass viral gegangene Bilder für mich zu einem solchen Vorteil werden. Ich hielt das immer für Blödsinn, aber das, was in den folgenden Tagen passierte, lehrt mich eines Besseren. Mein Onlineshop wurde kurz darauf regelrecht überrannt und die Anfragen nach der Kollektion häufen sich. Ich muss nachproduzieren und das gelingt mir mit Toms Hilfe schnell. Er greift mir bei der Herstellung unter die Arme. Gemeinsam mit ihm schleppe ich Pakete voller Ton die Treppe hinauf, räume die Tassenrohlinge vom Trockenregal in den Ofen und wieder heraus. Ganz vorsichtig fasst er die Tassen an und wird von Mal zu Mal routinierter darin, den Ofen einzuräumen. Mehrmals sage ich im Scherz, dass er sich wunderbar als Assistent eignen würde. Dadurch, dass er mir die Arbeit abnimmt, die sonst Stunden an Zeit frisst, komme ich viel besser voran und kann die Bestellungen schnell herstellen.

Innerhalb von drei Wochen sind meine Hände rissig von der ganzen Arbeit, aber auf diesem Weg sind vierhundert Tassen entstanden und heute gehen alle auf die Reise. Kunden aus ganz Großbritannien und welche aus den Niederlanden und Deutschland warten auf ihre Bestellung. Vor einigen Tagen musste ich neues Verpackungsmaterial ordern und nun, da es endlich angekommen ist, können wir loslegen.

Weil Samstag ist und die Post nicht mehr lange geöffnet hat, arbeiten wir im Akkord.

Einer packt, der andere geht zur Filiale. Zum Glück kennt Tom meine Verpackungstechnik bereits vom letzten Mal und so arbeiten wir den Stapel Pakete ab. Nur langsam werden es weniger.

»Wenn du eine Pause brauchst, sag es bitte, Tom.«

»Die Post hat nicht mehr lange geöffnet. Pause können wir später machen«, antwortet mein Freund, ohne dabei von seiner Arbeit aufzusehen. Er ist richtig vertieft darin, die Tasse einzuwickeln und ich habe den Eindruck, dass es ihm Spaß macht, mit den Händen zu arbeiten. Auch wenn er gesagt hat, dass er unkreativ sei, unbegabt ist er nicht, was das Handwerkliche angeht.

Mittlerweile ist es Nachmittag und die Zeit rennt, was uns aber nicht davon abhält, ständig innezuhalten und einen Kuss oder eine liebevolle Berührung auszutauschen.

»Wir sind richtig gut eingespielt«, stellt Tom fest, während ich den Karton zuhalte und er ein Klebeband abreißt. Heute trägt er zur Abwechslung Jeans und ein T-Shirt, was ihn unglaublich sexy aussehen lässt. Er ist in dem Outfit ein ganz anderer Typ und mir fällt es schwer, ihn nicht die ganze Zeit anzustarren.

»Wenn wir nach einem ganzen Tag Dauerverpacken keine Routine hätten, würde mich das auch wundern«, stelle ich fest und nicke zu dem Haufen Kartons, die ungefaltet in der Ecke liegen. Der Vorrat an vorbereiteten Kartons ist gleich erschöpft und dann müssen wir erstmal eine Weile die Kisten zusammenfalten. »Du kannst eine Pause machen, wenn ich zur Post gehe. Heute ist doch dein freier Tag und du arbeitest hier schon seit Stunden.«

Er küsst mich liebevoll und nickt. »Danke, dass du mir das gestattest, ich fühle wie ein Fließbandarbeiter.«

»Ja, das Einpacken ist immer monoton, vor allem, wenn es viele Lieferungen sind. Das dauert gerne einen ganzen Tag. Aber es ist eine gelungene Abwechslung zum sonstigen Alltag.« Außerdem motiviert es mich, weil ich daran immer sehe, wie viele Leute meine Tassen bestellen. Zufrieden lege ich das Päckchen in die Ikea-Tüte neben der Tür, die bald aus allen Nähten platzt, und überlege, ob ein weiteres hineinpasst, oder ich mich jetzt schon auf den Weg machen soll.

»Komm, eins geht noch rein«, sagt Tom, der meine Gedanken offenbar gelesen hat, und drückt mir eins in die Hand.

Kurze Zeit später hieve ich mir die Tüte auf die Schulter, lehne Toms Angebot, mich zu begleiten, ab.

»Ich halte hier die Stellung!«, ruft er mir nach und ich recke den Daumen in die Luft. Umdrehen ist mit der Tüte nicht möglich, sonst würde ich das Gleichgewicht verlieren.

Mit kleinen Schritten wanke ich zur Treppe, balanciere dabei die Tüte auf der Schulter und gebe mein Bestes, sie so wenig wie möglich zu bewegen. Auch wenn das Porzellan gepolstert ist, will ich nirgendwo anecken. Hinter mir öffnet sich eine Tür und ich höre Phils Stimme: »Hast du was am Bein, oder wieso humpelst du so?«

»Haha, du bist lustig. Weißt du, wie schwer das ist?«

»Ich kann es mir vorstellen. Du siehst aus wie ein gehbehinderter Nikolaus. Ziehst du schon um?«

»Nein, ich muss zur Post. Apropos umziehen: Ich habe mit Tom gesprochen und du wirst auch auf die Liste gesetzt. Die Chance steht gut, dass wir beide am Ende des Jahres neue Arbeitsräume haben.«

Phil starrt mich an, dann macht er einen Hopser und drückt mich umständlich. »Holly, das ist die schönste Neuigkeit des Tages! Muss ich mich denn bei deinem Freund melden, damit er meinen Namen hat?«

Oje, er ist ganz aufgeregt, das ist ja süß. Aber ich kann ihn verstehen, schließlich hat auch er in den vergangenen Wochen ständig nach neuen Ateliers oder Räumen gesucht, die ähnlich genutzt werden können – und war dabei genauso erfolglos wie ich.

»Nein, das kann ich ja alles vermitteln. Du kannst dich jetzt erstmal drüber freuen und ich schleppe den Kram hier zur Post.« Mit einem Nicken zu meiner Ikea-Tüte hin will ich mich wieder auf den Weg machen, aber Phil greift nach meiner Last.

»Ich komme mit und helfe dir beim Tragen, ich muss sowieso auch nochmal zum Drogeriemarkt.«

»Sind die Kondome wieder alle?«

»Ja, und ich wünschte, es gäbe einen anderen Grund dafür als meine Kunst«, seufzt er schwermütig. »Aber, hey, jetzt hast du wieder einen Freund, da lerne ich hoffentlich auch bald jemanden kennen. Ich denke da an einen heißen Schreiner, der zufällig in den neuen Studios mein Nachbar sein könnte.« Träumerisch sieht Phil in die Ferne und seufzt beim Gedanken an eine neue Liebschaft.

Kapitel 24

Die Postfiliale ist nicht weit entfernt, trotzdem bin ich froh, dass Phil mir beim Schleppen hilft. Mir wäre sonst der Arm abgefallen, weil es heute nicht die erste Fuhre ist. Phil bringt mich bis zum Ende der Warteschlange, dann verabschiedet er sich und geht Richtung Drogerie, die nur wenige Minuten entfernt liegt. In der Filiale ist viel los und ich muss eine Weile warten. Die Mitarbeiterin grüßt mich bereits von Weitem, denn ich bin heute schon zum dritten Mal hier und immer hatte ich eine randvolle Tüte dabei.

»Na, Sie haben aber heute einiges zu verschicken«, stellt sie fest und nimmt ein Päckchen nach dem anderen entgegen.

»Ja, und es warten noch viel mehr Päckchen auf mich«, sage ich, bezweifle aber, dass ich heute wieder herkomme. Es sind einfach zu viele Tassen, die noch nicht verpackt wurden. Vermutlich kann ich damit erst morgen weitermachen.

Kaum habe ich die Lieferung abgegeben, gehe ich mit zügigen Schritten zurück ins Atelier, nehme dort immer zwei Stufen auf einmal und reiße die Tür auf, ohne anzuklopfen.

»Ich bin wieder da!« Gut gelaunt betrete ich die Werkstatt und sehe, dass Tom seine Tasche zusammenpackt. Er wirkt fahrig und zieht den Reißverschluss so ruppig zu, dass er fast kaputtgeht. »Was machst du denn?«

»Gehen. Wonach sieht es aus?«, antwortet er knapp und greift nach seinem Handy. Er ist sauer. Eindeutig.

Wieso? Schlagartig macht sich Angst in mir breit und die Vermutung, dass das, wovor ich mich fürchte, eingetreten sein könnte. *Aber, wie soll das gehen? Es ist unmöglich.*

»Tom, was ist denn passiert? Hast du Probleme bei der Arbeit?«, will ich wissen.

Als er den Kopf hebt und ich ihm in die Augen sehen kann, zieht sich in mir sich alles zusammen. Der Blick, mit dem er mich ansieht, ist kalt wie Eis! Schwer atmend richtet er sich auf, fast wie ein Stier, der zum Angriff übergeht, und ich mache unwillkürlich einen Schritt zurück.

Was ist los, verdammt? Ich war nur eine Viertelstunde weg, was ist in dieser Zeit passiert, das ihn so wütend machen könnte?

»Wie lange hattest du eigentlich geplant, mir vorzuspielen, dass du in mich verliebt bist?«, fragt er. Seine Stimme ist so ruhig, dass es fast schon gefährlich klingt. Seine Nasenflügel beben und er beißt die Zähne so fest zusammen, dass sein Kiefer spannt.

»Vorspielen? Ich spiele dir nichts vor. Wie kommst du darauf?«

»Ach, nein? Und wieso erfahre ich erst jetzt, dass du die Kündigung schon im Mai bekommen hast?« Er wirft sich die Tasche über die Schulter und stürmt zur Tür.

Fassungslos stehe ich da und drehe mich zu ihm um. »Aber ich habe dir doch von der Kündigung erzählt. Ich dachte, es ist egal, wann das passiert ist ... Oder? Oder nicht? Das tut doch nichts zur Sache.« Meine Stimme zittert, ich kann kaum atmen. »Wo hast du das Schreiben überhaupt gesehen?« Hat er in meinen Unterlagen gewühlt? Bei aller Liebe, aber das hier ist immer noch mein Arbeitsplatz.

Tom hält inne. »Eine Kundin hat angerufen, weil sie was zu ihrer Bestellung wissen wollte. Ich hab in dem Ordner mit den Bestellscheinen nachgesehen und da bin ich über den Brief mit der Kündigung gestolpert.« Beim Sprechen verhaspelt er sich. »Und dabei ist mir das Datum aufgefallen – verdächtig nah an unserem ersten Treffen. Ich bin nicht dumm, Holly. Hast du wirklich geglaubt, dass das nicht irgendwann herauskommt? Ich hab dich für eine ehrliche Frau gehalten, aber das enttäuscht mich maßlos.«

»Aber, was hat denn unser Treffen mit dem Schreiben zu tun? Und wieso gehst du an mein Telefon?« Ich versuche, mich herauszureden, will ihm nicht sagen, was genau los war, allerdings frage ich mich gleichzeitig, ob es nicht besser wäre, endlich alles aufzudecken.

»Ich dachte, du rufst hier an, weil du was vergessen hast. Ist aber auch egal. Unser Zusammentreffen war kein Zufall. Du hast das alles von langer Hand geplant. Du wusstest von meinem Bauprojekt, *bevor* du mich kennengelernt hast. Du hast mich kennengelernt, *weil* du vom Vanguard Court gewusst hast.« Er greift nach der Klinke.

In mir schnürt sich alles zu. Der Moment, vor dem ich immer Angst hatte, scheint gekommen und ich will ihn auch gar nicht weiter anlügen.

»Tom, bitte ...«

»Was?« Er sieht mich mit blitzenden, feuchten Augen an, in denen sich Wut und größte Enttäuschung spiegelt.

»Wie hast du es rausgefunden? Wie hast du ... woher weißt du, dass ich von deinem Bauprojekt wusste?«, flüstere ich.

»Ich habe mir erlaubt, meinen Namen in deinen PC einzutippen, und Google kannte die Suchanfrage bereits. Und in deiner Chronik habe ich gesehen, dass du den Vanguard Court gegoogelt hast, und zwar *bevor* ich dir davon erzählt hatte.«

»Du hast dir meine Chronik angesehen?« Ich könnte ihm jetzt einen Vorwurf machen, aber in der Position bin ich nicht.

»Ja, das hab ich, weil ich gehofft habe, dass das alles nur ein dummes Hirngespinst von mir oder ein dummer Zufall ist. Aber die Tatsache, dass du so getan hast, als wüsstest du nichts von meinem Bauprojekt, es aber schon vor einiger Zeit online gesucht hast, sagt alles.«

O Gott, er ist so wütend und er hat jedes Recht dazu! Wie kann ich ihn besänftigen? Hilflos falle ich in mich zusammen.

»Ich ... ja! Ja, ich kannte dich vorher schon. In der U-Bahn habe ich gehört, wie du mit einem Kollegen über die Fabrik gesprochen hast. Kurz davor kam die Kündigung hier an. Ich war in dem Moment so verzweifelt. Londons Immobilienmarkt ist quasi leer –«

»Das ist mir bewusst. Ich arbeite in der Branche«, knurrt er. Seine Hand umfasst die Klinke nach wie vor so fest, dass seine Knöchel hervortreten.

»... und dann höre ich von deinem Bauprojekt. Das war meine Chance, als Erste einen Platz zu bekommen und mich abzusichern. Ohne Atelier kann ich nicht arbeiten. Mein Leben hängt davon ab, ein kleines Studio zu haben, und du hattest genau das in petto. Dass ich mich dabei in dich verlieben könnte, damit hatte ich nicht gerechnet. Anfangs wollte ich lediglich, dass du mich sympathisch findest. Nach zwei Treffen hast du mir schon mehr bedeutet. Ich wollte es dir immer sagen. Aber ich hatte Angst vor deiner Reaktion. Ich war einfach so verzweifelt. Kannst du mich nicht ein bisschen verstehen?«

»Und wieso hast du mich nicht nach dem Studio gefragt? Ganz direkt und offen? Stattdessen spielst du mir vor, mich interessant und nett zu finden. Vielleicht war unser Zusammenstoß ja auch kein Versehen. Wieso? Damit ich mich in dich verliebe und du dir den Platz auf jeden Fall sichern kannst? Was hattest du nach der Vertragsunterzeichnung vor? Hättest du mich abserviert?«

Ich öffne den Mund, um ihm zu antworten, und wische die Tränen weg, die mir über die Wangen laufen. Er hat das Recht, wütend zu sein, aber dass er mir vorwirft, ich hätte geplant, ihn zu verlassen, tut mir weh – denn das stimmt nicht.

»Es tut mir leid, so war das doch alles nicht geplant. Ich wollte das nie.«

»Was? Dass ich mich in dich verliebe? Dass ich mit dir zusammen sein will? Dass du vielleicht die Frau fürs Leben sein könntest? Mach dir da keine Gedanken drüber. Das ist eben vorbeigegangen, Holly!« Und mit diesen Worten reißt er die Tür auf und stürmt nach draußen.

Meine Sicht verschwimmt und ich sehe nur noch schemenhaft den Türrahmen und die schmutzige Wand des Flurs vor mir. Er ist tatsächlich gegangen und ich stehe da. Zwischen Porzellantassen, Kartons und Füllmaterial. Weiche Maisflocken, die mein Herz nicht davon abhalten können zu zerspringen wie Porzellan.

Ich hab's verbockt!

Wieso war ich nicht ehrlich?

Wieso habe ich nicht mit offenen Karten gespielt? Ich hätte vor dem Büro auf ihn warten können, und ihn einfach ansprechen: »Hallo Mr Gavin, mein Name ist Holly Philipps und ich habe gestern durch Zufall mitbekommen, dass Sie eine Fabrik zu Künstlerateliers umbauen wollen ...«

Es klingt so lächerlich einfach, dass ich mich ernsthaft frage, wieso ich nicht den direkten Weg gewählt habe. Vielleicht wären wir trotzdem gemeinsam essen gegangen und nun ein Paar – aber mit einer soliden Basis. *Hätte hätte ...*

All das jagt mir binnen Sekunden durch den Kopf.

Schluchzend streiche ich mir über die Lippen, die Tom vorhin noch geküsst hat. Kann es das jetzt wirklich gewesen sein? Nein! So schnell gebe ich nicht auf!

Mit einem tiefen Atemzug reiße ich mich zusammen und stürme ihm hinterher durch das Treppenhaus.

»Tom! Bitte komm zurück!«, rufe ich und meine Stimme hallt an den kahlen Wänden wider, während ich eine Stufe nach der anderen überspringe, um ihn einzuholen. Bevor ich unten bin, knallt die Haustür zu und ich weiß, dass er nicht auf mich warten wird. Eilig bringe ich die letzten Meter hinter mich und renne hinaus auf die Straße, doch Tom ist nirgends auszumachen. Keuchend sehe ich nach links und rechts, aber es sind nur Autos zu sehen. Er ist weg. Wie ein Kartenhaus fällt in mir alles zusammen und ich schleppe mich zurück zum Gebäude. Die Kühle des Treppenhauses empfängt mich und ich lasse mich auf die Stufen sinken, vergrabe das Gesicht in den Armen und kann nicht mehr tun, als den Tränen nachzugeben.

Wie lange ich heulend im Treppenhaus sitze, weiß ich nicht. Vielleicht zwei Minuten, vielleicht auch eine ganze Stunde. Meine Augen sind geschwollen und die Haut an den Wangen ganz wund. Der Hals ist heiser und ich zittere am ganzen Körper. Kurz hatte ich gehofft, Tom würde nach einigen Momenten zurückkommen, aber die Tür hat sich bis jetzt nicht wieder geöffnet. Schniefend wische ich mir über das Gesicht und ziehe mich auf die Beine, die unter mir gleich wieder nachgeben wollen. Das ist der absolute Super-GAU!

»Holly?« Einen Moment habe ich die Hoffnung, dass es Toms Stimme ist, die im Treppenhaus zu hören ist, doch es öffnet sich die Tür zu Phils Studio und er streckt den Kopf heraus. »Darling, was ist denn passiert?« Mit schnellen Schritten ist er bei mir, geht in die Hocke und sieht mich fragend an.

»Er ... ist ... weg ...«, bringe ich heraus und versuche, mich zu erklären, aber mir kommen nur stammelnde und unzusammenhängende Worte über die Lippen.

Phil kann sich wahrscheinlich seinen Teil denken oder mein Anblick spricht Bände. Kurzerhand zieht er mich auf die Beine, nimmt mich fest in den Arm und schleift mich zurück ins Atelier. Dort wirft er einen kurzen Blick auf das Chaos, das die Verpackungsaktion hinterlassen hat, seufzt und greift nach meiner Tasche. »Das machst du heute nicht mehr fertig«, bestimmt er, schließt das Fenster und schaltet das Licht aus.

»Aber die Kunden warten ...«, werfe ich leise ein und deute auf den Stapel Kartons, die noch immer nicht gefaltet wurden. »Ich muss doch noch ...«

»Das kann alles bis Montag warten«, erwidert Phil, lächelt mich liebevoll an und legt mir meine Jeansjacke um die Schultern. »Komm, ich bringe dich nach Hause. Du bist heute zu nichts mehr imstande.«

Danke, dass es wenigstens einen gibt, der hier klar denken kann. Phil bugsiert mich die Treppe hinunter bis zu den Fahrradständern und öffnet das Fahrradschloss.

»Ich kann auch zu Fuß ... du musst mich nicht extra ...«, starte ich einen lahmen Versuch, ihn davon abzuhalten, mich nach Hause zu bringen. Da die Tränen aber noch immer wie in Strömen fließen, glaubt er mir nicht und überhört meinen Einwurf.

»Ab auf den Gepäckträger. Ich will jetzt nichts hören, Holly. Du bist so verweint, dass du noch vor ein Auto läufst.«

Mehr als ein Nicken bringe ich nicht zustande und setze mich auf den Gepäckträger von Phils klapprigem Rad. Quietschend und schwerfällig kommen wir voran und immer wieder wische ich mir die Tränen aus dem Gesicht. Dankbar, dass Phil sich kümmert, kralle ich mich in seiner Jacke fest und suche mit den Augen die Umgebung ab. Vielleicht steht Tom noch in der Nähe. Vielleicht hat er innegehalten und denkt noch mal darüber nach. Dunkle Hecken, schmale Straßen und geschlossene Eingangstüren, ab und an ein Fußgänger, der mir einen mitleidigen Blick zuwirft, aber kein Tom.

»Wo wohnst du eigentlich?«, will Phil wissen und sieht mich über die Schulter hinweg an.

»Kannst du mich zu meiner Freundin Zoe bringen? Ich lotse dich hin. Kann jetzt nicht alleine sein.«

»Natürlich. Die beste Freundin ist immer eine gute Lösung«, sagt er optimistisch.

»Geradeaus und vorne an der Bushaltestelle nach links«, schniefe ich und Phil tritt in die Pedale.

Kapitel 25

»Holly?«, tönt Zoes Stimme aus der Gegensprechanlage.

»Kann ich reinkommen?« Mein Schluchzen ist nicht zu überhören.

»Oje, was ist denn passiert?« Sofort betätigt Zoe den Summer. Ich drücke die Tür auf und wende mich dann Phil zu. »Danke, dass ich nicht alleine hierher laufen musste.«

»Das ist selbstverständlich, Holly«, antwortet er und drückt mir einen Kuss auf die Wange.

Ich kann nur nicken. Mir die Augen wischend, eile ich die Treppe nach oben und, als ich meine Freundin in der offenen Tür stehen sehe, falle ich ihr sofort um den Hals.

»Er weiß es«, stellt sie nüchtern fest und trifft damit genau ins Schwarze. Zur Antwort bekommt sie nur ein Schluchzen von mir und verfrachtet mich im Wohnzimmer auf das knallrote Sofa. Dann verschwindet sie in der Küche und taucht kurz darauf mit einer Flasche Sherry in der einen und einer Schachtel Pralinen in der anderen Hand wieder in der Tür auf. »Alkohol oder Schokolade?« Fragend hebt sie beides hoch.

»Schokolade«, schniefe ich und deute auf die Packung. Hat vermutlich genauso viele Kalorien, aber der Kater am nächsten Tag ist vermieden.

»Wie ist es passiert? Hast du´s ihm gesagt?«, will Zoe wissen, reißt die Plastikverpackung auf, hält mir die Schachtel hin und sieht mich mitfühlend an.

Mit hängenden Schultern nehme ich eine Praline und schiebe sie mir in den Mund, lasse den Blick gesenkt und antworte mit möglichst kontrollierter Stimme. Ich erzähle von dem schönen, Tag den wir hatten, von den Blicken, die getauscht wurden, dass er mich immer wieder zwischendurch geküsst hat. Wie vollkommen sich das angefühlt hat und dass ich dann nur kurz zur Post war. Mehrmals kommen mir die Tränen, bis ich an dem Punkt ankomme, als Tom mich zur Rede gestellt hat. »Sein Blick war so kalt und er war unfassbar wütend.«

»Oh, Mann, Holly. Ich weiß gar nicht, was ich sagen soll. Ja, es war nicht fair, dass du es ihm nicht gesagt hast. Aber ich hab dir ja auch dazu geraten, es nicht zu tun. Scheiße, vielleicht war das falsch.«

»Vielleicht? Das war sicher falsch!«, bringe ich hervor, greife mir zwei Pralinen auf einmal und schiebe sie mir in den Mund. »Ich hätte es ihm gleich zu Anfang sagen müssen, als sich mein schlechtes Gewissen das erste Mal gemeldet hat.«

Zoe nickt und nimmt mich in den Arm. »Tut mir leid, dass es so geknallt hat.« Sie greift ebenfalls in die Pralinenschachtel und nimmt extra eine Sorte, die ich nicht mag, dann zieht sie mich wieder in ihren Arm. »Vielleicht beruhigt er sich wieder und du kannst ihn in einigen Tagen noch mal sprechen, wenn sich alles ein wenig abgekühlt hat. Ihr seid doch erwachsene Menschen, da sollte man miteinander reden können.«

»Glaubst du, er will sich echt anhören, was ich zu sagen habe?«, schniefe ich und greife wieder in die Schachtel.

»Das sollte er. Zumindest, wenn er fair ist.«

»Nicht unbedingt. Ich war es ja auch nicht. Da wäre es ihm nicht zu verübeln, wenn er nichts mehr von mir wissen will«, überlege ich und bei den Worten zieht sich in mir alles zusammen. Ich habe gehofft, dass alles erst nach einiger Zeit – vielleicht nach Jahren – ans Licht kommt und nicht so früh.

»Du kannst nicht mehr tun, als zu versuchen, ihn zu erreichen, und hoffen, dass er dir zuhören wird«, sagt Zoe mitfühlend.

***

Tom zu erreichen, entpuppt sich als Ding der Unmöglichkeit.

Und ich bin wirklich hartnäckig. Aber alles, was ich versuche, läuft ins Leere. Ich kann verstehen, dass er nichts hören will, aber kann er mir nicht wenigstens die Chance geben, mich zu erklären? Zumindest, wenn er kein vollkommener Eisklotz ist, und das ist er mit Sicherheit nicht. Dazu ist er zu herzlich. Allerdings habe ich ihn mit der Aktion gekränkt und verletzt und im Grunde kann ich es total verstehen, dass er erst mal Abstand braucht. Mir würde es an seiner Stelle genauso gehen. Ich verstehe, dass er sich verarscht fühlt und mir nur schwer glauben kann, dass ich meine ursprünglich sehr fragwürdige Herangehensweise bereits nach kürzester Zeit bereut habe. Aber ich bin nicht Tom, sondern Holly und mein Herz ist gebrochen und ich will alles tun, um es wieder zusammenzusetzen. Ich muss es einfach schaffen, denn mir geht es nicht gut. In den vergangenen Wochen haben wir uns jeden Tag gesehen, beinahe jede Nacht miteinander verbracht und ihn von jetzt auf gleich nicht mehr in meinem Leben zu wissen, fühlt sich an wie permanente Bauchschmerzen. Hunger habe ich seit Tagen kaum und übermüdet bin ich auch, weil mich die Gedanken in der Nacht wachhalten.

Ein schlechtes Gewissen kommt natürlich auch noch dazu und die Angst, dass er mich von der Bewerbungsliste streicht und ich im Dezember ausziehen muss, ohne eine Alternative zu haben. Sollte das eintreffen, dann habe ich alles verloren. *Kann man noch tiefer sinken?*

Mein Herz ist verzweifelt, hat Angst, dass das zwischen uns nie wieder etwas wird, und deswegen bringen alle »lass ihm Zeit, das wird schon«-Gedanken nichts. Ich *muss* ihn sprechen und das am liebsten sofort. Je eher wir ein klärendes Gespräch führen können, desto besser. Wenn ich morgens aufstehe, schaue ich mich mittlerweile gar nicht mehr im Spiegel an, weil ich aussehe wie ein Zombie auf Urlaub. Menschen, die mir auf der Straße begegnen, denken sicherlich, dass ich todkrank bin. Dabei ist es »nur« Liebeskummer.

Aber ein Liebeskummer, der sich nicht mit dem messen kann, den ich in der Secondary School hatte. Damals fühlte sich alles nach Weltuntergang an, weil Daniel aus der Oberstufe nichts von mir wissen wollte. Fünfzehn Jahre war ich damals alt und habe Tage in meinem Zimmer verbracht, laute Musik gehört und geheult, aber auf die Idee, etwas gegen den Liebeskummer zu tun, kam ich damals nicht.

Heute bin ich schlauer und werde mich garantiert nicht verkriechen. Aus diesem Grund habe ich in den vergangenen Tagen ständig einen Umweg zu seinem Büro gemacht, in der Hoffnung, ihm zufällig über den Weg zu laufen. Weil er nicht anzutreffen war, habe ich angerufen. Wie oft, kann ich nicht sagen, aber es ist ein Wunder, dass man überhaupt noch rangeht, wenn meine Nummer auf dem Display erscheint. Wäre ich eine Sekretärin, die jeden Tag dieselbe Frau am Telefon abwimmeln müsste, ich hätte die Nummer längst blockiert. Oder auf einen Anschluss umgeleitet, der nicht besetzt ist, damit man aufgibt.

Mein Anruf wird aber nach wie vor entgegengenommen. Das muss doch was zu bedeuten haben – obwohl die Sekretärin mich immer freundlich versucht abzuwimmeln.

So auch heute.

Es ist ein regnerischer Tag und ich sitze im Atelier und habe Toms Nummer gewählt, die ich mittlerweile auswendig kenne.

»Aber ich muss Mr Gavin dringend sprechen. Können Sie ihn nicht ans Telefon holen?«, frage ich bei meinem was-weiß-ich-wievielten Anruf und presse das Handy fest gegen das Ohr, um das Zittern meiner Hand zu unterdrücken.

»Tut mir leid, Mr Gavin ist den ganzen Tag in Besprechungen und hat Termine, da kann ich ihn unmöglich stören«, sagt sie mit einem Unterton, der mir verrät, dass an diesem Satz kein Funken Wahrheit steckt.

»Okay, vielen Dank. Könnten Sie ihm ausrichten, dass ich angerufen habe, bitte?« Meine Stimme zittert und ich hole tief Luft, um mich wieder zu beruhigen.

»Selbstverständlich sage ich ihm Bescheid, Miss Philipps«, flötet sie ins Telefon, woraufhin ich mich bedanke und auflege.

Das hat sie mir die letzten Male auch gesagt und Tom hat nie zurückgerufen. Er will mich nicht sehen und nicht hören. Seufzend lege ich das Handy weg. Sollte ich aufgeben?

Seit Tagen rede ich gegen eine Wand. Wann ist es Zeit, es bleiben zu lassen?

Nein, das geht nicht. Ich will ihn nicht aufgeben!

Alles, was ich jetzt noch tun könnte, ist, ihn gezielt auf der Arbeit abzupassen, dann muss er sich mir stellen. Ich schiebe mein Handy wieder in die Hosentasche und greife nach der nächsten Tasse, die ich in Seidenpapier einschlage, weil sie verschickt werden muss. Der Berg an Bestellungen ist demnächst abgearbeitet. Gott sei Dank. Zusammen mit Tom hat das viel mehr Spaß gemacht und jetzt sitze ich seit zwei Tagen, seit ich mich wieder halbwegs gefangen habe, allein zwischen den Kartons und packe, packe, packe.

Was natürlich überhaupt nicht dabei hilft, meinen Liebeskummer zu überstehen, weil ich genug Zeit habe, nachzudenken.

Wie konnte ich nur der Meinung sein, die Idee, mich mit Tom zu treffen, wäre eine Gute? Sollte man als Selbstständige nicht in der Lage sein, weitsichtig zu denken, weil man ja planen und die Zukunft einschätzen muss?

Ja, und ich bin da eine absolute Niete, wie ich deutlich bewiesen habe.

Vielleicht sollte ich die Selbstständigkeit aufgeben.

Muss ich sowieso bald, wenn sich das nicht wieder einpegelt. Dann habe ich nämlich keinen Arbeitsplatz mehr.

Hat sich unsere Beziehung so schleichend entwickelt, dass ich den Absprung verpasst hab? Oder war ich einfach zu doof dafür, den Moment abzupassen?

Wütend reiße ich wieder einen Bogen Seidenpapier ab und schlage die nächste Tasse darin ein, was so grob passiert, dass ich das Papier austauschen muss. Kein Kunde soll eine zerknüllt eingewickelte Tasse bekommen, nur weil ich sauer auf mich bin.

In dem Moment klopft es an der Tür und Phil taucht auf. »Hey, du bist ja wieder da, wie geht's –«

»Scheiße geht´s mir.«

»Ja, das hab ich gesehen. Oh, Mann, Holly. Das tut mir so leid. Ich musste in den letzten Tagen ständig an dich denken, und wie es dir wohl geht.« Unschlüssig steht Phil in der Tür, wiegt sich ein wenig vor und zurück und weicht meinem Blick aus. Eine Frage liegt in der Luft und ich habe eine Ahnung, worum es geht.

»Jetzt spuck´s schon aus, dir liegt doch was auf der Zunge«, sage ich ruppiger, als mir lieb ist, wickele die Tasse in Papier ein und lege sie in einen Karton.

Phil windet sich, zupft an einem Knopf seines Shirts herum, dann fragt er leise: »Holly, bitte denk jetzt nichts Schlechtes von mir, aber glaubst du, dass er mich von der Liste streicht?«

Die Frage klingt egoistisch, aber ich hätte das an seiner Stelle auch wissen wollen. Immerhin muss ebenfalls Phil einen neuen Platz finden.

Unsicher zucke ich die Schultern. »Ich kann es dir nicht sagen, aber ich gehe davon aus, wenn Tom alles, was mit mir zu tun hat, loswerden will, gehörst du leider dazu.« Zwar wäre es fair, Phil den Platz weiterhin zuzusichern, aber natürlich kann ich verstehen, dass Tom keinen Kontakt mehr zu mir will – auch nicht, wenn dieser über einige Ecken stattfinden sollte.

»Gut, damit hab ich gerechnet«, gibt Phil zu und seufzt schwer, dann macht er einen zögerlichen Schritt in meiner Richtung. »Holly, das sollte nicht klingen, als wäre mir mein neuer Arbeitsplatz wichtiger als du, aber ich muss ja planen und sehen ...«

»Schon gut, ich kann das verstehen«, seufze ich. »Da wirst du wohl weitersuchen müssen – wie ich.«

Er nickt. »Ich werde mir eine neue Wohnung suchen, die ein extra Zimmer hat. Die Chancen darauf stehen besser, als einen separaten Arbeitsraum zu finden. Hoffe ich zumindest.«

»Ich drücke dir die Daumen und sorry, dass du meinetwegen wieder ohne Sicherheit dastehst.« Es tut mir leid und ich wünschte wirklich, dass die Sache zwischen Tom und mir niemand anderen mit reinziehen würde, und doch ist Phil jetzt eine Art Kollateralschaden. Zwar winkt er nur ab, bevor er mein Atelier wieder verlässt, trotzdem macht es mich wütend.

Kaum ist er weg, mache ich mich wieder daran, meine Tassen einzupacken, und greife nach dem nächsten Bogen Seidenpapier, der prompt wieder einreißt.

»Scheiße!«, fluche ich und werfe das Papier in den Mülleimer. Es regt mich mehr auf, als es sollte, aber das Papier ist auch nur der Tropfen, der das Fass zum Überlaufen bringt. »Es ist alles scheiße!« Mein Handy gibt einen Ton von sich und ich fahre so heftig zusammen, dass mir die Tasse aus der Hand rutscht und an der Tischkante zerspringt. Zwar schaffe ich es, sie zu fangen, doch die Scherben sind scharf wie ein Messer und schneiden mir den Finger auf.

Das hat mir gerade noch gefehlt!

Was ist denn heute für ein scheiß Tag?

Vollkommen überfordert sehe ich auf das Blut, das in dicken Tropfen den Fußboden verschönert, und hätte in dem Moment am liebsten alles hingeschmissen. Sowohl meinen Job, als auch alle Tassen, die noch vor mir auf dem Tisch stehen.

Nein, du beherrschst dich jetzt und wirst nichts machen, das du morgen bereust!

Mit dem Fuß schiebe ich die Scherben zur Seite, reiße mit der freien Hand ein wenig Küchenpapier von einer Rolle und wickele meinen Finger darin ein. Meinen Puls spüre ich deutlich unter der Haut und hebe das Papier an, um den Schnitt begutachten zu können. Er ist tief. Zu tief. Das muss genäht werden.

Auch das noch!

Etwas, das ich jetzt gar nicht gebrauchen kann. Wie soll ich denn mit einer verbundenen Hand töpfern? Und gerade jetzt muss ich mich wieder auf einen Vorrat konzentrieren. Möglicherweise reicht auch ein Klammerpflaster, um den Schnitt zuzuziehen. Ratlos mustere ich meinen Finger, aus dem weiterhin Blut

quillt, und muss mir dann eingestehen, dass ich um einen Besuch in der Notaufnahme nicht herumkommen
werde.

Kapitel 26

Vor Jahren wurde ich darauf hingewiesen, dass ich einen Verbandskasten in meinem Atelier brauche, was ich damals für sinnlos gehalten habe. Noch nie hatte ich mich beim Töpfern verletzt und sah darin eine unnötige Geldverschwendung.

Jetzt bin ich gottfroh, das Ding gekauft zu haben, und verlasse wenig später das Gebäude mit einer dick einbandagierten Hand, die ich mit einem Dreieckstuch nach oben gebunden habe. Irgendwo hatte ich gelesen, dass das gegen die Blutung helfen soll. So eingewickelt eile zur nächsten Bushaltestelle. Umständlich google ich mit einer Hand die schnellste Busverbindung zur nächstgelegenen Notaufnahme. Die im King's College ist nicht weit entfernt und die Fahrt dorthin dauert zum Glück nicht lange. Mein provisorischer Verband ist nach zehn Minuten an seiner Belastungsgrenze angekommen und das Blut dringt durch das weiße Gewebe langsam nach außen. So ziehe ich viele Blicke auf mich, als ich vor dem Hospital aus dem Bus stolpere und über die viel befahrene Straße eile. Der Puls pocht heftig in der Schnittverletzung und mir wird ein bisschen schwindelig, je näher ich dem Krankenhaus aus dunkelrotem Backstein komme. Mein Weg führt mich über einen ausladenden Vorhof, den ich mir unter anderen Umständen sicherlich genauer angesehen hätte. Die Bäume, deren Laub sich, nun, da wir uns auf den

Herbst zubewegen, gelb zu färben beginnt, sind ein richtiger Blickfang. Aber dafür ist keine Zeit. Meine Hand pocht schmerzhaft und ich drücke auf den Schnitt, was zur Folge hat, dass beide Hände blutverschmiert sind. Hastig gehe ich auf den Eingang zu, der leider keine automatische Türöffnung besitzt. Da hat wohl jemand bei der Planung nicht mitgedacht. Umständlich versuche ich, mit dem Ellbogen die Klinke zu betätigen, damit ich nicht die komplette Tür einsaue.

»Warten Sie, ich helfe Ihnen!« Ein junger Mann, den Blick erschrocken auf meine Hände gerichtet, zieht die Tür zur Notaufnahme auf. »Hallo! Diese junge Dame braucht schnell Hilfe!«, ruft er und bleibt freundlicherweise neben mir stehen, bis sich eine Krankenschwester meiner angenommen hat.

»Vielen Dank«, bringe ich nuschelnd hervor und er lächelt mich aufmunternd an.

»Das wird alles wieder.«

Wenn der wüsste.

»Kommen Sie mit, ich bringe Sie in ein Behandlungszimmer«, sagt die Schwester und zieht eine schwere Tür zu unserer Linken auf. »Setzen Sie sich, ich sehe mir das gleich an. Ein Arzt wird sofort da sein.«

Das Papier auf der Liege knistert, als ich mich darauf nieder lasse und der Krankenschwester die Hand hinhalte, die vorsichtig die Mullbinden abwickelt. Sobald frische Luft an den Schnitt kommt, tut es noch mehr weh, und ich verziehe das Gesicht, als ich die klaffende Wunde sehe. Puh, dass meine Keramik so scharf sein kann.

»Das muss genäht werden, das schafft kein Klammerpflaster. Ich bereite alles vor. Legen Sie sich hin, damit Ihr Kreislauf stabil bleibt.«

Ich folge der Anweisung der Krankenschwester und drehe den Kopf weg, um mir meine Hand nicht ansehen zu müssen. Eine genähte Verletzung dauert bestimmt ewig, bis sie geheilt ist. In der Zeit kann ich nicht arbeiten! Das passt mir vorn und hinten nicht in den Kram. Tränen der Wut steigen mir in die Augen, was der Schwester nicht entgeht.

»Machen Sie sich keine Sorgen. Wir werden das betäuben, dann spüren Sie beim Nähen nichts davon.« Sie kann ja nicht wissen, dass es nicht die Schmerzen sind, die mir Sorgen bereiten.

Ich hab so viel zu tun, muss vorarbeiten und dazu brauche ich meine Hand. Mit der Linken kann ich nicht so präzise sein. Zumindest bin ich damit nicht gut genug, um zu töpfern. Es werden krumme und schiefe Tassen dabei rauskommen – wenn überhaupt. Wenn es nicht anders geht, muss ich aus der Not eine Tugend machen und eine Murks-Kollektion herausbringen. Womöglich mausert die sich dann zur erfolgreichsten Kollektion meiner Karriere. Das wäre eine Ironie.

Die Tür des Behandlungszimmers wird wieder aufgeschoben und ein Arzt mittleren Alters kommt herein. Seine Schläfen sind von grauen Haaren durchzogen und er strahlt eine Ruhe aus, die sich – zumindest kurzweilig – auf mich überträgt.

»Guten Tag, Miss Philipps. Ich bin Dr. Collins.« Er lässt sich auf einen Hocker fallen und begutachtet meine Hand. »Oh, wie ist das denn passiert?«, fragt er, nimmt die Brille vom Kopf und setzt sie sich auf die Nase.

»Mir ist eine Tasse kaputtgegangen.«

»Ach, ein Haushaltsunfall. Ja, das kann passieren. Aber machen Sie sich keine Gedanken, das haben wir gleich. Ich werde das mit zwei Stichen nähen und in zehn Tagen können Sie Ihre Hand schon wieder für alltägliche Dinge einsetzen.«

Haushaltsunfall? In welchem Jahrzehnt ist der denn stehengeblieben?

»Zehn Tage?«, wiederhole ich fassungslos und sehe in Gedanken einen Abreißkalender vor mir, der schneller Blätter verliert als ein Baum im Herbst.

»Nun, diese Zeit müssen Sie sich schon geben. Ich werde Sie krankschreiben, dann können Sie sich erholen. Was machen Sie denn beruflich?« Während er spricht, desinfiziert er meine Hand, legt ein steriles Tuch darüber und bekommt das Besteck ausgehändigt.

»Ich bin selbstständig und arbeite als Keramikerin«, antworte ich leise und schließe die Augen, weil die Schwester mit der Spritze in meinem Sichtfeld auftaucht.

»Oh, was für ein schöner Beruf. Sicherlich sehr kreativ«, murmelt der Arzt konzentriert. Er hat keine Ahnung, was das bedeutet.

»Ja, und ein handwerklich sehr fordernder Job.«

»Arbeiten Sie viel mit Maschinen?«

»Nein. Mit den Händen.« Er hört überhaupt nicht zu! Jetzt muss ich aufpassen, dass ich nicht hysterisch werde. Kann er mir keinen Vorschlag machen, wie ich trotz der Verletzung arbeiten kann? Vielleicht gibt es einen speziellen Handschuh, der die Wunde schützt.

»Nun, das wird in der nächsten Zeit nicht möglich sein. Da sind Sie wohl oder übel zu einer Pause gezwungen. Aber Urlaub tut ja immer gut.« Dr. Collins grinst gut gelaunt, näht den Schnitt und wenig später verlasse ich schnaubend und mit einem dicken Verband die Notaufnahme.

»... wohl oder übel zu einer Pause gezwungen ...«, äffe ich ihn nach. Der hat gut reden. Er bekommt im Monat seinen fixen Betrag, der sicherlich nicht niedrig ausfällt, und hat keine Ahnung, was das für mich bedeutet, krankgeschrieben zu sein. Geld bekomme ich in einem solchen Fall nämlich nicht. Von wem auch? Ich bin ja mein eigener Arbeitgeber.

Stampfend und wütend auf mich und die ganze Welt verlasse ich das Krankenhausgelände und gehe zu Fuß zurück in mein Atelier. Frische Luft tut mir jetzt gut und hilft dabei, mich abzuregen, doch die Gedanken drehen sich trotzdem im Kreis.

Tom hat Schluss gemacht, mein Atelier bin ich bald los und jetzt kann ich noch nicht einmal mehr vorarbeiten. Das ist alles so ungerecht, dass ich am liebsten laut geschrien hätte. Weil ich mich aber auf einer belebten Straße befinde, gebe ich mich damit zufrieden, gegen einen Mülleimer zu treten.

Hilft allerdings nur bedingt.

Keine Ahnung, wie es weitergehen soll.

Keuchend, weil ich mich so aufrege, und mit Tränen der Wut in den Augen schließe ich wenig später die Tür zum Atelier auf. Auf dem Boden liegen noch immer die mit Blut besprenkelten Scherben. Vielleicht sollte ich daraus ein neues Design machen. Aber zuerst muss ich das wegräumen, damit hier nicht wieder ein Unglück passiert.

Umsichtig hantiere ich mit der Kehrschaufel und schaffe es, die Reste der Tasse in den Mülleimer zu befördern. Dann suche ich eine Neue heraus, schlage sie in Papier ein und vervollständige die Bestellung, zu der sie gehört. Wenigstens etwas, das ich geschafft habe.

Nach einiger Zeit lässt das Schmerzmittel nach und mein Finger pocht wieder heftig. Trotzdem kann ich es nicht lassen, mich an die Töpferscheibe zu setzen und zu versuchen, meine Arbeit zu machen. Sollte es nicht klappen, habe ich zumindest sofort Klarheit.

Zum Schutz meiner Hand ziehe ich einen Handschuh über den Verband und hantiere hauptsächlich mit Links. Das funktioniert bei den groben Handgriffen halbwegs und aus dem Tonklumpen entsteht etwas, das mit ein wenig Fantasie nach einer Tasse aussieht. Allerdings bin ich kaum in der Lage, dem Rohling Individualität zu verleihen, obwohl ich mich mit Spatel, Schwämmchen oder kleinen Messerchen daran mache, den Ton zu bearbeiten. Zwei Stunden probiere ich mich daran und noch immer sieht es aus wie von einem Kleinkind gestaltet.

So geht das nicht. Wütend zerdrücke ich irgendwann den Rohling, werfe den Ton zurück in die Tüte und schalte die Töpferscheibe ab. Eine Murks- oder Kids-Style-Kollektion ist eine dumme Idee und ich muss wohl oder übel die nächsten zehn Tage pausieren. Wenigstens stehen im Regal noch Tassen, die lasiert und bemalt werden müssen. Das sollte ich hinkriegen und kann so wenigstens einige Tage überbrücken, ohne Leerlauf zu haben.

Draußen ist es dunkel und ein kalter Herbstregen prasselt vom Himmel, als ich gegen zehn Uhr am Abend aus dem Gebäude trete. Mit eingezogenem Kopf kauere ich mich unter dem Vordach zurück und versuche, den Regenschirm zu öffnen. Das billige Teil hat sich verhakt und ich fluche mehrmals, bis er sich endlich aufspannt.

In den vergangenen Tagen ist es kalt geworden und das nasse Laub auf dem Bürgersteig verwandelt meinen Heimweg in einen Hindernislauf aus Pfützen und Rutschpartien. Zum Glück passiert kein Unfall und erleichtert betrete ich zwanzig Minuten später meine Wohnung. Erst nachdem ich mich aus dem Mantel geschält und den nassen Schirm zum Abtropfen in die Dusche gestellt habe, komme ich dazu, die Nachricht zu lesen, die vorhin dafür gesorgt hat, dass ich die Tasse habe fallen lassen.

Es wird sicherlich keine Nachricht von Tom sein. Er hat sich bisher auf nichts gemeldet. Wieso sollte das heute anders sein?

Oder hat sich die Sekretärin an meine Bitte gehalten und ihm gesagt, dass ich angerufen habe? Nervös vermeide ich jeden Blick auf das Display. Aber lange halte ich das nicht aus. Gut, einmal nachsehen. Meine Hände sind ganz schwitzig vor Nervosität und ich öffne die App.

Und, hat er sich gemeldet?

Zum ersten Mal freue ich mich nicht über eine Nachricht meiner besten Freundin, antworte aber sofort.

Nein, hat er nicht und ich glaube nicht, dass das so schnell passieren wird. Seine Sekretärin hat mich nicht zu ihm durchgelassen. Keine Ahnung, wie oft ich da schon angerufen habe. Er will sich nicht anhören, was ich zu sagen hab. Ich glaube, meine Chance ist verstrichen.

Zoe antwortet:

Oh, Mann, ich hatte so gehofft, dass er nach einigen Tagen drangeht. Das tut mir so leid.

Mir auch. Zumal ich mir heute heftig in die Hand geschnitten habe, dass es genäht werden musste. Jetzt habe ich zehn Tage Pause. Mit dem Verband kann ich nicht töpfern.

Rasch mache ich ein Bild und schicke es Zoe, unterstrichen von einem kotzenden Emoji. Dann lege ich das Handy beiseite. Was bringt es, mich im Selbstmitleid zu suhlen? Ich muss zusehen, dass ich alle Sachen erledigt bekomme. Wir haben bereits Herbst. Nicht mehr lange, bis ich ausziehen muss, und bisher ist nichts Neues in Sicht. Toms Studios habe ich mir im Grunde schon aus dem Kopf geschlagen. Mein ganzer Plan, der im Sommer noch so verlockend und traumhaft rund war, ist hinüber und ich muss zusehen, wie ich klarkomme. Vor allem sollte ich mich langsam mit dem Gedanken anfreunden, dass ich im neuen Jahr von zu Hause aus agieren werde.

Du könntest die Zwangspause nutzen, um dich intensiv nach einer neuen Werkstatt umzusehen. Kuss Zoe

Nette Idee, Zoe. Aber für heute will ich nur eines: Schokolade essen, eine Schnulze im TV ansehen und mich dabei selbst bemitleiden.

Kapitel 27

In der nächsten Woche kämpfe ich an allen Fronten – nur an der Töpferscheibe bin ich kaum. Zusammen mit Phil, der die Auswirkungen der Trennung von Tom und mir richtig abgeschätzt hat, suche ich online nach leerstehenden Räumlichkeiten, die sich als Atelier eignen könnten. Wenn man die Ansprüche herunterschraubt, findet man einiges. Und ich habe meine Ansprüche extrem runtergeschraubt.

Tageslicht? Brauche ich nicht. Es gibt ja Tageslichtlampen.

Fußläufig von der Wohnung aus erreichbar? Egal, ich kann den Bus nehmen.

500 Pfund Miete im Monat? Sechshundert gehen zur Not auch – irgendwie.

Am Tag nach meinem Unfall habe ich eine Ladenfläche in Brixton entdeckt, die infrage käme. Sie liegt zwar im lärmigen Bahnhofsviertel und hat große Fensterfronten, aber die könnte man mit einer Folie blickdicht machen, wenn ich mich nicht auf den Präsentierteller setzen möchte. Die Anzeige war keine Stunde alt, da hatte ich den Eigentümer bereits kontaktiert und seitdem jeden Tag auf eine Antwort gewartet. Gerade, als ich die Hoffnung schon aufgegeben hatte, trudelt eine Einladung zur Besichtigung in mein Postfach, die ich ausdrucke und damit in Phils Atelier gehe. Obwohl er gesagt hat, dass er sich eine größere Wohnung nehmen würde, suchen wir parallel gemeinsam. Immerhin lebt Phil gern in Peckham und würde nur umziehen, wenn es sich nicht vermeiden lässt. Umzüge sind immer stressig und in London, mit dem ganzen Verkehr und den engen Treppenhäusern, ist das nochmal eine andere Hausnummer.

»Phil, willst du mich zur Besichtigung begleiten? Gerade kam eine Antwort auf die Ladenfläche am Bahnhof in Brixton. Heute Nachmittag«, sage ich und wedele mit dem ausgedruckten Zettel herum. Meine Hoffnung, etwas zu finden, steigt ein wenig. Wir haben unseren Radius ausgeweitet und suchen in den angrenzenden Stadtteilen.

Drei Monate haben wir noch. Das wird knapp. Knapp, aber machbar.

»Natürlich. Ich lass dich nicht allein zu irgendwelchen dubiosen Männern. Wer weiß, ob da jemand deine Lage ausnutzen möchte. Außerdem ist der Platz vielleicht groß genug für uns beide«, sagt Phil sofort und richtet sich zu seiner vollen Größe auf.

Er ist über sechs Fuß groß und sieht nicht aus, als könnte man ihn so einfach ausknocken. Mit ihm als Begleitung fühle ich mich sicher. Und wer kann schon sagen, wer an der verabredeten Adresse wirklich auf mich wartet. Ich wäre nicht die erste Frau, die bei einer Besichtigung bedrängt wird. Und sollte ich nicht den Erwartungen des Vermieters entsprechen, kann Phil auch sein Glück versuchen und sich vor Ort bewerben.

Deswegen machen wir uns am Nachmittag gemeinsam auf den Weg, fahren mit dem Bus drei Stationen und steigen im Stadtteil Brixton aus. Dieses Viertel ist, wie Peckham, multikulturell. In den Straßenmärkten und Geschäften blitzen die karibischen Wurzeln durch, die Brixton so einzigartig machen. Die Ladenfläche, die wir uns ansehen wollen, sticht durch eine knallrot gestrichene Fassade hervor und ein ausgeblichenes Schild zeigt, dass hier bis vor kurzem gebratenes Hühnchen verkauft wurde.

Ob wir in einem ehemaligen Imbiss arbeiten können? Ich bezweifle, dass man den Geruch aus den Wänden kriegt, und will ungern, dass meine Tassen samt Verpackung nach grilled chicken duften.

»Ein Imbiss? Sicher, Holly?«, fragt Phil ebenso zweifelnd.

»Die Größe und der Preis passten. Wollen wir es uns nicht wenigstens ansehen?«, schlage ich vor, klinge dabei jedoch wenig motiviert. Durch das Fenster kann man die großen Tischplatten der Küche sehen und die dicke, schmierige Fettschicht spricht Bände. Ich werde darin heute nichts anfassen, so viel steht fest.

Ein älterer Mann mit fleckigem T-Shirt und einem Sakko bekleidet, das zwei Nummern zu klein ist, kommt um die Ecke und steuert direkt auf uns zu.

»Hey, ihr wollt euch das ansehen, oder?«, fragt er direkt und wir schütteln einander die Hände. »Sie haben sich verletzt.« Er wirft einen Blick auf meinen Verband fest. »Küchenmesser?«

»Zersprungene Tasse«, antworte ich schlicht.

»Ja, in der Küche ist es nicht ungefährlich. Sie wollen also einen Imbiss eröffnen?« Er deutet auf den Laden hinter uns und wir schütteln gleichzeitig den Kopf.

»Wir sind Künstler und auf der Suche nach –«

»Künstler? Nein, tut mir leid. Ich vermiete nur an den Lebensmittelsektor. Kunst ist mir zu unsicher.« Abwehrend hebt er die Hände und macht einen Schritt zurück.

»Aber wir zahlen die Miete pünktlich«, beteuert Phil eilig. Zu eilig. Er klingt, als hätten wir es dringend nötig.

Was leider stimmt und der Mann erkennt das sofort. Wer weiß, was er bisher für Erfahrungen mit Künstlern machen musste. Sie scheinen ihn vorsichtig gemacht zu haben und er lässt sich nicht mehr von seiner Aussage abbringen, egal wie sehr wir ihn um eine Chance bitten.

»Tut mir leid, aber hier werdet ihr nicht einziehen. Dass man die Miete pünktlich zahlen kann, sagen sie alle im Voraus und am Ende rennt man jeden Monat seinem Geld hinterher. Nein, danke. Ich hatte einmal mit Künstlern zu tun, das waren nur Tagträumer und mehr als heiße Luft konnten die nicht. Nein, danke, das brauche ich nicht nochmal. Tut mir leid für euch, aber da müsst ihr euch woanders nach etwas umsehen.« Das sind seine letzten Worte.

Ziemlich harte letzte Worte und wir verabschieden uns, ohne die Räume betreten zu haben.

»Das war ja mal ein Fettnäpfchen«, stellt Phil ernst fest, hält dann inne und gluckst. »Fettnäpfchen, Holly. *Fett*näpfchen.« Er kichert wie ein kleiner Junge, kriegt sich kaum mehr ein und ich sehe ihn amüsiert an. Schön, dass er noch etwas Positives aus der Sache ziehen konnte.

Mein Handy vibriert in der Tasche und ich ziehe es schnell hervor. Eine E-Mail-Antwort von einer weiteren Vermieterin. Auch sie lädt zu einer Besichtigung ein und diese findet sehr spontan – genau jetzt – statt.

Zum Glück liegt diese Immobilie nur wenige Minuten entfernt und wir schaffen es rechtzeitig, dort anzukommen.

»Hier muss es sein«, sage ich wenig später, als wir vor dem Tor einer Grundschule stehen. Ein wenig außer Atem, weil wir die letzten Meter im Laufschritt zurückgelegt haben, scrolle ich durch die Anzeige, finde die Nummer der Vermieterin und rufe sie kurzerhand an, damit sie uns zum Eingang lotsen kann.

Mit dem Telefon am Ohr umrunden wir das Backsteingebäude und werden an einer Hintertür von einer Frau im Hosenanzug erwartet. Ihr mausbraunes Haar hat sie halb hochgesteckt und sie ist jünger, als sie aussieht. Ein freundliches Lächeln bringt sie uns entgegen und ich habe ein besseres Gefühl als bei dem Mann im zu kleinen Sakko.

»Hallo, Sie müssen Holly Philipps sein. Ich bin Audra Ebbington, die Maklerin für dieses Gebäude.« Wir schütteln einander die Hand. »Und Sie sind?«

»Phil Linghley.«

»Freut mich. Kommen Sie rein, ich zeige Ihnen alles.« Sie öffnet die Tür und wir folgen ihr einen schmalen dunklen Flur entlang. »Die Räumlichkeiten sind nicht neu, aber wurden erst gestrichen und renoviert. Es gibt genug Platz und man kann hier quasi alles machen, solange nichts Gesundheitsgefährdendes dabei ist. Der Vermieter ist da ganz offen«, berichtet sie und wir werfen uns einen vielsagenden Blick zu.

Das klingt super! Phil grinst und neugierig folgen wir Mrs Ebbington bis zum Ende des Flurs, wo sie eine Tür öffnet und wir nach ihr einen weitläufigen Raum betreten.

»Oh, wow, wie groß ist das?« Das hier ist kein Platz für ein Atelier. Dieser Raum ist eine Lagerhalle mit sechs Meter hohen Decken, Dachfenstern und einem ausgetretenen Holzboden. In der Luft liegt der Geruch nach Lösungsmitteln und auf dem Boden sind manche Stellen versengt.

»Was wurde denn hier hergestellt?«, fragt Phil und deutet auf das verbrannte Holz.

Mrs Ebbington sieht mit kritisch zusammengezogenen Brauen auf ihr Klemmbrett. »Meinen Informationen nach waren hier die Werkstätten eines Theaters untergebracht. Also, eine Schreinerei, Lackiererei und Metallverarbeitung. In welchem Bereich sind Sie tätig?«

»Ich bin Maler. Also Künstler und Holly töpfert Tassen.«

»Das nennt sich Keramikerin«, werfe ich schnell ein.

»Nun, da brauchen Sie sicherlich viel Platz, oder?« Ich kann in ihrem Gesicht ablesen, dass sie merkt, dass wir hier falsch sind.

»In jedem Fall. Aber nicht so viel wie hier vorhanden ist. Was würde das kosten?«, will ich wissen und mache mich innerlich auf den großen Knall gefasst, der prompt kommt.

»Die monatliche Miete beträgt 4.500 Pfund.«

»Okay, ich glaube, da sind wir raus, Mrs Ebbington« stellt Phil nüchtern fest und hebt abwehrend die Hände. »Das können wir leider nicht stemmen.«

»Das verstehe ich natürlich. Wir haben hier im Gebäude aber noch einige Räume, die zu vermieten und etwas kleiner sind«, bietet sie an und deutet zur Tür.

In der ersten Etage finden sich tatsächlich zwei Räume, die von der Größe her gut passen würden, doch als ich mich nach einem Starkstromanschluss erkundige, den ich für meinen Brennofen benötige, wird es verneint.

»Ist es möglich, einen solchen einzubauen?«

»Nein, wir bauen nichts um. Entweder nehmen Sie den Raum so, wie er ist, oder er geht an jemand anderen«, sagt die Maklerin bedauernd und zieht wartend die Brauen hoch.

Ich tausche einen Blick mit Phil, der zweifelnd aussieht. *Er* braucht keinen Starkstromanschluss. Er könnte das Ding anmieten. Aber für ihn ist es zu teuer, denn die Miete beträgt auch für diese Räume jeweils 800 Pfund im Monat. »Du könntest deine Tassen woanders brennen, wenn hier kein Ofen reinpasst«, schlägt Phil vor und für einen kurzen Moment denke ich tatsächlich darüber nach.

Es ist deutlich zu erkennen, dass er sich vorstellen kann, hier einzuziehen. Aber ich kann unmöglich meine Tassen durch die Gegend tragen, um sie irgendwo brennen zu lassen. Ich hätte unglaublich viel Verlust, weil unterwegs einiges kaputtgehen würde. Nein, das kommt nicht infrage. Ich schüttele den Kopf und Phil lässt die Schultern fallen.

»Okay, dann wird das wohl nichts für uns sein. Alleine kann ich die Miete nicht stemmen.«

»In Ordnung.« Die Maklerin streicht unsere Namen mit einer kurzen Bewegung von der Liste und es ist klar, dass wir raus sind. Zwei Besichtigungen an einem Tag und keine davon war ansatzweise vielversprechend.

Wie sollen wir nur innerhalb von drei Monaten etwas finden?

Geknickt gehen wir zu Fuß zurück und schweigen eine ganze Weile. Jeder hängt seinen Gedanken nach und erst jetzt fällt mir auf, wie viele Läden es hier an den Straßen gibt. Fast in jedem Erdgeschoss gibt es ein Kleidergeschäft, Lebensmittelmärkte, Drogerien, Afroshops, Schneidereien. Dinge des täglichen Bedarfs. Aber niemand hat Platz für Kunst.

So ausgestoßen wie heute habe ich mich noch nie gefühlt.

Die bunten Straßen von Brixton fließen nahtlos in die Peckhams über und, ehe wir uns versehen, stehen wir vor dem baufälligen Gebäude, in dem wir momentan geduldet sind. Die Bäume an der Straße sind bereits recht kahl und jedes Blatt, das noch auf dem Bürgersteig landet, ist ein Sandkorn in der Sanduhr, die uns vor Augen führt, wie wenig Zeit uns bleibt.

»Ich kann heute nicht mehr kreativ sein. Das zieht einen total runter«, murmelt Phil und schließt die Eingangstür auf.

»Vielleicht hat Tom deinen Namen ja auf der Liste behalten und du bekommst deinen Platz noch«, überlege ich und hoffe für Phil, dass Tom ihm gegenüber wenigstens positiv gestimmt ist.

Aber Phil schüttelt den Kopf. »Er wird niemanden haben wollen, der dir nahe steht.«

»Ach, komm, wir sind doch keine kleinen Kinder mehr.«

»Wir werden sehen«, murmelt Phil und schaltet das Handylicht ein, damit wir im Treppenhaus nicht ins Stolpern geraten. »Ich glaube, ich hole meinen Kram und dann kaufe ich mir ein bisschen Gras. Ich muss mich nach der ganzen Aktion entspannen.«

Entspannen. Das sollte ich auch mal tun. Gras zu rauchen, wäre da definitiv eine Lösung, aber dazu bin ich nicht der Typ. Mir hilft handwerkliches Arbeiten, um den Kopf frei zu bekommen. Umso ungünstiger ist es, dass mein Finger noch immer dick verbunden ist. Trotzdem setze ich mich an die Töpferscheibe, klatsche ein wenig Ton darauf und versuche, einhändig zu werkeln. Was dabei herauskommt, könnte als Eierbecher durchgehen. Na ja, wenigstens etwas, denke ich und stelle es zum Trocknen ins Regal.

Ein Eierbecher. Das ist jämmerlich. Ich kann viel Schöneres machen.

Kurzerhand schalte ich das Licht aus und gehe nach Hause. Diesen Tag kann ich aus meiner Erinnerung streichen.

Kapitel 28

Meine Versuche, Tom nochmal zu sprechen, werden mit jedem Tag kläglicher. Mir gehen die Kraft und die Energie aus, weiß ich doch tief im Inneren, dass er nichts mehr mit mir zu tun haben möchte. Wie soll man energisch bleiben, wenn klar ist, dass Anrufe und Anwesenheit nicht erwünscht sind, und man nicht mal ansatzweise zum Ziel kommt?

So rufe ich ihn noch zweimal an und beschränke mich ab dann darauf, ab und zu kurz vor dem Büro zu stehen und zu hoffen, dass wir uns über den Weg laufen. Langsam komme ich mir vor wie eine Stalkerin. Hoffentlich ruft niemand die Polizei, weil ich mich zu auffällig verhalte.

Heute ist es kühl und ich habe die Pullover aus dem Schrank geholt. Heute Morgen hatte ich schon früh einen Termin beim Arzt, um die Fäden ziehen zu lassen. Der Schnitt ist gut verheilt und mir wurde versichert, dass ich jetzt wieder arbeiten kann. Allerdings wurde mir nahegelegt, darauf zu achten, dass die Haut an der Stelle nicht zu sehr aufweicht, aber es gibt ja Handschuhe. Froh darüber, endlich wieder einsatzfähig zu sein, verlasse ich gegen neun Uhr die Praxis und trete hinaus ins Freie. Der Herbstwind nimmt mittlerweile an Kraft zu und ich ziehe den Kopf zwischen die Schultern. Ich könnte auf dem Weg zum Atelier an Toms Büro vorbeigehen. Nur, um es nochmal zu versuchen.

Auch wenn es heute wieder nur ein Herumstehen vor dem Gebäude wird. Wie die letzten Male.

Den Kopf gegen den Wind geneigt, der mir entgegenfegt, stapfe ich die Straße entlang. Der Rinnstein ist nass und voller Blätter. Vergangene Nacht hat es gestürmt und einige abgerissene Äste liegen noch auf dem Boden. Kurz frage ich mich, wie es im Vanguard Court wohl aussieht, ob die großen Bäume vor dem Tor Äste verloren haben, die jetzt auf dem Innenhof herumliegen. Ach, was denke ich darüber nach! Diese Studios gehen mich im Grunde nichts mehr an. Aber sie stehen mit Tom in Verbindung und der ist in meinem Kopf und meinem Herzen noch so fest verankert, als hätte ich ihn dort festgeklebt. Hinter der nächsten Ecke tut sich die Straße auf, in der sein Büro liegt, und ich werde nervöser, je näher ich dem Haus komme. Vielleicht stoßen wir wieder zusammen. Das wäre doch ein Wink des Schicksals! Mit klopfendem Herzen und der leisen Hoffnung, Tom mit Gedankenübertragung dazu zu bekommen, genau jetzt aus der Tür zu treten, passiere ich sie – ohne dass jemand heraus kommt.

Natürlich. Es wäre auch zu schön gewesen.

Einige Minuten drücke ich mich an der nächsten Ecke herum, beobachte die Tür. Nichts tut sich. Nur der Wind bläst mir ins Gesicht und lässt mich frösteln und das, obwohl ich Mantel und Schal trage.

Ich sollte gehen. Es bringt nichts.

Einen letzten Blick werfe ich auf die gläserne Eingangstür. Er wird nicht kommen. Der Gedanke ist kaum zu Ende gedacht, da sehe ich ihn tatsächlich die Treppe herunterkommen. *Jetzt ist meine Chance!*

Mit staubtrockener Kehle streiche ich mir die Haare zurück, behalte ihn im Blick, richte mich auf und schlucke die Tränen hinunter, die mir in die Augen steigen. Ihn zu sehen, tut so weh!

Ich will, dass wir wieder zusammenfinden, ich vermisse ihn in meinem Leben.

Heute sehe ich ihn zum ersten Mal, seit er mein Atelier verlassen hat, und es scheint eine Ewigkeit her zu sein. Obwohl er nur durch das Fenster zu sehen ist und immer wieder die Spiegelung meine Sicht verdeckt, bilde ich mir ein, dass er müde aussieht. Vielleicht auch schmaler als sonst. Seine Schultern hängen, die Schritte sind weniger energisch. Tom war mit seinen knapp sechs Fuß immer schlank, doch mir fällt auf, dass der Anzug etwas lockerer sitzt. Ihm geht es nicht gut. Ob er mich auch so sehr vermisst wie ich ihn? Energisch wische ich eine Träne weg, die sich heiß und brennend ihren Weg über meine Wange bahnt. *Nicht weinen, bevor du gesagt hast, was du sagen willst!*

Die Tür schwingt auf und Tom sieht mich sofort. Er erstarrt. Wir stehen einander direkt gegenüber und zum ersten Mal sehe ich ihm wieder in die Augen. Weil er nicht mit mir gerechnet hat, stehen ihm die Gefühle ins Gesicht geschrieben und sie tun mir weh. Wir waren einander so nah, hatten so viel zu reden und jetzt sollen wir einfach auseinander gehen? Niemals hätte ich gedacht, dass das passiert. Obwohl die Angst, ihn zu verletzen, immer da war. Wenn es dann doch eintrifft, ist das doppelt und dreifach schmerzhaft.

»Tom ...«, bringe ich hervor und trete einen schnellen Schritt auf ihn zu, ohne den Blick von ihm zu nehmen.

Seine Nasenflügel blähen sich auf, der Kiefer spannt sich an, er öffnet den Mund, schiebt sich jedoch an mir vorbei und geht mit langen Schritten weiter die Straße entlang.

»Tom, können wir kurz reden? Bitte.« Eilig folge ich ihm und schaffe es, gleichauf zu bleiben.

»Was gibt es denn zu reden?«

»Willst du dir nicht anhören, was ich zu sagen habe?«

»Ehrlich? Nein, das möchte ich nicht, Holly. Ich fühle mich verarscht und habe die Beweise dafür gesehen. Da musst du mir nichts mehr erklären. Es ist alles klar und gesagt. Lässt du mich jetzt bitte in Ruhe? Ich muss zur Bahn«, antwortet er schroff und geht weiter, doch ich gebe so schnell nicht auf und halte weiter Schritt.

»Es tut mir leid, Tom. Es tut mir leid, wie ich mich dir gegenüber verhalten habe. Es war nicht richtig, mich unter einem Vorwand mit dir zu treffen. Ich wäre an deiner Stelle auch sauer.«

»Ach ja? Dann kannst du meine Situation ja verstehen. Ich fühle mich ausgenutzt und hintergangen.«

»Das verstehe ich. Bitte, Tom Interessieren dich meine Gefühle nicht? Ist es unwichtig, dass ich mich in dich verliebt habe?!« Ich spreche so laut, dass sich zwei Passanten zu uns umdrehen, aber es ist mir egal. Weit sind wir nicht mehr von der Tube entfernt und wenn Tom das Drehkreuz passiert hat, wird er mir nicht weiter zuhören können. Deswegen muss ich schnell sein.

Mein Geständnis lässt ihn zögern und er verlangsamt seine Schritte, scheint nachzudenken und sagt dann: »Du hast dich in mich verliebt?«

»Ja, das habe ich.«

»Und wieso hast du mich dann belogen? Für den Anfang – meinetwegen –, aber spätestens nach einigen Tagen hättest du es sagen müssen. Wieso hast du mir die Wahrheit verschwiegen? Anfangs wäre das doch kein großes Ding gewesen. Aber nicht nach so langer Zeit.«

»Ich … hab ich den richtigen Zeitpunkt immer verpasst.«

»Es gibt nie einen richtigen Zeitpunkt, um eine Lüge zu korrigieren. Aber zu Anfang wäre es passender gewesen und ich hätte Bescheid gewusst.«

»Hättest du das denn dann anders aufgefasst?«

»Zumindest wäre ich weniger vor den Kopf gestoßen gewesen. Es ist immer besser, das von der Person direkt zu erfahren, anstatt es selbst rauszufinden.« Er strafft die Schultern. »Du liebst mich?«, wiederholt er, als müsse er sich rückversichern, und ich nicke zittrig.

»Ich dachte, wenn man sich liebt, ist man ehrlich miteinander.«

»Was soll ich denn mehr tun, als mich entschuldigen?« Was will er von mir hören? »Ja, es war scheiße. Ja, ich hätte es dir sagen müssen und zwar so früh wie möglich. Das ist mir jetzt auch klar, Tom. Aber Menschen machen Fehler.«

»Ja …« Er nickt langsam und wendet den Blick ab. »Vielleicht war das alles ein Fehler. Ich muss jetzt gehen.« Ohne ein Wort des Abschieds wechselt er die Straßenseite und betritt die U-Bahn-Station. Das Drehkreuz rastet hinter ihm ein. Sperrt mich aus seinem Leben und seinem Herzen aus.

***

Wie kann ich ihm beweisen, dass es mir leidtut und er mir wichtig ist? Mit gesenktem Kopf lege ich den Weg zum Atelier zurück und mit jedem Schritt, den ich mache, wird mir klarer, dass mir im Grunde nur noch eine Möglichkeit bleibt.

Ich muss das Atelier ablehnen. Vorausgesetzt, es wird mir angeboten. Allerdings würde Tom vermutlich nicht erfahren, dass ich dazu bereit gewesen wäre, wenn er es mir nicht anbietet. *Wie* zeige ich ihm, dass ich aus der Beziehung keinen Vorteil ziehen will? Soll ich ihm einen Brief schreiben? Würde er ihn lesen?

Wie er mich stehengelassen hat, kann ich kaum fassen. Hätte er sich doch wenigstens noch einmal umgedreht! Aber jeder geht anders mit Enttäuschungen um und Toms Weg ist die Flucht nach vorn. Ich kann ihn verstehen und gleichzeitig wünsche ich mir nichts sehnlicher, als dass sich die Gemüter ein wenig beruhigen und wir – irgendwann – die Chance bekommen, uns auszusprechen. Dieser Gedanke hält mich auf dem Weg zum Atelier davon ab, vor mich hin zu heulen. Die Tränen kommen trotzdem, glücklicherweise leise und vereinzelt, sodass nicht gleich jeder, der mir entgegenkommt, sieht, dass es mir nicht gut geht.

Nicht gut. Das ist eine Untertreibung.

Wenn ich mein Leben Revue passieren lasse, dann würde ich sagen, dass ich mich aktuell an einem deutlichen, wenn nicht sogar *dem* Tiefpunkt befinde.

Sind wir ehrlich: Noch nie im Leben hatte ich so viele unsichere Variablen. Beziehung bricht weg, Arbeitsplatz bricht weg, geregeltes Einkommen bricht weg.

Das ganze Konstrukt hängt ziemlich in Schieflage, alles wackelt und ich muss zusehen, dass ich dabei nicht den Halt verliere. Da kann man doch nicht anders, als zu heulen.

Bis ich am Atelier ankomme, habe ich mich halbwegs gefangen und der Gedanke an die Tassen, die noch im Regal stehen und darauf warten, bemalt zu werden, hellt meine Stimmung ein wenig auf. Aus Phils Raum dringt wieder Elektroswing und ich luge durch die Tür, die nur angelehnt ist. Er arbeitet. Und das zum Glück mit dem Rücken zu mir. Nur in einer Schürze bekleidet, wackelt er motiviert mit dem Po und malt schwungvoll einen gelben Strich. Dabei pfeift er die Melodie des Songs mit und ich trete lächelnd einen Schritt zurück. Wenigstens er lässt sich die Laune nicht vermiesen.

Den Swing höre ich auch in meinem Atelier und bin schon ein wenig besser gelaunt, nachdem ich meine Tasche auf dem Tisch ablege und mich zum Regal umdrehe, in dem die Rohlinge stehen. Zwei komplette Regalbretter sind belegt und vorsichtig ziehe ich eines davon heraus, stelle es auf den Tisch und suche die Farben zusammen.

Hoffentlich werden die Tassen nicht zu dunkel und depressiv, nur weil ich gerade nicht gut drauf bin, denke ich und stelle deswegen absichtlich weder Grau noch Schwarz auf den Arbeitstisch.

Am späten Nachmittag stehen zum ersten Mal seit Jahren keine Rohlinge mehr im Regal. Dafür ist der Brennofen voll und es stapeln sich die Kisten mit fertigen Tassen mittlerweile bis zur Decke und verdeutlichen mir, wie dringend ich neue Räumlichkeiten benötige.

Erneut setze ich mich an den Computer, um meine Suche online fortzusetzen, und sehe eine neue Mail. Sie ist von der Hausverwaltung und setzt dem Ganzen noch die Krone auf. Freundlich, aber bestimmt werde ich daran erinnert, bis zum 31.12. ausziehen zu müssen, und ein Blick auf den Kalender zeigt, wie wenig Zeit mir bleibt und langsam bekomme ich Panik.

Okay, ich kann nicht so weitermachen wie bisher.

Zu warten, bis ich Angebote einsehen kann, die online gestellt werden, nutzt mir nichts. Ich muss Geld investieren, sonst wird die Suche erfolglos bleiben. Einige Immobilienseiten geben zahlenden Mitgliedern die Chance, Angebote vor allen anderen sehen zu können und somit einen zeitlichen Vorteil zu haben. Das Abo kostet 50 Pfund im Monat und zähneknirschend schließe ich es ab. Anders komme ich nicht mehr weiter.

Sobald ich die Bestätigungsmail bekommen habe, schalten sich mehrere Angebote frei, bei denen ich die Kontaktdaten einsehen kann, und ich schreibe eine Mail nach der anderen mit der dringenden Bitte um zeitnahe Rückmeldung. Die Liste mit den Kontakten hänge ich an die Tür, damit ich den Überblick behalte. Hoffentlich ist da was dabei. Allerdings kann ich mich jetzt nicht mehr auf mein Glück verlassen und inseriere deswegen eine Anzeige bei Instagram und in mehreren Onlineforen.

Ich sitze so lange am PC, bis es gegen zehn an der Tür klopft und Phil hereinkommt.

»Holly, du bist noch hier? Weißt du, wie spät es ist?« Er hat seine Jacke angezogen und sieht aus, als wäre er gerade auf dem Heimweg gewesen.

»Ich suche nach einer neuen Werkstatt«, antworte ich
und reibe mir die trockenen Augen. »Ich habe alles an-
geschrieben, was halbwegs infrage kommt. Da *muss* etwas dabei sein.«

»Das kann man nur hoffen. Ich ... ich hab übrigens etwas gefunden«, sagt er vorsichtig und mein Kopf
schnellt herum.

»Du hast was gefunden? Passen wir da beide rein?« Es
wäre nur fair, wenn er mich mitnehmen würde.
Schließlich wollten wir uns ja zusammenschließen.

»Nein, leider nicht. Es ist eine Wohnung mit extra Arbeitszimmer. Sie kostet so viel wie meine Wohnung
und das Atelier zusammen und ich dachte, dann macht
es auch keinen großen Unterschied. Und es liegt in
Hackney.«

»Hackney? Aber das ist doch im Norden. Ich dachte,
du möchtest hier bleiben.«

Phil zuckt die Schultern. »Ich habe gemerkt, dass ich
hier nichts finden werde, und habe beschlossen umzu-
ziehen, wenn es nötig ist. Es ist eine Chance, die ich
nicht ausschlagen kann. Tut mir leid, dass ich dir nichts
gesagt habe, Holly. Aber du fühlst dich hier so wohl, da
wollte ich dich nicht rausreißen.«

Seine Gedanken sind ehrlich, trotzdem macht es mich
wütend, dass er einen Alleingang gestartet hat.

»Dann bist du ja aus dem Schneider«, stelle ich fest
und gebe mir Mühe, mir meine Enttäuschung nicht an-
merken zu lassen. Wie sehr hätte ich mir gewünscht,
gemeinsam mit Phil etwas zu finden.

Phil bemerkt die Enttäuschung trotzdem und nimmt
mich fest in den Arm. »Es tut mir leid, Holly.«

»Schon gut. Letztendlich ist sich jeder selbst der Nächste«, murmele ich und räuspere den Kloß im Hals weg. Im Grunde muss jeder in diesem Gebäude seinen eigenen Arsch retten und man kann im Ernstfall keine Rücksicht auf andere nehmen. Auch wenn man es gern würde. Wahrscheinlich hätte ich es auch nicht anders gemacht, hätte ich was gefunden, das für mich passt und in das nur eine Person einziehen kann. »Wann ziehst du denn um?«

»Anfang November bekomme ich den Schlüssel und kann in die Wohnung rein«, sagt er und sieht mich ernst an. »Hör zu, Holly, es tut mir wirklich leid, dass ich das alleine durchziehe, aber die Wohnung hatte ich schneller gefunden, als ich gerechnet hatte, und dann kam ich nicht dazu, dir das zu sagen. Ich hoffe, du fühlst dich von mir nicht hintergangen.«

»Nein, tu ich nicht. Ich freue mich für dich. Es zeigt mir nur wieder, dass mir echt die Zeit wegrennt und ich mich reinknien muss«, gebe ich zu und bemühe mich, nicht zu enttäuscht zu klingen. Wahrscheinlich werde ich die letzte Mieterin des Hauses sein, wenn das so weitergeht. Außer dem Fotografen sind schon andere Mieter ausgezogen. Sie scheinen entweder mehr Kontakte oder mehr Glück zu haben als ich.

Obwohl ich ebenfalls nach Hause wollte, nachdem Phil sich verabschiedet hat, kann ich mich nicht losreißen. Es wurmt mich, dass er etwas hat und ich nicht. Ja, ich bin neidisch, weil ich auch gern die Sicherheit hätte, die mich ruhiger schlafen lassen würde. Also suche ich erneut alle Online-Portale ab, schreibe Mails und erst gegen ein Uhr am Morgen verlasse ich so übermüdet

das Atelier, dass ich auf dem Weg nach unten beinahe
die Treppe hinunterfalle. Ich muss dringend ins Bett.

Kapitel 29

Am nächsten Morgen klingelt mich das Handy viel zu früh aus dem Schlaf und ich sitze sofort aufrecht im Bett. Fahrig suche ich in den Bettlaken nach dem Smartphone. Wo ist es hin? Ich hatte es extra auf dieselbe Stelle gelegt wie immer. Von der hektischen Suche bin ich binnen Sekunden hellwach und, als ich mein Handy endlich in der Hand habe, vollkommen außer Puste.

»Holly Philipps, hallo?«

»Hast du meine Nummer nicht eingespeichert, oder wieso meldest du dich mit vollem Namen?«, fragt Zoe amüsiert am anderen Ende.

Ich streiche mir gähnend über das Gesicht. »Hey, ich hab gestern noch ganz lange nach Ateliers gesucht und da überall meine Nummer eingegeben. Ich dachte, es hätte sich jemand auf meine Anfrage gemeldet, und hab nicht aufs Display geguckt.«

»Hat sich immer noch nichts ergeben?«

»Nein, bisher nicht. Ich hab gestern sogar ein Abo bei einer Immobilienseite abgeschlossen, damit ich die neuesten Angebote zuerst sehen kann. Hoffentlich klappt das. Mein Kollege Phil hat eine Wohnung gefunden, in der er auch arbeiten kann. Das hat er mir gestern erzählt.« Ich seufze. »Er ist also aus dem Schneider und ich suche immer noch. Langsam kriege ich es mit der Angst zu tun, Zoe. Ansonsten werde ich mir einen Makler suchen müssen.«

»Das wäre eine gute Gelegenheit, um mit Tom nochmal in Kontakt –«

»Auf keinen Fall! Was wird er denn von mir denken, wenn ich jetzt offiziell nach einem Atelier bei ihm anfrage? Das hätte ich im Mai tun sollen. Ich weiß nicht, was ich noch machen soll. Wenn ich in den nächsten zwei Wochen nichts finde, dann muss ich mit dem Gedanken spielen, alles in meiner Wohnung unterzubringen. Aber den Ofen kann ich nie und nimmer mitnehmen.« Das Ding ist viel zu schwer und würde in meiner Wohnung keinen Platz finden. Ratlos sehe ich mich in meinem winzigen Schlafzimmer um. Ja, in einigen Ecken kann man Kisten stapeln, aber niemals passt alles aus dem Atelier hier rein.

»Den Ofen kriegen wir sicher in meiner Schule unter«, überlegt Zoe laut.

Was? Meint sie das ernst?

»Glaubst du wirklich?«

»Ja, aber ich muss meine Rektorin fragen, ob sie damit einverstanden ist. Ich weiß genau, dass wir im Kunstraum noch Platz haben und man schon länger mit dem Gedanken spielt, eine Töpfer-AG anzubieten. Wenn die Schule deinen Ofen ab und zu nutzen dürfte, ist man sicherlich bereit, ihn im Gegenzug unterzustellen. Ich kann das gerne vorschlagen, wenn du möchtest.«

»Das wäre großartig!« Mir steigen Tränen in die Augen. Ich habe so eine tolle Freundin!

»Du solltest trotzdem weiter suchen. Es ist ja total unpraktisch, wenn du deine Tassen dann immer zu meiner Schule bringen musst, um sie zu brennen.«

Ja, da hat Zoe recht, aber wenn es nicht anders geht, muss es erstmal so laufen.

»Holly, lass dich nicht unterkriegen. Ich bin sicher, dass du noch was findest, und vielleicht kommt Tom nochmal auf dich zu.«

Das glaube ich nicht und ich erzähle Zoe vom letzten Versuch, Tom umzustimmen.

Meine Freundin seufzt. »Hm, das klingt nicht so, als wäre er bereit, dir so schnell zu verzeihen. Manche Menschen sind da sehr dickköpfig und vergeben nicht leicht. Das ist schwer, aber unter den Umständen solltest du ihn besser in Ruhe lassen. Es sieht nicht so aus, als würde er sich melden.«

»Nein, glaub ich auch nicht«, gebe ich zu und spreche damit zum ersten Mal laut aus, was ich tief in meinem Inneren lange vermute. »Obwohl ich es mir sehr wünsche. Ich vermisse ihn, Zoe.« Unter anderen Umständen hätte Tom jetzt neben mir gelegen. Aber er ist in seiner Wohnung und ich bin in einem Zimmer, das bald ein Lagerraum sein wird.

»Du darfst jetzt nicht aufgeben. Lenk dich ab, such nochmal online alles ab. Ich kann heute Nachmittag auch ein bisschen suchen. Wir finden was, da bin ich sicher, Holly.«

Zoe hat recht und ich grabe mich in den kommenden Tagen noch einmal durch alle Angebote, die man online finden kann. Die Suche lenkt mich ab. Dazu kommt, dass sich die Anfragen nach der London-Kollektion wieder häufen und ich nachliefern muss.

Deswegen stehe ich in den folgenden Tagen früh auf, bin gegen acht Uhr im Atelier und drehe neue Tassen, um zu verhindern, dass mein Vorrat schrumpft. In der

Trockenzeit verliere ich mich in der Suche auf Immobilienportalen. Dass ich immer wieder *Gavin Immobilien* lese, macht es nicht leichter, Tom zu vergessen, weshalb ich mehrfach kurz davor bin, alle Suchfenster zu schließen, nur um nicht mit seinem Namen konfrontiert zu werden. Aber das würde bedeuten, dass ich aufgebe, und das will ich auf keinen Fall. Das kann ich nicht.

Ein kleiner Arbeitsraum in Brixton wird mir angezeigt und ich klicke mich durch die Bilder. Gut geschnitten, leider ohne Fenster. Was soll ich damit? Meine Ansprüche sind schon weit unten, aber kein Fenster geht nicht. Der feuchte Ton und der Staub setzen ein Fenster voraus, sonst schimmelt mir mein Zeug weg. Frustriert schließe ich die Anzeige und reibe mir die Augen.

Heute habe ich alles abgesucht, was meinen Suchkriterien entsprach, und keinen Erfolg gehabt. Auf meine Anfragen hat sich bisher auch niemand zurückgemeldet. Na toll. Vielleicht ist morgen eine neue Anzeige dabei, die infrage kommt.

Ich hatte früher immer gehofft, wenn man nur lange genug wartet, lösen sich die Probleme von selbst. Schließlich entwickelt man nach einiger Zeit eine neutralere Sichtweise und dann ist alles oft nicht so dramatisch, wie es im ersten Moment scheint.

Aber in meinem Fall will das nicht klappen, denn meine Probleme haben nichts mit der Sichtweise zu tun. Ich wurde gekündigt und verlassen und das sind knallharte Fakten, die sich nicht ändern lassen, egal wie sehr ich mir das wünsche.

Tom kommt nicht wieder auf mich zu.

Darauf könnte ich vermutlich warten, bis alle Tassen an der Luft getrocknet sind, und ich sie nicht mehr brennen muss, und Tom wäre immer noch gekränkt. Der Fehler, den ich gemacht habe, war zu schwerwiegend und da wird die Zeit nichts wieder gutmachen können. Zumindest sieht es aktuell nicht danach aus.

Zu dieser Erkenntnis komme ich, nachdem ich mein Atelier geputzt und gegen Ende des Tages den Schalter am Brennofen umgelegt habe. Alle Tassen stehen sorgfältig aufgestapelt im Ofen und werden über Nacht gebrannt werden.

Morgen kann ich dann mit der Bemalung weiter machen und mich hoffentlich damit ablenken. Doch erst muss ich den Abend überstehen.

Einen Abend, den ich wieder mit viel Grübelei verbringen werde, denn dann ist erneut ein Tag vorbei, an dem ich keine neue Werkstatt gefunden habe. Auf dem Heimweg habe ich das Handy in der Hand und starte einen weiteren Hilferuf über Instagram. Verdammt, es *muss* doch etwas geben!

Nachdem ich die Story gepostet habe, versuche ich mich während der ganzen Strecke bis nach Hause daran, Tom eine passable Nachricht zu verfassen, ohne zu emotional zu werden. Aber das ist leichter gesagt als getan. Nach wie vor habe ich die Hoffnung, dass er meine Absichten erkennt und mir verzeiht, wie ich die ganze Sache angegangen bin, sobald ihm klar wird, dass ich es ernst mit ihm meine.

Während ich auf dem Handy tippe, den Text wieder lösche und neu schreibe, muss ich aufpassen, nicht gegen niedrige Mäuerchen oder Laternenmasten zu prallen und, als ich die Treppen zur Wohnung hinaufsteige, steht folgende Nachricht auf dem Display:

Tom, es tut mir leid, wie ich mit Dir und Deinen Gefühle umgegangen bin. Ich hätte von Anfang an ehrlich sein sollen, das weiß ich jetzt. Bitte entschuldige. Seit Du weg bist, fehlt in mir etwas und ich wünsche mir, dass wir nochmal starten können. Wenn Du Zeit brauchst, kann ich das verstehen und werde Dir alle Zeit der Welt lassen. Wenn ich aber sage, dass ich dich liebe, dann ist das aus vollem Herzen so gemeint. Denn das tue ich. XX Holly.

Ohne den Text ein zweites Mal durchzulesen, sende ich ihn ab. Vielleicht antwortet er mir auf diese Nachricht und erkennt hoffentlich, wie ernst es mir ist.

Mein Kopf rattert vor sich hin und malt sich aus, ob und wann er die Nachricht wohl lesen wird, während ich die Wohnung aufräume, die in den letzten Tagen im Chaos versunken ist. Liebeskummer ist kontraproduktiv, wenn man Ordnung halten will.

Benutztes Geschirr kommt in die Küche, Sofakissen schüttele ich auf und öffne die Fenster, um die frische Abendluft hereinzulassen. Zwischendurch wage ich einen Blick auf das Handy.

Nichts.

Er hat die Nachricht nicht mal – oh, doch. Zwei blaue Häkchen erscheinen neben meiner Sprechblase. Jetzt hat er zumindest gesehen, was ich ihm geschrieben habe. Das ist ja schon ein kleiner Erfolg.

Jetzt muss er »nur« noch antworten.

Kapitel 30

Nur noch antworten.

Leichter gedacht als getan. Zumindest scheint es für Tom ein Ding der Unmöglichkeit zu sein. Er lässt mich zappeln. Oder er hat komplett mit mir abgeschlossen und will nicht mehr antworten. Ich hätte mich trotzdem über eine Nachricht gefreut. Nicht zu wissen, ob wir noch eine Zukunft haben, nagt an mir und lässt mich zerbröseln wie trockenen Ton. Langsam entgleitet mir alles und das Gefühl der Ohnmacht, der Hilflosigkeit sorgt für schlaflose Nächte.

Obwohl ich jeden Morgen wie gerädert aufwache, flüchte ich mich in die Arbeit, um Ablenkung zu haben. Dabei genieße ich jeden Handgriff noch intensiver als bisher.

Täglich trudeln Mails bei mir ein, die Bestellungen beinhalten, und genauso häufig erhalte ich Absagen von Vermietern auf meine Anfragen zu Immobilien. Die Liste der durchgestrichenen Adressen an meiner Tür wird länger und länger. Gleichzeitig reduzieren sich die Tage am Abreißkalender. Das Jahr neigt sich dem Ende zu und, obwohl es mir Angst macht, motiviert es mich – zumindest phasenweise.

Zu meinem Glück sind die meisten Kollegen im Haus schon ausgezogen – wohin auch immer. Gut für mich, denn so kann ich die Kisten voller fertiger Tassen in ihren Räumen abstellen und habe nach wie vor genug

Platz, um zu arbeiten. Mein Vorrat wächst und das beruhigt mich, denn wenn meine aktuelle Inventurliste stimmt, dann könnte ich davon fast vier Monate leben. Das gibt mir ein wenig Sicherheit.

Zweimal musste ich ins *Colour Paradise* fahren, weil mir die Lasuren ausgegangen sind, und einen Tag in der Woche habe ich fest zum Verpacken der Bestellungen eingeplant. So denke ich zwar noch häufig an Tom, doch es gelingt mir meistens, die Gedanken wieder auf mein Handwerk zu lenken, sodass die Risse im Herzen nicht so wehtun.

Nur abends, wenn ich im Bett liege, die Hände nichts mehr zu tun haben, und ich mich nicht mehr ablenken kann, spüre ich den Herzschmerz. Zwar ist es mir gelungen, die Scherben wieder so zusammenzusetzen, dass alles halbwegs funktioniert, doch an den scharfen Schnittkanten schneide ich mich immer wieder.

In der Ausbildung habe ich gelernt, dass man Porzellan in Japan wieder zusammenklebt und die Kleberänder mit Goldfarbe bemalt. So sehen die Keramiken durch den goldenen Riss individueller und schöner aus und zeigen gleichzeitig auf, dass Fehler und Brüche zu etwas Gutem führen können. Wozu die Trennung von Tom mich führen soll, sehe ich momentan nicht, aber ich habe die Hoffnung, dass mein Herz in einiger Zeit mit goldenen Linien überzogen sein wird. Ob diese goldenen Linien von einer Wiedervereinigung zwischen uns entstehen oder durch etwas Neues?

Tom hat sich noch immer nicht gemeldet und so ungern ich es mir eingestehe, langsam schleicht sich der Gedanke bei mir ein, dass es für uns kein Happy End mehr geben wird. Ich hab's versaut.

***

Die Tage tröpfeln dahin und an einem kalten Morgen Anfang November steht ein grauer Lieferwagen vor dem Haus. Ich biege um die Ecke und es erwischt mich kalt, als mir bewusst wird, dass Phil heute auszieht. Wenn er geht, dann bin ich die letzte Mieterin hier! Allein in einem Haus voller leerer Zimmer. Das ist gruselig und hätte ich es nicht nötig, würde ich auch verschwinden. Ich nehme mir vor, in Zukunft nicht mehr bis spät in den Abend zu arbeiten, denn zu wissen, dass niemand außer mir im Haus ist, verursacht eine Gänsehaut in meinem Nacken.

»Morgen, Holly! Heute ist der große Tag!«, ruft Phil, der gerade aus dem Haus kommt und eine Staffelei sowie eine Kiste unter dem Arm trägt.

»Hey, du freust dich ja, hier wegzukommen«, antworte ich halb im Scherz.

Phil zuckt die Schultern und lehnt die Staffelei an das Auto. »Ein Neuanfang kann nicht schaden und jetzt kann ich mit dem ganzen Körper malen, weil ich niemanden mit meiner Nacktheit störe – bin ja zu Hause.«

»Dann vergiss nicht, die Vorhänge zuzuziehen, damit sich die Nachbarn nicht gestört fühlen. Ach, Phil, ich werde dich und deinen Elektro-Swing vermissen«, gebe ich zu und ziehe eine Schnute.

Er erwidert meinen Blick, stellt die Kiste ab und zieht mich fest in seine Arme. »Du wirst mir auch fehlen, Holly. Wir haben drei Jahre nebeneinander gearbeitet. Das schweißt zusammen. Ich bin sicher, dass du etwas finden wirst. Noch ist es nicht zu spät. Du bist stark, du schaffst das.«

Seine Worte treffen mich direkt ins Herz und mir schießen die Tränen in die Augen. Mit seinem Auszug wird das alles endgültig. Es ist das Ende einer Ära. Diese Gruppe an Künstlern und Kreativen wird so nie wieder zusammen kommen. Auch wenn wir keine eingeschworene Gemeinschaft waren, so hatte dieses Haus etwas Besonderes. Immerhin bot es für viele Jahre uns Künstlern und Handwerkern ein Zuhause.

Ich liebe London, aber das ist traurige Realität.

Eine Realität, die Freundschaften auf die Probe stellt und Beziehungen auseinanderreißt. Damit meine ich nicht die von Tom und mir, sondern die, die ich mit Phil hatte. Er ist ein guter Kollege und lieber Freund, wir haben uns allerdings nie privat getroffen und so schwer es auch klingen mag: Wenn er erstmal in Hackney Fuß gefasst hat, wird sich der Kontakt zwischen uns verlaufen, bis man nur noch sporadisch voneinander hört.

»Nicht weinen, Holly. Wir sehen uns wieder«, sagt er, als hätte er meine Gedanken gelesen.

»Meinst du wirklich? Hackney ist weit weg und du weißt, wie es immer ist ...«, gebe ich zu bedenken.

»Ich weiß. Aber es gibt viele Handwerkermärkte und wir zwei treiben uns in derselben Branche herum. Wir werden einander wieder über den Weg laufen und dann darfst du meine Bilder wieder mit deinem Schuhabdruck zerstören. Das kommt richtig gut an.« Er zwinkert, drückt mich noch mal an sich und nickt dann zur Treppe. »Ich hab noch einiges zu schleppen. Lust, mir zu helfen?«

Nein, habe ich nicht, aber ich will die letzten Stunden mit Phil genießen und, während in seinem Raum die vertraute Musik dudelt, packen wir Farben, Pinsel, Schwämme, Leinwände, Mischpaletten, leere Becher, Stempel und Spraydosen ein.

Es dauert fast den ganzen Vormittag, wir schwelgen dabei in Erinnerungen an unsere Anfangszeit und für eine Weile vergesse ich, dass auch mir demnächst ein Umzug bevorsteht – und ich noch immer keine Ahnung habe, wohin.

Kapitel 31

Noch zwei Wochen bis Weihnachten.

Im Radio laufen die jährlichen Weihnachtshits, die Straßen sind mit Dekoration geschmückt, die abends die Straßenlaternen ersetzen könnten, bei mir trudeln Bestellungen ein und die Supermärkte bieten die ersten Spezialitäten für das Weihnachtsessen an.

Zwar erfreue ich mich an der Stimmung und genieße die besinnliche Adventszeit, aber es bedeutet auch, dass mir nur noch drei Wochen im Atelier bleiben.

Drei verdammte Wochen.

In den vergangenen Tagen hatte ich fünf Besichtigungen, davon waren zwei brauchbar. Leider habe ich sie nicht bekommen und ein Grund für die Absage wurde nicht genannt. Vielleicht macht Keramik zu viel Dreck. Oder es ist derselbe Grund wie immer: Mein Einkommen ist zu unstet und den Vermietern zu unsicher.

Mittlerweile ist Phil gut in der neuen Wohnung angekommen und hat mich mit Bildern bombardiert, um mir alles zu zeigen. Nun, da er weg ist, fühle ich mich wie die Kämpferin einer längst verlorenen Schlacht und das Haus wird immer ungemütlicher, als würde es versuchen, mir den Auszug leichter zu machen.

Normalerweise habe ich keine Angst im Dunkeln, aber wenn die Sonne untergegangen ist und ich allein durch das Treppenhaus gehe, fühle ich mich nicht mehr wohl und ich bin jedes Mal erleichtert, draußen auf der Straße zu sein und die Tür hinter mir zu schließen.

***

An einem sonnigen Wintertag fällt zum ersten Mal
Schnee und überzuckert die Backsteingebäude in Peckham. Durch das große Fenster im Atelier sehe ich auf
einen weißen Himmel und die unberührte weiße
Schicht auf den Dächern der Häuser auf der anderen
Straßenseite. Auf dem Boden bleibt leider noch nichts
liegen, sondern verwandelt sich nach wenigen Stunden
in eine graue Matsch-Pampe.

Die schrille Klingel ertönt und Zoe kommt wenig später die Treppe heraufgestiefelt. Ihre schwarzen Locken
springen wild unter ihrer Mütze hervor und sie hat ein
optimistisches Grinsen im Gesicht.

»Hast du heute was vor?«, fragt sie und bleibt auf der
kleinen freien Fläche stehen, die meine Werkstatt noch
zu bieten hat. Der Rest steht voller Kisten.

»Ich will die ersten Kisten in die Wohnung tragen. Irgendwo muss der Kram ja langsam hin.«

Zu meiner Überraschung klatscht Zoe in die Hände
und strahlt. »Ich habe gute Neuigkeiten für dich und
deswegen machen wir gleich einen Ausflug, um das zu
feiern. Ich habe mit meiner Rektorin gesprochen. Sie ist
einverstanden, dass du deinen Brennofen in der Schule
unterstellst. Wir wollen im Kunstunterricht einen Töpferkurs anbieten und würden den Ofen dann als Gegenleistung nutzen wollen. Ist das für dich okay?«

Was für eine Frage!

271

»Natürlich! Oh, Zoe, vielen Dank!« Mit Tränen in den Augen umarme ich meine beste Freundin. »Du weißt gar nicht, wie sehr mich das erleichtert! Der Ofen war bisher das größte Problem. Ich hätte den nie im Leben in meine Wohnung bekommen.«

»Das weiß ich, Holly. Deswegen habe ich mich dafür stark gemacht«, sagt sie leise und küsst mich auf die Wange. »Und weil wir das feiern müssen, machen wir jetzt einen Ausflug. Deswegen lässt du deine Arbeit heute stehen und wir gehen. Komm mit.« Zoe nimmt meinen Mantel vom Haken und bugsiert mich aus der Tür.

Dafür liebe ich meine Freundin. Sie hat genau die passenden Einfälle zur richtigen Zeit und ich schlüpfe im Treppenhaus in meinen Mantel, ziehe die Mütze auf und binde mir den Schal um. Obwohl ich sie frage, wohin wir gehen, lässt sich Zoe nichts entlocken und will lange nichts verraten, egal wie oft ich nachhake. Erst, als wir in der Northern Line sitzen, habe ich eine Vermutung.

»Fahren wir zum Camden Market?« Begeistert sehe ich Zoe an, die vielsagend grinst.

»Du wolltest doch dort sowieso schon Ewigkeiten hin und heute findet dort ein Handwerkermarkt statt, da dachte ich, das ist genau das Richtige, um dich abzulenken.«

»Das ist eine tolle Idee. Vielleicht kann ich neue Kontakte knüpfen«, überlege ich und die winzige Hoffnung, mit Hilfe einiger Kollegen doch noch an ein Atelier zu kommen, keimt in mir auf.

Camden Market ist ein Mekka für Künstler, Handwerker und Kreative und es ist eine Schande, dass ich selbst bisher nie dort gewesen bin. Es hat nie in meinen Zeitplan gepasst und wenn ich doch mal Zeit gehabt hätte, war das Wetter schlecht und ich war nicht in Stimmung. Es wird also höchste Zeit.

Umso nervöser bin ich, als wir nach fast vierzig Minuten Fahrt aussteigen. Die Haltestelle Camden Town ist mit weißen und blauen Fließen dekoriert, die geradlinig an der Wand angebracht sind. Dafür, dass in diesem Stadtteil eine Explosion von Kunst und Farben durch die Straßen wabert, ist die Haltestelle eintönig und öde. Hellblau und Weiß. Es hat eher was von Krankenhaus der Fünfzigerjahre.

Kaum verlassen wir die Station und stürzen uns ins Getümmel auf der Camden High Street, empfangen uns die bunten Häuser. Mit ihren Flachdächern sehen sie aus, als hätte sie jemand abrasiert. Graffiti ziert die Mauern in geschmackvoller Art und Weise und statt Schildern zeigt die Hausfassade an, was es in den Shops zu kaufen gibt. So hängt ein riesiger Sneaker über einer Markise an der Hausmauer und ein chinesischer Drache in Übergröße macht auf einen Asia-Imbiss aufmerksam.

»Oh, schau: Regenbogenzebrastreifen!«, freut sich Zoc und deutet auf die bunten Streifen an einer Kreuzung.

Mit meinen Tassen würde ich hier wunderbar hinpassen. Allerdings ist es mit Sicherheit nicht einfacher, Räumlichkeiten zu finden, da alle Künstler hierher kommen wollen. Nicht umsonst ist Camden Market *die* Attraktion für Touristen, wenn sie Kunst oder kreative Andenken kaufen möchten. Da habe ich in Peckham trotz allem bessere Chancen.

Bevor ich mich weiter in Gedanken um ein neues Atelier und dessen Beschaffung verlieren kann, biegen wir in einen Bereich ein, der zum Markt umfunktioniert wurde. Stände aus Holz reihen sich aneinander, die Menschen drängen sich zwischen den Tischen. Zoe und ich schwimmen mit der Masse mit, begutachten die ausgestellten Waren und vertreiben uns so den Nachmittag. Teilweise sind die Sachen sehr kitschig, es gibt aber auch handwerklich sauber und fein gearbeiteten Schmuck. So hat eine junge Frau aus alten Platinen Manschettenknöpfe, Halsketten und Ohrringe hergestellt, die viele Kunden anlocken.

Auch Keramik finde ich, diese sagt mir handwerklich nicht zu und ich vermute, dass die Erschafferin den Beruf nicht gelernt hat, sondern Quereinsteigerin ist. Grundsätzlich ist das nicht zu verurteilen, ich sehe trotzdem den Unterschied zwischen Hobby- und Berufskeramik. Der Nachmittag fliegt an uns vorbei, und nachdem wir uns eine große Portion Waffeln gegönnt haben, bringt uns die Bahn zurück in den Süden der Stadt.

In Peckham angekommen, bedanke ich mich bei Zoe für die Zerstreuung und schlage dann den Weg in die Werkstatt ein. Der Ofen sollte mittlerweile fertig sein und muss ausgeräumt und neu bestückt werden, damit ich die nächste Ladung brennen kann.

Es dauert eine Stunde, bis ich die Rohlinge ausgetauscht habe und mich an den Arbeitstisch setzen kann. Der Tag war so voller kreativem Input, dass ich motiviert genug bin, heute einige Rohlinge zu bemalen und dabei neue Muster auszuprobieren. Die Farben der Häuser habe ich noch vor Augen und suche begeistert in meiner Farbkiste nach ähnlichen Tönen. Wie lieb von Zoe, mich abzulenken und mit nach Camden zu nehmen. Und einen Platz für den Ofen habe ich auch. Es erleichtert zu wissen, dass ich ihn wenigstens irgendwo unterbringen kann. Hätte ich keinen Platz dafür bekommen, hätte ich den Ofen verkaufen müssen und das wäre der Untergang für mein Business gewesen. Zoe hat mir heute den Job gerettet.

<h1 style="text-align:center">Kapitel 32</h1>

In der Woche vor Weihnachten kann ich mit dem Brennofen umziehen. Und schon am frühen Morgen beschließe ich, dass ich nie wieder mit diesem Ding einen Ortswechsel machen werde. Zumindest nicht, wenn es sich vermeiden lässt.

Obwohl ich ein Umzugsunternehmen gebucht habe, damit der schwere Ofen transportiert werden kann, ist es enorm anstrengend. Allein, die Regale abzubauen, die ich im Laufe der letzten Jahre um den Ofen herum aufgestellt habe und zwischen denen er regelrecht eingezwängt war, ist nervig. Denn sie stehen bis oben hin voll mit Kram und, das alles von A nach B zu räumen, frisst unfassbar viel Zeit. Dazu kommt das Gewicht des Ofens. Die Männer quälen sich damit die Treppe hinunter und kommen mehrmals gefährlich ins Schwanken. Kein Wunder. Der Ofen wiegt über tausend Pfund.

»Seid damit bitte vorsichtig, das Gerät hat fast 12.000 Pfund gekostet!«, rufe ich ängstlich und halte mir die Hände vor die Augen. Hoffentlich kommt das Herzstück meiner Werkstatt heil in der Schule an.

»Wir schaffen das schon, Miss!«, ruft einer der Helfer und sie balancieren um eine Ecke.

»Gut, dass der Ofen in der Schule im Erdgeschoss steht. Den hättest du niemals in deine Wohnung bekommen«, stellt Zoe fest, die den Umzug mit betreut, und greift beherzt eine der Kisten. »Komm, wir packen noch ein bisschen was ins Auto. Vielleicht schaffen wir es heute ja sogar, all das in deine Wohnung zu kriegen.«

Ja, hoffentlich gelingt uns das. Morgen ist Weihnachten und nach den Feiertagen werde ich wahrscheinlich niemanden finden, der mir beim Umzug hilft, weil alle in den Ferien sind.

Zoe stellt mir heute ihr kleines Auto zur Verfügung, damit wir meinen Vorrat in die Wohnung schaffen können. Viel Platz ist in ihrem Fiat nicht, obwohl wir geschickt packen. Die Kisten sind zu sperrig und der Inhalt zu empfindlich.

»Wir werden mehrmals fahren müssen«, seufzt Zoe und schließt vorsichtig den Kofferraumdeckel. »Aber lieber dauert es etwas länger, als dass was kaputt geht.«

Lieb, dass sie den Aufwand nicht scheut.

Zu meiner Wohnung ist es nicht weit und wir schaffen es sogar, die erste Ladung Kartons im Wohnzimmer abzustellen, bevor wir zur Schule weiter fahren.

Zoes Schule ist die John Donne Primary School, die zum Glück über einen großräumigen Schulhof verfügt, auf dem wir die Autos abstellen können. Das Backsteingebäude wird gerade renoviert und der Unterricht wird in Containern abgehalten. Wir haben die Erlaubnis bekommen, den Ofen ins Hauptgebäude zu stellen, und so wuchten wir gemeinsam mit den Umzugshelfern das gute Stück die wenigen Stufen des Haupteingangs hinauf.

»Seid vorsichtig mit der Tür, die ist sehr alt und man will keine Macken im Holz haben«, weist sie uns an und wir bewegen uns in Zeitlupe hindurch.

Dahinter tut sich eine staubige Eingangshalle auf und wir trippeln einen langen Flur entlang bis zum Kunstraum, der sich auf der linken Seite befindet.

»Hier ist es. Gott sei Dank. Ich glaube, weiter hätten wir es nicht mehr geschafft.« Erleichtert atme ich auf, weil mein heiß geliebter Ofen und teuerster Besitz heil und sicher wieder auf seinen Sockeln steht.

»Auf eine weitere Treppe wäre ich nicht scharf gewesen«, gibt einer der Umzugshelfer zu, der kräftig gebaut ist und wie ein Ringer aussieht, doch auch ihn hat die Schlepperei angestrengt und sein Oberteil ist komplett nassgeschwitzt.

»Vielen Dank für Ihre Hilfe. Ohne Sie hätten wir das niemals geschafft.« Ich suche nach meinem Geldbeutel und drücke den beiden ihren vereinbarten Lohn in die Hand. Um 150 Pfund ärmer, aber erleichtert darüber, den Ofen an einem sicheren Ort zu wissen, streiche ich über die rot glänzende Oberfläche des Deckels.

»Sollen wir ihn gleich anschließen?«, schlägt Zoe vor und wickelt das Tape ab, mit dem wir das lange Kabel für den Transport befestigt haben. »Ich habe den Hausmeister gefragt und er sagte mir, dass es hier eine Steckdose gibt, die Starkstrom hat.« Sie bückt sich, um unter den Tischen nachzusehen, und findet schließlich die passende Steckdose. Testweise lege ich den Schalter um und es beruhigt mich zu sehen, dass die Lämpchen angehen und alles soweit funktioniert.

»Seltsam, meinen Ofen an einem anderen Ort zu sehen, aber ich werde mich daran gewöhnen«, sage ich leise und schalte ihn wieder aus. Ja, es wird reine Gewohnheit sein, damit zurecht zu kommen, dass ich die Rohlinge in Zukunft durch das Viertel tragen werde, um sie brennen zu können. Länger hätte ich mit dem Umzug nicht mehr warten dürfen, sonst wäre ich vermutlich von den Handwerkern am 1. Januar aus dem Gebäude geworfen worden.

»Das glaube ich dir.« Zoe legt mir die Hand auf die Schulter. Ich sehe sie an und sie nickt zur Tür. »Wollen wir uns an die Arbeit machen?«

***

Gemeinsam räumen wir mein Atelier aus, bauen den Arbeitstisch auseinander, laden ihn ins Auto und schleppen ihn bei mir in den Keller. Er passt haarscharf in den kleinen Verschlag und sieht traurig aus, wie er da an der Wand angelehnt steht.

Zoe will morgen in einen Kurzurlaub fahren und wir haben uns deswegen vorgenommen, heute alle Kisten in meine Wohnung zu transportieren. Zumindest die schweren Dinge, die ich nicht von Hand transportieren kann, wollen wir umziehen und fahren deswegen an diesem Tag mindestens zehnmal zwischen Atelier und Wohnung hin und her. Irgendwann sind wir bei der letzten Fuhre angekommen und schließen den Kofferraumdeckel.

»Ich habe dein Atelier wirklich geliebt, weißt du?« Zoe sieht mich an und massiert sich die schmerzenden Oberschenkel. »Aber jetzt gerade bin ich erleichtert, nicht erneut diese Treppe hinaufgehen zu müssen. Morgen werde ich den Muskelkater meines Lebens haben.«

»Eine Treppe haben wir noch. Das alles muss ja noch zu mir.«

279

»Das schaffen wir, komm mit, Holly.«

Wir quetschen uns in den Fiat, der bis unter das Dach vollbepackt ist, und fahren das letzte Mal die Hauptstraße entlang. Mittlerweile ist es dunkel und die Weihnachtsbeleuchtung lässt alles friedlich erscheinen. Ich sehe die Lichterketten vorbeiziehen und denke an meine Werkstatt, die jetzt nur noch ein karger Raum ist, in dem einige Pinsel traurig auf dem Boden liegen und darauf warten, abgeholt zu werden. Nie wieder werde ich in diesen vier Wänden kreativ arbeiten, nie wieder die Jahreszeiten vor dem Fenster ineinander übergehen sehen. Mein Atelier ist nun nicht mehr meins.

Zitternd hole ich tief Luft und wische mir die Tränen aus den Augen. Nie hätte ich gedacht, dass ich so sehr an diesem Raum hänge. An einem Zuhause kann man hängen, weil man dort viele Dinge erlebt, es sich gemütlich gemacht hat, aber mein Atelier war doch nur … Nein, es war nicht »nur« ein Atelier. Es war auch ein Zuhause für mich.

Wahrscheinlich fällt mir der Umzug deswegen so schwer.

Zoe wirft mir einen warmen Seitenblick zu und greift nach meiner Hand. »Es ist schwer, ich weiß.«

Mehr muss sie nicht sagen und ich drücke ihre Hand nur sachte. Zoe versteht mich und sie weiß, dass es keine Worte gibt, die meine Gefühle relativieren könnten. Es ist okay zu trauern, sich von einem Lebensabschnitt nicht lösen zu können. Das gehört dazu und ich weiß, würde ich das nicht tun, würde ich meinem Atelier nicht den nötigen Dienst erweisen.

Das klingt, als wäre jemand gestorben. Ist es das im Grunde nicht auch? Mein Atelier war mein guter Freund, der nicht mehr ist, und ich werde einige Tage brauchen, um das realisiert zu haben.

Vor meinem Haus ist ein Parkplatz frei und Zoe schlängelt sich vorsichtig in die freie Lücke und wir steigen aus. Eisige Luft schlägt uns entgegen und beim Kistenschleppen müssen wir aufpassen, auf dem glatten Bürgersteig nicht ins Rutschen zu geraten. Einen Karton nach dem anderen tragen wir die Treppe hinauf in meine Wohnung. Dort stapeln sich die Kisten mittlerweile bis zur Zimmerdecke und wir stehen ratlos in dem ganzen Chaos.

»Also, ich wusste ja, dass deine Wohnung klein ist. Aber so klein? Man kann sich hier ja kaum um sich selbst drehen«, bemerkt Zoe, die sich neben mich in den Flur zwängt und nicht einmal ihre Jacke ausziehen kann, weil sie die Arme nicht weit genug strecken kann, um aus den Ärmeln zu kommen. Es ist unnormal eng.

»Jetzt hat es was von einer Messiewohnung«, gestehe ich und sehe wehmütig auf die Kisten, die meine Wohnung verstopfen. *Töpferscheibe* steht auf einer davon. Wer weiß, wann sie wieder zum Einsatz kommen wird. Hier in der Wohnung werde ich nicht töpfern können, ohne alles einzusauen. Hoffentlich stellt niemand eine Sonderanfrage. »Das Werkeln wird mir fehlen«, gebe ich zu und streiche mit der Hand über den Karton.

»Das wird schon wieder, da bin ich sicher. Wichtig ist doch jetzt erst mal, dass du pünktlich ausgezogen bist und dir niemand deswegen blöd kommen kann. Und denk daran, dass du einen guten Vorrat aufgebaut hast.

Von dem kannst du ein bisschen zehren. Wie lange reichen die Tassen denn erfahrungsgemäß?«, will Zoe wissen und lässt den Blick über die Kartons schweifen, die meinen Flur einnehmen und Platzangst verursachen könnten.

»Wenn ich Glück habe, vier Monate. Bis dann muss ich was Neues gefunden haben. Sonst muss ich mir einen anderen Job suchen.« Nachdenklich senke ich den Blick. Einen anderen Job kann ich mir nicht vorstellen. Außer töpfern und kreativ sein kann ich doch nichts. Hab auch nur Keramikerin gelernt. Das ist kein Beruf, mit dem man sonderlich breit aufgestellt ist. Bisher hatte ich das nicht vermisst, aber wenn ich im Nachhinein darüber nachdenke, wäre es manchmal sinnvoller gewesen, einen Beruf zu lernen, der weniger spezialisiert ist.

»Das wird nicht passieren. Versuche, positiv zu denken, Holly. Du wirst was finden, da bin ich sicher. Vier Monate hast du ja noch Zeit.« Zoe klingt tatsächlich, als würde sie das glauben, und ich kann nur darauf vertrauen, dass meine Freundin recht hat.

***

Am nächsten Morgen scheint mein Gehirn über Nacht gelöscht zu haben, dass ich gestern umgezogen bin. Vollkommen verschlafen, pralle ich deswegen im Flur mit voller Wucht gegen den ersten Stapel Kartons. Ach, Mist, da war ja was. Blinzelnd hebe ich den Kopf und sehe die Papptürme an, die meinen Flur schmal und dunkel machen. Als Kind hätte ich es klasse gefunden, eine Wohnung aus Pappe zu haben. Aber jetzt fühle ich mich, als würde ich in einem komischen Zwischenstadium festhängen. Als hätte jemand in meinem Leben auf Pause gedrückt. Vorwärts geht es nicht und rückwärts auch nicht. Und die Aussicht darauf, jetzt wochenlang nichts zu tun zu haben und mich nur um Schreibkram und Bestellungen zu kümmern, ist wahnsinnig demotivierend. Ich bin Handwerkerin. Bei Büroarbeit gehe ich ein wie eine Primel!

In der Küche schalte ich die Kaffeemaschine ein, nachdem ich mich an den Kartons, die die Schlafzimmertür versperren, vorbeigequetscht habe, suche eine Tasse aus dem Schrank und setze mich wenig später mit dem Kaffee auf die Couch ins Wohnzimmer. Umziehen muss ich mich nicht. Wozu auch? Das Haus muss ich ja nicht verlassen. Es gibt heute keinen zwingenden Grund dazu. Mit dem Laptop auf dem Schoß starte ich die übliche Suche auf diversen Onlineportalen, checke meine Mails und speichere die Bestellungen ab, die neu reingekommen sind. Wieder darf die London-Kollektion auf die Reise gehen. *Wie schön, dass die so gut ankommt.*

Im Mailpostfach ist eine Antwort auf die Nachricht angekommen, die ich der Vermieterin eines Ladenlokals geschrieben habe. Nervös klicke ich die Mail an und lese bereits im ersten Satz, dass es sich dabei um eine Absage handelt. Eine freundliche zwar, trotzdem eine Absage. Na ja, immerhin hat man die Courage, mir zu schreiben.

Natürlich sorgt das nicht dafür, dass mein Morgen dadurch besser wird. Schlecht gelaunt schreibe ich die Rechnung für die Bestellung und will sie ausdrucken, als mir auffällt, dass ich den Drucker noch nicht aufgebaut habe. Der stand bisher immer im Atelier und ich fummele ewig an Kabeln und Steckdosen herum, suche einen Platz für das Gerät, bis ich ihn schließlich auf dem Boden stehen lasse. Ist ja nur provisorisch.

Hoffentlich.

Nachdem der Drucker die Rechnung ausgedruckt hat, gehe ich auf die Suche nach den entsprechenden Tassen. Es wurden Lila mit Sternengriff, die mit der Katze am Tassenboden und eine aus der London-Kollektion gewünscht.

Gut, dass ich meinen Vorrat ordentlich sortiert und die Kisten beschriftet habe. Es sollte ein Klacks sein, die Bestellung zusammenzustellen.

Dachte ich zumindest, denn bereits, als ich die erste Kiste öffne, auf der »London-Kollektion – Baker Street Tasse« steht und ich sehe, dass sowohl die Tassen mit dem Sherlock-Holmes-Konterfei, als auch welche mit dem bunten Muster der Tottenham Court Road darin sind, ist mir klar, dass ich beim Einpacken nicht auf Logistik geachtet habe. Scheinbar hab ich wirklich nur zugesehen, dass ich alles verpackt kriege. Ganz egal, ob mit System oder nicht.

Gutgläubig, wie ich bin, hatte ich ja die Hoffnung, die Tassen nur kurz zwischenlagern zu müssen. Ratlos öffne ich eine Kiste nach der anderen und werfe einen Blick hinein. In keiner einzigen Kiste befinden sich Tassen von nur einem Motiv. Alles ist durcheinander. Meine Güte, da hab ich überhaupt nicht mitgedacht!

Das muss dringend sortiert werden, sonst suche ich mich bei den nächsten Bestellungen dumm und dämlich.

Eine Stunde später frage ich mich, ob Sortieren so eine gute Idee war, denn jetzt versinkt meine Wohnung noch mehr im Chaos. Überall stehen Tassen. Und ich meine *wirklich* überall! Als Kind habe ich oft den *Domino Day* geguckt, da stellte man Dominosteine überall auf und genau so komme ich mir in meiner Wohnung vor. Wie der Storch im Salat stakse ich zwischen meinen Werken herum, trage die Motive hin und her, bis alle beieinanderstehen, und stapele sie wieder neu in Kisten. Die alte Aufschrift streiche ich durch und beschrifte deutlich lesbar, was sich in den Kartons befindet.

Bis ich damit fertig bin, ist es Mittag. Unfassbar, wie viel Zeit das alles frisst. Ehe ich mich versehe, ist der Vormittag vorbei und ich stehe nach wie vor im Schlafanzug und mit ungemachten Haaren im Wohnzimmer.

Wenn das von nun an jeden Tag der Fall ist, werde ich in ein Lotterleben abrutschen. An Müßiggang kann man sich gewöhnen. Hoffentlich passiert mir das nicht. Ich will nicht faul werden, denn den Weg in die Produktivität wieder zu finden, ist dann nicht leicht.

Kapitel 33

Hey, Holly, wie geht's dir? Hast du mittlerweile was gefunden? Ich habe mich hier gut eingelebt. Gruß, Phil

Die Nachricht weckt mich am Silvestermorgen um elf Uhr vormittags. Gestern Abend habe ich noch schnell die restlichen Kleinigkeiten aus dem Atelier geholt und den Schlüssel danach in den Briefkasten geworfen. Es war ein einsamer Abschied, den ich auf dem Rückweg noch mit einigen Tränchen bedauert habe.

Mir die Augen reibend, stütze ich mich auf den Ellbogen auf und scrolle durch die Fotos, die Phil geschickt hat. Wow, sein Arbeitszimmer ist beneidenswert und er hat sich schon gut eingerichtet. Er hat genug Platz, um zwei Staffelleien aufstellen zu können. Die Pinsel auf seinem Arbeitstisch sehen aus, als hätte er sie gerade erst ausgewaschen. Er ist wahrscheinlich wieder gut am Arbeiten.

Und ich liege hier im Bett und habe bis eben geschlafen. Mein Tag-Nacht-Rhythmus hat sich komplett verschoben, weil ich keinen Grund habe, morgens aufzustehen.

Seit einer Woche bin ich hier in der Wohnung und habe sie, bis auf gestern Abend, nicht verlassen. Nicht mal an Weihnachten war ich draußen. Meine Eltern haben die Feiertage im Urlaub verbracht und ich war an Heiligabend allein. Obwohl Zoe mich eingeladen hat, konnte ich mich nicht aufraffen, rauszugehen und in einem Pub zu feiern. Aus Weihnachten mache ich mir nicht sonderlich viel, auch wenn es mir beruflich natürlich einen Aufschwung gegeben hat, aber ich musste nur Geschenke verpacken. Geschenkt bekommen habe ich nichts. Was nicht schlimm ist, doch in diesem Jahr hatte ich einen Wunsch und der ist nicht in Erfüllung gegangen.

Tom fehlt mir.

Mein Atelier fehlt mir.

Meine Töpferscheibe fehlt mir.

Das Arbeiten mit den Händen fehlt mir.

Nichts zu tun, frisst meine Energie, saugt die Batterien aus – gleichzeitig fehlt mir etwas, um sie wieder aufzuladen. Das macht mich regelrecht depressiv. Mir fehlt der Ausgleich, das Abschalten. Mein Beruf ist mein Hobby und ohne meine Werkstatt habe ich nichts zu tun. Ich hätte mir noch andere Hobbys suchen müssen.

Das macht mich müde und antriebslos und demotiviert schicke ich Phil meine Antwort.

Wow, super, das sieht klasse aus.

Ich werfe das Handy zurück und sehe durch das Fenster auf den blenden weißen Himmel.

Das kann so nicht weitergehen! Das Jahr ist heute vorbei und ich gammele hier rum.

Mit einem Ruck stehe ich auf, quetsche mich zwischen den Kartons hindurch und gehe ins Badezimmer, wo ich mich vor den Spiegel stelle. Ich sehe aus wie eine

Obdachlose. Die Haare kämme ich seit Tagen nur mit den Fingern durch, dementsprechend wirr sind sie. Meine Augen sind müde und glanzlos, ich habe einen Pickel am Kinn und meine Nägel sind so lang wie seit Jahren nicht mehr, weil ich sie durch die Arbeit immer kurz gehalten habe. Oder sie abgebrochen sind.

»Meine Güte, Holly, reiß dich zusammen. Es ist Silvester. Zeit für einen Neuanfang.«

Nach einem Sprung unter die Dusche föhne ich meine Haare, schminke mich ein wenig und ziehe mir dann zum ersten Mal seit Tagen wieder ordentliche Klamotten an. Sofort fühle ich mich besser, rufe Zoe an und frage sie, wo sie heute Silvester feiern will und ob ich mich anschließen kann. Ich muss dringend wieder unter Menschen.

»Cool, dass du mitkommen willst. Ich wollte ins Pub gehen und das Jahr ganz gemütlich ausklingen lassen. Vielleicht bei einer Runde Billard oder einem Pub Quiz. Meine Kollegin Suzan kommt mit. Wir sind beide Single und hatten heut nichts anderes vor.«

»Single-Silvester klingt super, da passe ich ja gut dazu.« Ich klinge locker, obwohl mir der Gedanke an Tom einen kleinen Stich versetzt. Um Mitternacht werde ich an ihn denken, so viel steht fest, und ich frage mich, ob er auch an mich denken wird. Unter anderen Umständen hätten wir diesen Tag gemeinsam verbracht.

Wird er bedauern, was passiert ist? Was wird sein Vorsatz für das nächste Jahr sein?

Mein Vorsatz ist klar: Ich bedauere, wie unsere Beziehung gelaufen ist, und dass ich keinen Mut hatte, rechtzeitig die Karten auf den Tisch zu legen. Und ich will wieder eine neue Werkstatt finden, wo ich doch schon nach einer Woche erlebe, wie sehr mir das Arbeiten fehlt.

Um heute nicht wieder in Lethargie zu versinken, falte ich Boxen, schreibe Mails, mache Fotos für Instagram und frage online erneut, ob jemand zufällig eine leer stehende Werkstatt kennt, die ich mieten könnte.

Es muss im nächsten Jahr einfach klappen!

***

»Happy Silvester!«, trällert Zoe um zehn Uhr in die Gegensprechanlage und ich drücke auf den Summer, schlüpfe in meine Stiefel und tänzele die Treppe hinunter, wo mich meine Freundin und ihre Kollegin erwarten. Sie haben eine Flasche Sekt dabei und sind schon ein bisschen angetrunken. »Holly, das ist Suzan. Suzan, das ist meine Freundin Holly.«

Suzan hat ihre blonden Haare aufwendig eingedreht und trägt einen silbernen Glitzerrock und hochhackige Schuhe sowie eine orangene Strickjacke. Es passt nicht zusammen, sieht aber cool aus. Ich glaube, Suzan ist jemand, die die seltsamsten Kombinationen an Kleidung tragen kann und dabei gut aussieht. In der Strickjacke würde ich aussehen wie eine Oma.

»Wohin gehen wir denn?«, will ich wissen und hake mich bei Suzan unter.

»Ich habe gestern in einem Flyer gesehen, dass im Pub um die Ecke eine Indie-Band spielt.« Zoe drückt mir die Flasche in die Hand und ich nehme einen großen Schluck. »Und das wollte ich mir ansehen.«

Weil ich selten Alkohol trinke, bin ich von dem Sekt schon ein wenig beschwipst, als wir am Pub ankommen. Durch die kleinen Fenster fällt Licht nach draußen auf das Kopfsteinpflaster, dumpfe Musik klingt bis zu uns und der Türsteher nickt nur freundlich. Drinnen ist es schon gut gefüllt, aber wir finden noch einen Platz an einem der dunklen Holztische, nah an der holzvertäfelten Wand. Auf jedem Tisch steht eine alte Weinflasche mit einer Kerze drin und jemand hat glitzerndes Konfetti verteilt.

»Das ist ja cool. Hier war ich noch nie!«, rufe ich über die Musik hinweg, denn die Band spielt bereits ausgelassen auf der winzigen Erhöhung in der Ecke.

»Ich hole uns mal was zu trinken, bevor es richtig voll wird und man nicht mehr bis zur Bar durchkommt!«, ruft Suzan über das Stimmengewirr hinweg und gestikuliert zur Bar. »Bier?«

Wir nicken und ihre orangefarbene Jacke verschwindet im Getümmel. Die meisten Gäste wippen im Takt der Musik mit. Einige tanzen. Die verbrauchte Luft riecht nach Bier und dem ein oder anderen verschütteten Drink.

»Schön, dass du mitgekommen bist. Ich hatte das Gefühl, dass du nach dem Umzug ein wenig fertig warst«, sagt Zoe und ich nicke.

»Ich habe die letzte Woche komplett im Schlafanzug verbracht und konnte mich zu nichts aufraffen.«

»Oje, das klingt nicht nach der Holly, die ich sonst kenne«, meint meine Freundin und drückt mich mit bedauerndem Blick. »Vielleicht hättest du über Weihnachten auch wegfahren müssen, um den Kopf frei zu bekommen.«

»Ja, das wäre wahrscheinlich besser gewesen, als in meiner Wohnung zu hocken. Wie war denn dein Weihnachten?«

»Ganz entspannt. Du hättest gerne kommen können. Ich war mit einer Freundin im Pub und abends haben wir uns spontan eine Theatervorstellung angesehen«, erzählt Zoe. Auch für sie scheint Weihnachten im Laufe des Erwachsenseins an Bedeutung verloren zu haben.

Mir geht es genauso und manchmal bedauere ich es, dass die ganze Magie, die man als Kind empfunden hat, wenn es auf diesen besonderen Feiertag zuging, verschwunden ist.

»Aber du konntest dich wenigstens mal ein bisschen erholen«, merkt Zoe an und hebt mahnend den Finger. »In den letzten Jahren hast du im Grunde durchgearbeitet. Da tut dir eine Pause auch mal gut.«

»Aber ich würde mir meine Pause gerne selbst aussuchen. Das hier ist eine Zwangspause und ich weiß überhaupt nichts mit mir anzufangen. Leerlauf kenne ich nicht mehr. Daran muss man sich ja erst gewöhnen«, gebe ich zu, halte einen Moment inne, dann korrigiere ich mich. »Ich will mich aber nicht dran gewöhnen! Du kannst dir nicht vorstellen, wie jämmerlich ich mir vorkam, als ich den ganzen Tag nur rumgegammelt habe.«

Zoe sieht mich mitleidig an und nimmt dann das Bier von Suzan entgegen, die gerade wieder an unseren Tisch kommt. »Dann können wir nur darauf hoffen, dass das neue Jahr für dich möglichst bald ein Atelier bereithält. Prost!«

Wir stoßen miteinander an und ich beschließe, heute keinen Gedanken mehr an meinen Job zu verschwenden. Heute ist Silvester, da sollte man feiern, trinken und tanzen. Oder eben das tun, was einem hilft, den Kopf abzuschalten.

Zwei Stunden später bin ich betrunken und tanze ausgelassen mit Suzan und Zoe ins neue Jahr. Im Pub ist nahezu kein Sauerstoff mehr und die Luft ist zum Schneiden dick. Die Band hat längst aufgehört zu spielen, trotzdem dröhnt laute Musik aus den Lautsprechern an der Decke. Im Takt hüpfen wir auf unseren Plätzen herum und ich komme mir wieder vor, als wäre ich neunzehn Jahre alt.

Mit neunzehn hatte ich allerdings deutlich mehr Kondition. Da hätte ich bis in die frühen Morgenstunden getanzt. Zoe und Suzan scheint es genauso zu gehen, denn gegen zwei Uhr beschließen wir einstimmig, uns auf den Weg nach Hause zu machen, und wir torkeln hinaus auf die Straße. Klirrend kalte Luft empfängt uns und sofort bin ich etwas klarer im Kopf. Der Sauerstoffmangel, gepaart mit Alkohol ist keine gute Kombination.

»Ich weiß nicht, was mich geritten hat, diese Schuhe anzuziehen. Ich kann kaum noch laufen«, ächzt Suzan und stakst neben uns her die dunkle Hauptstraße entlang. Einige Nachtschwärmer sind unterwegs und in den Lokalen und Bars brennt überall noch Licht. Ganz London feiert das neue Jahr und wir stolpern in eine Gruppe Feiernder, die aus einer Bar kommen.

»Ups, sorry.«

»Happy New Year!«

»Happy New Year! Gute Nacht!« Mein Blick fällt auf einen Mann, der auf der anderen Straßenseite vor einem Lokal steht und gerade in seinen Mantel schlüpft. Obwohl ich nur flüchtig hingesehen habe, ist die Silhouette so markant, dass ich sofort stehen bleibe. Es ist Tom! Mein Herz springt mir in die Kehle. Nie hätte ich gedacht, ihn ausgerechnet heute zu sehen. Die Überraschung geht mir durch Mark und Bein und ich fühle mich, als hätte ich beim Treppensteigen eine Stufe verpasst.

»Wollen wir doch noch irgendwo weiterfeiern, oder willst du auch lieber nach Hause, Holly?«

Ich höre kaum zu, was sie mir sagt, sondern sehe ohne zu Blinzeln zu Tom hinüber, der jetzt die Knöpfe seines Mantels schließt.

»Holly? Hörst du mir zu?« Zoe folgt meinem Blick und bleibt ebenfalls stehen. »Ist er das?«, fragt sie leise und starrt ihn mit großen Augen an.

Ich kann nur nicken. Wieder breitet sich in mir diese Leere aus und die Nervosität schlägt augenblicklich in Schmerz um.

»Ich gehe jetzt zu ihm hin.« Zoe strafft die Schultern und setzt dazu an, die Straße zu überqueren.

»Nein, Zoe ...«, bringe ich hervor, aber da hat sie mich schon stehen gelassen und ist über die Straße direkt auf Tom zugestapft. Ihre Absätze klackern energisch auf dem Kopfsteinpflaster und er hebt den Blick, als er hört, dass jemand auf ihn zu kommt.

»Tom! Ich muss dich sprechen, auch wenn wir uns nicht kennen.«

Oje, es ist ganz deutlich zu hören, dass sie betrunken ist. Das macht keinen guten Eindruck.

Zoe bleibt direkt vor ihm stehen und tippt ihm mit dem Finger gegen die Brust. »Holly ist aus ihrer Werkstatt ausgezogen und hat alles, was darin gestanden hat, in ihrer Wohnung gelagert, weil sie nichts mehr finden konnte. Weißt du das?«

»Nein, das wusste ich nicht. Aber jetzt bin ich informiert. Danke«, höre ich Tom sagen und sein Blick huscht zu mir. »Aber wieso erzählst du mir das? Und wer bist du überhaupt?«

»Ich bin Zoe. Hollys beste Freundin. Und ich erzähle dir das, weil es ihr nicht gut geht. Holly braucht eine Werkstatt, sonst versauert sie. Sie war eine Woche tatenlos zu Hause. Ich kenne sie seit Jahren und Holly hat noch *nie* rumgegammelt. Nicht zu arbeiten, kennt sie nicht und es tut ihr nicht gut.«

»Dann hätte sie sich überlegen müssen, wie sie mit mir umspringt«, sagt Tom. Er sieht Zoe nicht an, sondern hält den Blick dauerhaft zu mir.

»Es tut ihr leid und sie hat sich entschuldigt. Sie weiß, dass es eine dumme Idee war – und zugegebenermaßen habe auch ich sie in dem Plan bestärkt. Ich bin also nicht ganz unschuldig. Was soll Holly noch mehr tun, als sich bei dir entschuldigen?« Tom schluckt. »Sie könnte selbst zu mir kommen, anstatt eine angetrunkene Freundin loszuschicken, die mir mitten auf der Straße eine Szene macht.«

Er hat recht. Wieso stehe ich hier wie festgewachsen und lasse zu, dass Zoe es womöglich noch schlimmer macht?

»Zoe, lass ihn in Ruhe«, sage ich möglichst nachdrücklich, setze mich in Bewegung und komme auf die beiden zu. Ich muss jetzt reinen Tisch machen, sonst wird das zwischen uns nicht besser. »Tom, es tut mir leid.« Ich spüre schon beim Sprechen, dass meine Augenwinkel zu stechen beginnen. Gleich weine ich, aber ich kann es nicht bremsen. Es tut mir wirklich leid und ich wünsche mir nichts sehnlicher, als dass er mir meinen Fehler verzeiht.

Zoe steht neben mir und will den Mund aufmachen, doch ich schüttele den Kopf.

»Was kann ich tun, damit du meine Entschuldigung annimmst?«

Toms Blick bleibt hart und obwohl Zoe mir tröstend die Hand auf den Rücken legt, fahre ich fort, ganz egal, ob ich dadurch alles nur noch schlimmer mache.

»Tom, ich habe dich verletzt und ich weiß, dass es nicht in Ordnung war, sich unter diesen Umständen mit dir zu verabreden.«

»Du hast es nicht erst gemeint«, sagt er leise, aber so schneidend, dass seine Stimme kälter ist als die Nachtluft um uns. »Weißt du, wie es sich anfühlt?«

»Doch, ich hab es ernst gemeint. Meine Gefühle für dich waren immer echt«, beteuere ich unter Tränen. »Und das Atelier habe ich ja nicht bekommen ...«

»Nein, das hast du tatsächlich nicht. Und ich muss sagen, dass ich froh darüber bin, denn dann hätte ich mich richtig hintergangen gefühlt.« Er schüttelt den Kopf und will sich abwenden.

In meiner Not halte ich ihn am Mantel fest, doch er macht sich los, verzieht kurz den Mund zu einem bedauernden Lächeln.

Zoe mischt sich wieder ein: »Holly tut es leid, wieso kannst du das nicht annehmen?«

»Das ist eine Sache zwischen Holly und mir. Halte dich da bitte raus. Du machst das auch nicht besser. Die Entscheidung, so mit mir umzugehen, hat Holly final selbst getroffen. Mit den Konsequenzen muss sie jetzt leben.« Mit diesen Worten schließt er die restlichen Knöpfe seines Mantels und geht.

Zoe sieht ihm nach und auch ich verfolge jeden seiner Schritte, fühle mich dabei vollkommen zittrig.

»Aber sie liebt dich! Und du sie doch auch, oder? Und du musst die Konsequenz, die du ziehst doch auch tragen. Willst du das?«, ruft Zoe ihm noch nach, doch er hält nicht an, sondern biegt um die nächste Hausecke und verschwindet.

Kapitel 34

Einen Moment sehen wir Tom nach, dann stampft Zoe mit dem Fuß auf, nimmt mich an der Hand und geht schnaubend über die Straße zurück zu Suzan.

»Wer war das denn?«, fragt sie und sieht zwischen uns beiden hin und her.

»Das war Hollys Exfreund, der sie wegen eines kleinen Fehlers sitzen gelassen hat. Seinetwegen hat sie jetzt keinen Arbeitsplatz mehr«, fasst Zoe alles kurz und knapp zusammen.

Ich fange Suzans Blick auf und ich zucke mit den Schultern. Es ist nicht Toms alleinige Schuld, dass ich kein Atelier mehr habe. Er hat mich schließlich nicht gekündigt, aber ich kenne Suzan zu wenig, um ihr alle Details zu erzählen.

»Das ist aber schade«, murmelt sie und wir drei schweigen auf dem restlichen Weg.

Wir bringen Suzan nach Hause, ohne dass ich es wirklich mitbekomme. Irgendwann stehen wir bei Zoe vor der Wohnungstür.

»Wie kann man so kaltherzig sein. Ich verstehe ihn nicht.« Kopfschüttelnd beugt sie sich vor, stochert ihren Schlüssel ins Türschloss und seufzt. »Ich habe ihm angesehen, dass er dich genau so vermisst wie du ihn. Männer! Diese Sturköpfe.« Dankbar, dass sich Zoe an meiner Stelle so aufregt, folge ich ihr in die Wohnung und kann nur nicken.

Wie Tom mich angeschaut hat, hallt noch immer in mir nach. Es tut ihm weh, er vermisst mich. Das alles habe ich erkannt und mir ganz sicher nicht eingebildet. Aber er ist noch immer gekränkt. Vielleicht kann und will er einfach nicht nachgeben. Manche Menschen sind so stur, dass sie sich dadurch ihr eigenes Leben schwerer machen als nötig.

Obwohl auch ich mir mein Leben durch diese Aktion unnötig schwer gemacht habe.

Aber muss das ausgerechnet bei ihm der Fall sein?

Ich folge Zoe in das kleine Badezimmer, wo sie mir eine Zahnbürste aus dem Schrank reicht.

»Wurmt dich das nicht?«, hakt Zoe nach, die durch die frische Luft und die Wut scheinbar wieder recht nüchtern ist, und schält sich aus ihrem schwarzen Mini-Kleid.

Mit schlechtem Gewissen in der Brust schraube ich die Zahnpasta auf. »Doch natürlich. Vor allem, weil ich ihm gesagt habe, dass ich seinetwegen sogar auf das Atelier verzichtet hätte.«

»Wie meinst du das?«

»Na ja, ich war bereit, das Angebot für das neue Atelier abzuschlagen, sollte seine Firma sich melden. Ich hab ihm das geschrieben und gehofft, dass er erkennt, dass ich ihn nicht ausnutzen will. Aber da man mir gar nicht erst eines gemacht hat, konnte ich Tom nie beweisen, dass ich wirklich bereit gewesen wäre, das zu opfern.«

»Das ist schade.« Seufzend zieht Zoe sich die Strumpfhose aus und begutachtet den Abdruck, den der Bund an ihrem Bauch hinterlassen hat. »Ich sollte wieder mal zum Sport«, murmelt sie kopfschüttelnd und sieht mich dann an.

»Ja, aber er redet nicht mit mir. Ach, komm, ist doch auch egal. Das mit uns beiden wird nichts mehr. Ich sollte mich damit abfinden.« Resigniert fange ich an, meine Zähne zu putzen, und versuche dabei, Toms Blick zu vergessen. Doch er hat sich in mein Gehirn gebrannt wie die Lasur in meine Tassen.

Schlafen kann ich in dieser Nacht erst spät. Zoe schläft sofort ein, kaum, dass ihr Kopf das Kissen berührt hat, aber mir geht die Begegnung nicht aus dem Kopf. Immer wieder spiele ich durch, was ich in dem Moment hätte anders machen können. War es okay, dass Zoe ihn so angegangen ist? Im Nachhinein fallen mir immer Dinge ein, die ich anders oder besser hätte machen können.

So ist es kein Wunder, dass ich wirres Zeug träume und wenig erholt aufwache.

Mit verquollenen Augen sitzen wir am nächsten Tag am Frühstückstisch und blinzeln in unsere Wassergläser. Sprudelnd löst sich darin eine Aspirin-Tablette auf, die hoffentlich ein wenig gegen die Kopfschmerzen helfen wird.

»War es falsch, dass ich Tom gestern direkt angesprochen habe?«, fragt Zoe und sieht mich unsicher an. »Jetzt im Nachhinein bin ich nicht sicher, ob das so eine gute Idee war.«

»Ich weiß es nicht. Aber du hast mehr getan als ich. Wahrscheinlich hätte ich dagestanden und ihn angestarrt. Man kann nur hoffen, dass du ihn aufgerüttelt hast.« Mit großen Schlucken trinke ich mein Glas aus und schließe die Augen.

Hätte ich mein Atelier noch, würde ich heute dort ein wenig entspannt arbeiten, um mich von der Begegnung abzulenken. Aber so fällt mir nichts ein, was ich unternehmen könnte. Zoe ist viel zu verkatert, um das Haus zu verlassen. Ich könnte Phil besuchen und mir von ihm die Wohnung zeigen lassen. Als ich nach dem Handy greife, um seine neue Adresse zu googeln, ploppt eine E-Mail auf.

Sehr geehrte Miss Philipps, ich möchte Sie heute Nachmittag zur Besichtigung der Immobilie einladen. Bitte kommen Sie um ein Uhr zur angegebenen Adresse.

Eine Besichtigung? Am 1. Januar? Sind die vollkommen bekloppt?

»Was ist denn los? Hat er dir etwa geschrieben?«, fragt Zoe und lugt auf mein Handy. »Eine Besichtigung? Heute? Die spinnen ja.« Sie schüttelt ungläubig den Kopf und reibt sich die Schläfen. »Ich würde gerne mitkommen, aber ich muss mich wieder hinlegen. Das war gestern zu viel.« Gähnend stützt sie den Kopf auf die Hände und schließt die Augen.

Ich stehe auf, lege meiner Freundin die Hand auf die Schulter und sage: »Kein Problem, es ist ja auch mein Atelier und nicht deines. Genieße du den Tag. Ich mache mich dann mal auf den Weg und kämpfe mich durch die Besichtigung. Wenn die anderen Interessenten zu verkatert sind und die Mail nicht gelesen haben, steigt meine Chance. Dann bin ich die Einzige und bekomme die Räumlichkeiten.«

»Viel Glück dabei«, murmelt Zoe gegen die Tischplatte und reckt den Daumen nach oben. »Meld dich, wie es ausgegangen ist.«

***

Wie es scheint, gibt es noch mehr Menschen, die am ersten Tag des neuen Jahres nichts anderes zu tun haben, als zu einer Besichtigung zu gehen. Und wie es aussieht, haben die gestern auch nicht gefeiert. Außer mir sind noch eine Frau im Businessoutfit und zwei Männer in Chino-Hosen und Segeltuchschuhen, die sich bei den Temperaturen eine Erkältung holen werden anwesend. Alle sehen erholt und ausgeschlafen aus und ich stehe dazwischen, bin ungeschminkt und habe Augenringe des Todes.

Wir alle beäugen einander misstrauisch, niemand sagt ein Wort. Der angespannte Immobilienmarkt ist deutlich spürbar. Man will nicht zu viel von sich preisgeben, um sich nicht angreifbar zu machen. Zu allem Überfluss fällt mir auf, dass die anderen Bewerber alle eine Mappe mit Selbstauskünften dabei haben. Ich nicht. Wie auch, wenn ich so kurzfristig eine Einladung bekomme.

Um Punkt ein Uhr fährt ein Wagen vor und die Maklerin stöckelt über den Gehweg auf uns zu. »Ein gutes neues Jahr wünsche ich Ihnen allen«, sagt sie freundlich und nimmt die Mappen entgegen. Bei mir hebt sie die Brauen und ich schüttele entschuldigend den Kopf.

»Sorry, ich habe die Mail erst heute Morgen bekommen und konnte nichts vorbereiten.«

»Nun, manche planen im Voraus. Das kann in vielen Fällen nützlich sein«, sagt sie abwertend, lässt mich stehen und schließt die Ladentür auf.

Was für ein grandioser Start. Ich trete als letzte auf die sechseckigen Fliesen. Die Wintersonne scheint durch die großen Fenster auf den dunklen Boden und heizt ihn ordentlich auf. Auf der langen Seite des Raumes sind Spiegel angebracht.

»War das mal ein Friseursalon?«, will jemand wissen und die Maklerin nickt.

»Ja, aber man kann mit jeder anderen Geschäftsidee hier einziehen. Die Spiegel müsste man dann auf eigene Kosten entfernen, wenn man sie nicht haben will.«

»Gibt es hier einen Starkstromanschluss?«, frage ich und suche in Gedanken schon einen Platz für meinen Ofen. Vom Platz her würde mir das vollkommen ausreichen.

»Ja, im Lagerraum. Hier hinten.« Sie zeigt auf eine schmale Tür, durch die mein Ofen nie und nimmer passt. Trotzdem quetsche ich mich in das kleine Lager. Gut, vielleicht könnte man den Anschluss verlegen lassen. Vorausgesetzt, ich werde als Mieterin ausgewählt. Vorstellen könnte ich mir meinen Arbeitsplatz hier durchaus. Der Raum ist lichtdurchflutet und der Arbeitstisch passt direkt vor das Fenster, wenn ich mich nicht kolossal verschätzt habe. Mit einer Milchglasfolie auf der Scheibe hätte ich genug Tageslicht, wäre aber vor neugierigen Blicken geschützt.

»Was machen Sie denn beruflich?«, erkundigt sich die Maklerin und reißt mich aus meiner imaginären Planung.

»Ich bin Keramikerin.«

»Also Künstlerin?«, hakt sie nach und macht sich eine Notiz auf ihrem Klemmbrett.

»Handwerkerin. Ich habe einen Onlineshop, vertreibe Tassen und ab und zu auch Geschirrsets.«

»Ab und zu? Also haben Sie eher unregelmäßige Aufträge?«

»Nein, ich habe schon ein fixes Einkommen«, lenke ich schnell ein. Mist, jetzt denkt sie, ich lebe von der Hand in den Mund und kann mir die Miete nicht leisten. »Ich hatte bisher ein Atelier in Peckham, das wird aktuell renoviert, deswegen muss ich ausziehen. Nach der Renovierung kostet es dreimal so viel und ...« Gern würde ich weiterreden, aber ich werde mich um Kopf und Kragen quatschen. Also kneife ich die Lippen zusammen und sie wendet sich ab. Kein Wunder, schließlich klinge ich, als wäre ich total unsicher und könnte mir die Miete kaum leisten.

Gerade hab ich mich ins Aus geschossen, da bin ich sicher. Geknickt sehe ich mich noch ein wenig um und höre mit halbem Ohr, wie die Maklerin die anderen Interessenten nach deren Jobs fragt. Die beiden Männer arbeiten als Versicherungsmakler, die Dame im Anzug berichtet von einem erfolgreichen Instagram-Account und mehreren Tausend Followern. Das sind eindeutig Pluspunkte.

»Ich muss dann auch los. Ich habe noch einen Termin«, sage ich zu der Maklerin, reiche ihr die Hand und verabschiede mich. »Sie werden sich melden, nehme ich an?«

»Natürlich, Miss Philipps«, antwortet sie mit einem steifen Lächeln und nachdem ich den anderen kurz zugenickt habe, verlasse ich den Laden.

Was für ein Reinfall. Diesen Laden kann ich von meiner Liste streichen, auch wenn man mir offiziell nicht abgesagt hat. Gegen Versicherungsvertreter und Influencer komme ich nicht an. Viel zu unsicher. Langsam werde ich das Gefühl nicht los, dass irgendeine Macht nicht will, dass ich einen neuen Laden finde.

Obwohl ich von gestern Nacht noch ziemlich k. o. bin, juckt es mich schon wieder in den Fingern, ein wenig kreativ zu werden, und zu Hause suche ich einen Beutel Ton heraus. Sicherlich kann ich auch ohne Töpferscheibe arbeiten. Denn diese aufzustellen, würde mir durch das Spritzwasser die ganze Wohnung einsauen. Aus der Küche krame ich eine Wachstischdecke, lege sie im Wohnzimmer auf den Fußboden und stelle die Becher mit meinem Werkzeug dazu. Schwämmchen, eine Schüssel Wasser, ein Handtuch und ein kleines Messer sowie Spatel und Rollhölzer. Mehr brauche ich nicht, um mich auszutoben. Töpfern kann man ja auch ohne Töpferscheibe – auch wenn es länger dauert. In meiner Ausbildung habe ich Techniken gelernt, die man ohne Drehscheibe anwenden kann.

Es wird Zeit für mich, mal wieder etwas anderes auszuprobieren.

Zum ersten Mal arbeite ich von zu Hause aus und es ist eine ganz andere Erfahrung. Im Atelier herrschte immer eine Atmosphäre, die mich automatisch in den Arbeitsmodus versetzt hat. Mein Wohnzimmer ist nach wie vor mein Zuhause und es fällt mir schwer, mich zu konzentrieren. Ständig fallen mir Dinge ein, die ich mal eben nebenher erledigen könnte. So räume ich die Spülmaschine aus und wieder ein und bringe Wäsche in den Keller, weshalb ich kaum etwas Schönes zustande bringe. Tatsächlich komme ich mir eher wie ein Kind vor, das mit Ton herumspielt. Ich forme

Würste, drehe sie zu Schnecken, rolle alles wieder aus und drücke Muster in den feuchten Ton. Obwohl kein Ergebnis bei der Bastelei herauskommt, erfüllt das Arbeiten seinen Zweck – am späten Nachmittag habe ich die Besichtigung erfolgreich verdrängt.

Erst, als sich Zoe per WhatsApp erkundigt, wie es gelaufen ist, denke ich wieder daran und schreibe ihr schlicht:

Ein wunderschöner Laden, aber die Konkurrenz war zu groß. Ich bin sicher, dass ich nicht in die engere Auswahl komme.

Kapitel 35

Meine Tassen sind toll! Ganz sicher! Auch wenn sie gerade überall herumstehen und mich wahnsinnig machen.

Ich muss mir das einreden, sonst schmeiße ich sie allesamt demnächst aus dem Fenster. Überall stehen diese Kisten im Weg, ständig muss ich über etwas steigen oder ein Karton blockiert eine Schublade oder eine Schranktür. Ein freies Bewegen in meiner Wohnung ist nicht möglich und in der zweiten Woche, in der ich in diesem Chaos leben muss, sind meine Nerven zum Zerreißen gespannt.

Das motiviert mich zwar, mehr Werbung für die Tassen zu machen, wodurch neue Bestellungen reinkommen, die den Bestand verringern, gleichzeitig sorgen diese dafür, dass ich alles verpacken muss. Das bedeutet, dass mein Wohnzimmer zur Verpackstation mutiert. In den Unmengen von Seidenpapier habe ich schon vier Scheren verloren und zwei Bestellungen vertauscht. Kein Wunder, es ist einfach unmöglich, das alles in einem Wohnzimmer zu organisieren!

»Reg dich nicht auf, Holly. Du hättest ein schönes Atelier haben können. Aber nein, du musstest dich dafür entscheiden, Tom etwas vorzumachen. Das hast du schön selbst versaut. Jetzt musst du eben mit den Konsequenzen leben«, schimpfe ich.

Als die Haustürklingel schrillt, stakse durch das Chaos und drücke auf den Summer. Es ist der Paketbote. Das Seidenpapier kommt genau richtig. Lange wird die erste Rolle nicht mehr halten und ich muss mindestens sechs Kisten packen. Genervt schiebe ich alles von A nach B, als mein Handy aus irgendeiner Ecke zu klingeln beginnt.

Mist, wo hab ich das denn abgelegt? Hastig suche ich es in dem Chaos und finde es schließlich zwischen den Sofakissen. »Philipps, hallo?«

»Ebbington hier. Hallo.«

Ebbington? Da klingelt was bei mir, aber ich kann den Namen nicht zuordnen.

»Sie hatten bei mir eine Immobilie in Brixton angesehen. Große Lagerhalle hinter einer Grundschule«, hilft sie mir leicht genervt auf die Sprünge und jetzt erinnere ich mich. »Hören Sie, Miss Philipps. Wir haben viele Interessenten für dieses Objekt bekommen, die alle nur einen kleineren Raum mieten wollen und haben uns nun eine Lösung überlegt, wie wir Sie alle dort annehmen können. Lassen Sie mir bitte Ihre Kontoauszüge der letzten Monate zukommen, damit wir sehen, dass Sie eine zuverlässige Mieterin sind. Sie verstehen sicherlich, dass wir uns keine schwarzen Schafe reinholen wollen, wenn wir schon einen solchen Aufwand betreiben, um mehreren Leuten die Möglichkeit eines Einzugs zu geben.« Das alles sagt sie so schnell, dass ich kaum alles fassen kann.

Aber den Kern der Aussage hab ich verstanden. Sie hat eine Räumlichkeit für mich, in die ich einziehen kann. Oder zumindest plant sie, etwas in der Richtung zu haben.

»Wir werden den Raum in kleine Bereiche trennen und jeder bekommt einen Platz zwischen 40 und 80 Quadratmeter. Wären Sie damit einverstanden?«

»Ja, das ist eine großartige Idee«, sage ich wie in Trance und kann kaum fassen, was mir da gesagt wird. In meinem Kopf schreit alles vor Freude. Endlich hat es sich ausgezahlt, dass ich mir in den vergangenen Wochen so viele Immobilien angesehen habe.

»Was kostet das denn?«

»Wir haben einen Preis von 20 Pfund pro Quadratmeter angesetzt.«

800 Pfund ist eine hohe Summe, aber ich wäre dumm, würde ich das jetzt nicht zusagen. Im Grunde habe ich schlicht keine andere Wahl. Die einzelnen Parzellen werden kein Fenster haben, sondern nur Licht von oben. Optimal ist das nicht, aber besser als nichts.

»Wunderbar. Sehr gerne. Ich möchte gerne 40 Quadratmeter haben.«

»Sehr gut, Miss Philipps. Schicken Sie mir per Mail Ihre Kontaktdaten sowie die Kontoauszüge und ich setze einen Vertrag auf. Ich denke, wir werden die Unterteilung in den nächsten Wochen geschafft haben und dann können Sie einziehen. Haben Sie noch Fragen?«

»Nein, danke, ich glaube, das wäre erstmal alles«, antworte ich mit bebender Stimme und verabschiede mich ebenfalls.

Erst, als ich das Telefonat beendet habe, sinke ich in meine Kissen und Tränen laufen mir über die Wangen. Sie lassen das Chaos um mich her verschwinden.

Meine Güte, bin ich erleichtert! Ich habe neue Räumlichkeiten und kann endlich mit dem ganzen Kram wieder aus meiner Wohnung ausziehen!

Wie lange ich auf der Couch sitze und heule, weiß ich nicht, aber jede Sekunde tut gut und ich merke erst jetzt, wie mich die ganze Situation belastet hat. Sobald meine Hände nicht mehr zittern, schreibe ich Zoe eine Nachricht mit den Neuigkeiten, tippe die verlangte Mail an die Maklerin und werfe dann einen Blick auf meine Unterlagen, die in Ordnern im Regal stehen. Kontoauszüge der letzten Monate will sie haben. Seufzend stakse ich durch das Chaos im Wohnzimmer, suche nach dem richtigen Ordner und blättere mich durch die Kontoauszüge. Ob ich ihr alles offenlege? Natürlich geht es die Maklerin nichts an, was ich verdiene, aber wenn sie sieht, dass ich flüssig genug bin, um mir diesen kleinen Arbeitsraum leisten zu können, wird man nicht mehr daran zweifeln, dass ich die richtige Mieterin bin. Also verzichte ich auf das Schwärzen und fotografiere die Kontoauszüge mit dem Handy ab, damit ich sie per Mail versenden kann. Wohl fühle ich mich damit nicht, aber was soll ich machen? Es wird verlangt.

Die ganze Kopiererei hat mich fast eine Stunde Zeit gekostet und erst jetzt mache ich mich wieder daran, meine restlichen Bestellungen zu verpacken. Mit der Aussicht auf ein neues Atelier scheint das Chaos um mich her nicht mehr so schlimm. Bald habe ich wieder genug Platz.

Immer wieder sehe ich auf das Handy, weil ich auf eine Antwort von Zoe warte. Wahrscheinlich freut sie sich genauso sehr wie ich, auch wenn sie es sicherlich bedauern wird, dass wir den Brennofen umsonst zu ihr in die Schule transportiert haben.

Die Bestellungen sind heute im Turbogang verpackt, weil ich so motiviert bin, und der Stapel der Pakete blockiert wie gewohnt die Wohnungstür, doch das stört mich heute nicht. Bald ist das alles hier vorbei.

Zwar frage ich mich, wie es sich in einer Art Großraumbüro arbeitet, weil die Räume sicherlich nicht schalldicht sind, aber ich muss das nehmen, was ich bekomme. Vielleicht sollte ich mir Kopfhörer besorgen, die sämtliche Geräusche abblocken, damit ich mich konzentrieren kann. Je nachdem, wer noch mit mir einzieht, könnte Noise Cancelling hilfreich sein. Es muss nur ein Schreiner dabei sein, oder jemand, der Kunst mit Kettensägen macht – die Leute kommen ja auf die kreativsten Ideen.

Noch während ich mir ausmale, welche Kolleginnen und Kollegen ich haben werde, klingelt mein Telefon und Zoe ist dran. Kaum habe ich das Telefonat angenommen, brüllt sie mir auch schon ins Ohr: »Du hast was gefunden! Oh, Holly, ich freu mich so für dich!«

»Danke, mir ist ein Fels vom Herzen gefallen, als ich die Zusage bekommen habe«, seufze ich und strahle.

»Wo ist das? Was wird es kosten?«, will meine Freundin wissen und ich umreiße ihr kurz, was mir die Maklerin gesagt hat. Als ich fertig bin, schnauft Zoe laut und muss zugeben, dass es trotzdem eine ziemliche finanzielle Belastung wird.

»Ich kann immer noch weitersuchen, wenn ich dort eingezogen bin, aber ich muss aus meiner Wohnung raus. Ein Arbeiten ist hier einfach nicht möglich.«

»Das stimmt. Ach, Holly, ich freue mich, dass endlich ein Silberstreif am Horizont aufgetaucht ist. Das sollten wir feiern. Bist du zu Hause? Dann komme ich gleich mit einer großen Packung Eis vorbei.«

Das ist eine großartige Idee und wenig später klingelt Zoe an der Tür. Im Arm trägt sie eine Tüte von Saintsbury's und wir verbringen den Abend mit Eis auf meiner winzigen Couch.

Kapitel 36

Dass ich mich finanziell nackig gemacht habe, hat sich gelohnt, denn ich bekomme wenige Tage später die Zusage. Erleichtert unterschreibe ich den Vertrag.

Tatsächlich bekomme ich schon nach drei Wochen die Nachricht, dass die Räumlichkeiten bezugsfertig sind. Weil ich so schnell wie möglich aus meiner Wohnung will, mitten in der Woche aber niemand Zeit hat, mir zu helfen, heuere ich ein Umzugsunternehmen an.

Das kostet mich zwar wieder eine Stange Geld, sorgt aber dafür, dass meine Wohnung binnen drei Stunden wieder bewohnbar ist und mein ganzes Werkzeug, alle Regale, der Vorrat und sogar der schwere Brennofen in meinem kleinen Bereich steht.

In der Halle sieht es aus wie auf einer Messe oder in einem Großraumbüro, in dem sich die Schreibtische nur durch Trennwände voneinander abgrenzen. Metallrahmen mit Kunststoffwänden unterteilen den großen Raum und schmale Gänge zwischen den einzelnen Quadern stehen voller Zeug, das jemand dort abgestellt hat. Alle Mieter ziehen heute ein und es herrscht ein absolutes Chaos. Leute laufen durcheinander, Kisten werden geschleppt, sperrige Werkzeuge verkeilen sich ineinander, die verschiedensten Materialien sind auf Eimern und Kisten zu lesen und ich fühle mich wie in einem Bienenstock. Der Vorteil ist, dass ich so meine

Nachbarn kennenlerne und man sich gleich ein wenig austauschen kann.

»Hey, stört es dich, wenn ich meine Stickmaschine hier kurz abstelle?«, fragt mich eine junge Frau mit orangenen Haaren und Stirnband und deutet auf ein Monstrum an Gerät, das aussieht wie ein elektrischer Webstuhl. »Ich habe mein Auto draußen im Halteverbot geparkt und wollte den Kofferraum schnell leerräumen.« Mit dem Daumen deutet sie über ihre Schulter.

Ich schüttele den Kopf. »Kein Problem. Ich kann bei mir gleich alles stapeln.«

»Wow, du bist aber gut organisiert«, stellt sie fest und betrachtet fast schon neidisch meine Pappkisten, die beschriftet aufeinander stehen.

»Ich bin sonst auch nicht so ordentlich«, gebe ich zu. »Aber ich bin erst vor wenigen Wochen aus meinem alten Atelier ausgezogen und daher ist das noch so ordentlich. Ich bin Holly.« Rasch strecke ich ihr meine Hand entgegen, bevor der passende Zeitpunkt für eine Vorstellung vorbei ist.

»Freut mich, ich heiße Nathalie.«

»Und wofür wirst du den Raum hier nutzen?«, frage ich und deute auf die Strickmaschine. »Bist du Schneiderin?«

»Nein, ich baue professionelle Cosplay-Kostüme mit allem, was so dazugehört. Rüstungen, Pullis, je nach Kundenwunsch.«

»Wow, das ist vielseitig. Ich bin Keramikerin.«

»Oh, wir könnten eine Kooperation starten. Passende Keramik zum Kostüm.«

Das klingt super und ich schlage vor, dass wir uns, sobald wir uns ein wenig eingelebt haben, mal zusammensetzen können. Mehr Zeit, um ein Gespräch zu führen, haben wir nicht, denn Nathalie muss ihr Auto wegfahren.

Auf der anderen Seite meines Bereiches hat sich ein Italiener eingerichtet, der eine Schneiderei betreibt und lediglich einen Lagerraum für seine Stoffvorräte gesucht hat. Er karrt eine Kiste voller Stoff nach der anderen herbei und erinnert an einen Hamster, der ein Nest baut. Weiter hinten, wo sich die großen Bereiche befinden, baut tatsächlich ein Schreiner seine Werkstatt auf. Leise wird es hier also definitiv nicht sein.

Dass ich Geld für den Umzug ausgegeben habe, hat sich gelohnt, denn ich bin schnell fertig. Die Jungs haben den Ofen in eine Ecke gestellt und mir die Regale aufgebaut, sodass ich jetzt nur noch alles hineinstellen muss. Durch die geordneten Kisten bin ich auch dabei sehr schnell und sehe mich wenig später in meinem neuen Reich um.

Die Seitenwände sind fast drei Meter hoch und auf der Oberseite wurde ein Dach aus Draht eingefügt. Das sorgt für frische Luft und das Tageslicht, das durch die Dachfenster der großen Halle fällt, kommt so auch in den Parzellen an. Außerdem bildet es eine Art Einbruchschutz, sonst könnte man einfach über die Wände klettern.

Meine Regale habe ich an den Wänden aufgestellt und den Arbeitstisch in der Mitte platziert. Das Einzige, was ich hier vermisse, ist ein Waschbecken und fließendes Wasser. War wohl nicht möglich, jede Parzelle damit auszustatten, und so werde ich mein Wasser immer am großen Waschbecken auf der einen Hallenseite holen müssen. Es wird umständlich und schon jetzt bin ich sicher, dass es mich nach wenigen Tagen nerven wird, weil ich Wasser beim Töpfern wirklich immer brauche. Aber in der Not frisst der Teufel Fliegen. Trotzdem bin ich froh, wieder einen Raum für mich zu haben, und filme mit dem Handy einen kleinen Rundumblick. Das Video stelle ich online und schicke es Phil. Er verdient es natürlich zu erfahren, dass ich nun auch eine neue Bleibe habe.

Hey, ich habe ein Atelier! Du wirst es nicht glauben! In Brixton in einer großen Halle. Es ist klein, aber fein und ich kann endlich wieder richtig arbeiten! Du musst mich unbedingt besuchen kommen. Wie geht es dir?

Phil antwortet fast sofort mit einer Sprachnachricht, die mindestens so begeistert klingt, wie ich mich fühle, und ich kann gar nicht aufhören zu grinsen, während ich sie abhöre.

»O mein Gott, du hast endlich was! Holly! Ahh, ich freue mich so sehr für dich! Das muss ich mir ansehen. Wir müssen uns unbedingt wieder treffen. Ich habe hier einen ganz schnuckeligen Nachbarn kennengelernt, den ich dir gerne vorstellen will. Er heißt Dan und ist mega heiß. Apropos heiß, was ist denn aus deinem Makler geworden? Konntet ihr euch ein wenig zusammenraufen? Ich hoffe es sehr, du warst ja vollkommen aufgelöst. Bis bald, Darling.«

Wie süß von Phil, dass er sich nach Tom erkundigt und zu gern würde ich ihm gute Neuigkeiten überbringen, aber leider stehe ich noch immer allein da. Ich muss unbedingt noch einmal mit Tom sprechen.

***

Zurück in meiner Wohnung fühle ich mich regelrecht befreit, als ich das Licht einschalte und einen frei zugänglichen Flur vorfinde. Endlich stehen keine Kisten mehr im Weg und ich kann tatsächlich alle Türen öffnen, ohne dass etwas blockiert wird. Der Umzug war anstrengend und ich springe kurz unter die Dusche.

Während das Wasser auf mich herunter prasselt, schweifen meine Gedanken wieder zu Phils Nachricht und damit auch zu Tom. Es ist nun schon eine Weile her, dass ich ihn gesehen habe, und ich glaube nicht, dass er noch einen Schritt auf mich zu machen wird. Ich habe ihn gekränkt und sollte mich nochmal entschuldigen.

Jetzt habe ich meinen neuen Arbeitsplatz. Er sollte also nicht mehr glauben, dass ich ihn ausnutzen will. Einen Grund dazu habe ich nicht mehr.

Hoffentlich nimmt er meine Entschuldigung endlich an.

Ich vermisse ihn noch immer und frage mich ständig, wie es wohl sein könnte, wenn ich von Anfang an offen zu ihm gewesen wäre. Wenn er mir verzeiht, könnten wir einen Neuanfang starten.

Ich muss es noch einmal versuchen und um ihn kämpfen. Tom soll sehen, dass er mir wichtig ist und dass ich ihn liebe. Deswegen verzichte ich nach der Dusche darauf, in die Jogginghose zu schlüpfen, und ziehe stattdessen wieder Jeans und T-Shirt an. Meine Haare trockne ich notdürftig und binde sie zu einem Zopf, dann schnappe ich mir meinen Hausschlüssel und das Handy und verlasse meine Wohnung mit wild klopfendem Herzen und einem enormen Adrenalinpegel im Blut.

Keine Ahnung, was ich sagen werde, wenn er mir die Tür öffnet. Wahrscheinlich werde ich wieder in Tränen ausbrechen, kaum sprechen können und er wird mir die Tür vor der Nase zuschlagen. Hoffentlich gelingt es mir, die Fassung zu bewahren.

Während ich zu Toms Wohnung unterwegs bin, spiele ich im Kopf alle möglichen Szenarien durch, um vorbereitet zu sein, doch das macht meine Nervosität nur noch schlimmer, weil ich mir die schlimmsten Dinge ausmale.

Was, wenn er bereits eine andere Frau kennengelernt hat und ich gleich einem Supermodel gegenüber stehe? Beim Gedanken daran wird mir schlecht und für einen Moment will ich umkehren, doch dann reiße ich mich am Riemen und gehe weiter. Einen Schritt nach dem anderen. Kopf hoch, Holly, das wird schon.

Wie lange ich vor seinem Haus stehe und zum Eingang hochblicke, kann ich nicht sagen. Mindestens genauso lange verharre ich vor den Klingelschildern und streiche mit dem Finger über Toms Namen.

Womöglich ist er gar nicht da. Schnell kneife ich die Augen zusammen und drücke auf den Messingknopf.

»Ja?«, ertönt Toms Stimme aus der Sprechanlage und ich sage das Erste, was mir einfällt: »Die Post!«

Ja, klar. Es ist früher Abend. Die Post kommt um diese Zeit nicht mehr. Trotzdem geht der Türsummer und ich schleiche mit klopfendem Herzen die Treppe hinauf.

Da steht er. In einem hellen Pullover und Jeans und sieht mich an.

»Du bist ja gar nicht die Post«, stellt er nüchtern fest und ich ziehe lächelnd die Schultern hoch.

»Hättest du mich denn sonst reingelassen?« Ihn zu sehen, macht mich unglaublich glücklich und in mir schwillt ein Ballon an, der mich optimistisch werden lässt.

»Wahrscheinlich nicht«, gibt er zu und seine Mundwinkel zucken kurz zu einem Lächeln nach oben.

Ich muss mehrmals schlucken, dann hole ich tief Luft, um mein rasendes Herz ein wenig zu beruhigen. Ich will ihm um den Hals fallen und ihn küssen. Meine Güte, ich vermisse ihn so sehr!

Die schmalen Lippen hat er zusammengekniffen und seine Stirn liegt in Falten. Er mustert mich prüfend von oben bis unten. »Hallo Holly.« Er räuspert sich nervös.

»Störe ich gerade? Oder hast du zu tun?«

»Nein, ich habe nur ein bisschen Bürokram erledigt.« Er tritt einen Schritt zurück und ich setze meinen Fuß über die Türschwelle. Vollkommen überrascht davon, bleibe ich direkt bei ihm stehen. Ich sehe zu ihm auf und will ihn sofort küssen, auch wenn ich nicht weiß, wie lange er mich dulden wird. Aber das ist mir egal. Ich habe ihn so vermisst!

»Soll ich hier stehenbleiben?«, frage ich leise, weil er sich nicht vom Fleck bewegt, doch dann schüttelt den Kopf.

»Nein, natürlich nicht. Komm rein.« Er geht vor mir her durch den Flur ins Wohnzimmer, das dieses Mal viel unordentlicher ist als bei meinem letzten Besuch, und ich lasse mich auf die vorderste Kante der Couch sinken.

»Sorry, hier ist es gerade ein wenig …«

»Nicht schlimm. Ich habe in den letzten Wochen auch im absoluten Ausnahmezustand verbracht.«

»Wieso das denn?« Er klingt nicht sonderlich interessiert, steht in der offenen Küche und schaltet den Wasserkocher ein, um uns Tee zu machen. Seine Handgriffe wirken routiniert und gleichzeitig scheint es nur aus Höflichkeit zu passieren – weil man Besuch eben etwas zu trinken anbietet.

»Ich hatte meinen Arbeitsplatz nach Hause verlegt und dadurch glich meine Wohnung eher einem Lager als einem Zuhause.«

»Glich?« Ihm ist die Vergangenheitsform aufgefallen und er sieht mich kurz an.

»Ja, glich.« Ich kann ein Grinsen nicht verbergen. »Ich bin in eine neue Werkstatt gezogen. In Brixton hat sich was ergeben und ich habe es bekommen. Der Umzug ist geschafft.«

»Das heißt, du brauchst mich nicht mehr, um eine Werkstatt zu finden?«

»Ich brauche dich trotzdem noch. Nur nicht für ein neues Atelier.« Hab ich das wirklich gesagt? O Gott klang das kitschig. Schlimmer hätte man es in einer Daily Soap nicht sagen können. Meine Wangen werden ganz heiß, als mir das bewusst wird.

Toms Blick huscht über mein Gesicht und seine Lippen verziehen sich kurz zu einem milden Lächeln. Bedächtig nimmt er zwei Tassen aus dem Küchenschrank und stellt sie auf der Arbeitsplatte ab.

»Ich wollte, dass du das weißt«, sage ich und kann nur hoffen, dass ich jetzt nicht wieder anfange zu weinen, obwohl mir die Augen brennen. Tränen machen meine Argumente zunichte und lassen mich auf eine Art und Weise verzweifelt wirken, die Tom womöglich nicht ernst nehmen wird. »Wenn wir jetzt ... würden wir es jetzt noch einmal versuchen, dann hättest du hoffentlich nicht das Gefühl, dass ich dich ausnutzen würde. Oder?« Ich will nicht zu viel sagen. Nicht, dass ich mich wieder in Schwierigkeiten bringe.

Tom dreht den Kopf und lächelt sanft. »Wie geht es deiner Verletzung. Du hattest einen Verband?« Er nickt zu meiner Hand hin, die auf der Lehne der Couch liegt. Nur eine schmale, rötliche Narbe ist noch zu sehen.

Ich werfe einen Blick darauf und zucke dann mit den Schultern. »Die Fäden sind schon 'ne Weile raus und ich kann wieder Töpfern.«

Was nun mit dem neuen Atelier endlich wieder möglich ist!

»Heute sind die ersten Mieter im Vanguard Court eingezogen«, fängt er an und ich sehe an seinem Adamsapfel, dass er hart schluckt. »Da war sehr viel los. Mir ist trotzdem nicht aus dem Kopf gegangen, was deine Freundin und du zu mir an Silvester gesagt haben. Wie geht es dir, Holly? Ich meine, wie geht es dir *wirklich*?«

Diese Frage trifft mich direkt ins Herz und bricht die Naht wieder auf, in die ich in den vergangenen Monaten viel Mühe investiert habe. Mit gesenktem Kopf nestele ich an einem losen Faden an meiner Hose herum. Das Schlucken fällt mir schwer. Meine Kehle ist wie zugeschnürt. »Mir geht es tatsächlich ganz gut. Seit drei Wochen habe ich die Zusage fürs neue Atelier. Das hat viel Druck rausgenommen. Aber ich habe mein Atelier unheimlich vermisst. Den Raum, das Arbeiten. So große Zukunftsängste wie in den letzten Monaten hatte ich noch nie im Leben. Und ich fand es schlimm, nicht zu wissen, wie es dir geht. Ich vermisse dich.«

Tom nickt, füllt Wasser in die Teetassen und ich stehe auf, um eine davon entgegenzunehmen.

»Bekomme ich einen Teebeutel?«, frage ich mit Blick in das klare Wasser.

»Oje, das hatte ich vollkommen vergessen!« Peinlich berührt, öffnet er die Teedose und hält sie mir hin.

»Wie geht es dir denn?«, hake ich nach und er senkt den Blick. Wir stehen voreinander wie zwei Teenager, die nicht wissen, was sie sagen sollen. Dass wir so vorsichtig miteinander umgehen, stimmt mich positiv.

»Ich arbeite viel und lenke mich ab. Nachdem du mich auf dem Weg zur U-Bahn noch einmal angesprochen hattest, war ich kurz davor, mich bei dir zu melden. Aber ich war zu stolz. Ich ... es ging einfach nicht. Du hast mich so getroffen, dass ich nicht mehr wusste, ob ich dir vertrauen kann.« Er schiebt seinen Teebeutel ein wenig im Wasser herum und sieht mich dann direkt an. »Du hast gesagt, dass du das alles so nicht geplant hattest ...«

»Das habe ich.«

»Zoe hat gesagt, dass du mich liebst ... Du hast das auch gesagt ...«

»Das tue ich«, bricht es aus mir heraus und Tom erstarrt.

»Du liebst mich?«

Ich kann nur nicken. Das ging jetzt alles so schnell und ich hätte Tom gern viel deutlicher gemacht, wie sehr ich alles bereue, dass ich für ihn das Atelierangebot abgelehnt hätte – hätte ich es bekommen. »Ich liebe dich und ich vermisse dich. Das, was passiert ist, tut mir so leid und ich war so dumm, wie ich das angegangen bin. Es war nie meine Absicht, dich zu verletzen, oder dass du dich ausgenutzt fühlst.« Jetzt kommen mir doch die Tränen.

»Du hast dich nicht noch mal bei mir gemeldet, wegen der Studios.«

»Du bist mir wichtiger als ein Studio und ich hab ja jetzt was anderes gefunden. Ich will nicht mehr in die Vanguard Courts. Obwohl sie wesentlich schöner sind als das, was ich jetzt habe. Das neue Atelier habe ich bekommen, weil ich gut reingepasst habe, und nicht aus Gefälligkeit oder Mitleid und vor allem nicht, weil ich berechnend gewesen bin.« Meine Stimme klingt so ruhig, als hätte ich diese kleine Ansprache lange geübt, dabei kann ich mich kaum auf meine Worte konzentrieren.

Tom steht immerhin wieder hier vor mir. Etwas, woran ich nicht mehr geglaubt habe. Um Grunde habe ich fest damit gerechnet, dass er mir die Tür vor der Nase zuschlägt. Oder gar nicht erst aufmacht. Stattdessen hat auch er Tränen in den Augen.

Bedeutet das, dass er verstanden hat, wie wichtig er mir ist?

»Berechnend?«, wiederholt er vorsichtig.

»Es war nicht okay, wie ich die ganze Sache angegangen bin. Ich hätte mich normal bewerben und darauf hoffen sollen, dass das genügt, um einen Platz zu bekommen. Es tut mir leid, Tom, dass ich dir das verschwiegen habe. Es war nicht fair, was ich getan habe.« Jetzt zittert meine Stimme.

Tom schluckt und sieht mich an. »Mir tut es auch leid, Holly. Vor allem, dass ich dich nicht wenigstens angehört habe. Aber ich war so verletzt und wütend, dass ich dachte, da müsse nichts mehr geklärt werden, weil du es sowieso nicht ernst gemeint hast. Außerdem habe ich mich nicht ernst genommen gefühlt und das Gefühl ist einer der wenigen Triggerpunkte, die ich habe«, gesteht er.

»Wegen deines Dads?« Ich erinnere mich, dass Tom mal sagte, dass sein Vater ihm seinen Job nicht zugetraut hat.

Er nickt und trinkt einen Schluck. Sein Blick gleitet über die Unterlagen, die überall herumliegen.

»Du musst deinem Vater aber nichts beweisen. Was hindert dich daran, ein guter Makler und gleichzeitig ein guter Mensch zu sein? Ich glaube, du kannst beides.«

»Das glaube ich auch«, gibt er leise zu und deutet auf die Unterlagen. »Ich habe in den letzten Tagen viel darüber nachgedacht, wie ich weitermachen will. Ich will Makler bleiben, aber ich habe mir vorgenommen, ein nahbarer Vermieter zu werden. Jemand, mit dem man reden kann und dessen Briefe einem keine Angst machen. Ich will, dass die Menschen gerne bei mir wohnen und man sich meine Mieten leisten kann – im Rahmen des Möglichen natürlich.«

Bei diesen Worten wird mir warm ums Herz. Er will seine Mieten anpassen und sich dem harten Markt durch Menschlichkeit widersetzen?

»Weißt du, wie sehr ich dich dafür liebe?«, rutscht es mir heraus und ich wische mir die Freudentränen weg. »Das wird großartig und du machst das Richtige. Du musst nicht jedem gefallen. Hauptsache, du fühlst dich dabei wohl. Und ich glaube, das tust du, oder?«

Tom hält meinen Blick, stellt die Tasse ab, macht zwei Schritte auf mich zu und seine Lippen treffen meine so hart, dass es mich fast von den Füßen haut. Sofort schlinge ich die Arme um seinen Hals, ziehe ihn zu mir und erwidere den Kuss unter Tränen.

»Kannst du mir verzeihen?«, keuchen wir gleichzeitig und nicken dann beide.

Endlich!

Kapitel 37

Seine Hände krallen sich in den Bund meiner Hose, er lässt nicht los, küsst mich gierig, als hätte er von dem Moment an, in dem ich seine Wohnung betreten habe, darauf gewartet. Während wir uns voneinander lösen, berührt er mit seiner Stirn die meine und sieht mich aus feuchten Augen an.

»Weißt du, was mir das bedeutet?«, haucht er. »Alles. Danke, dass du mir sagst, dass ich das Richtige tue. Ich bin nämlich ein ziemlicher Angsthase, was neue Wege angeht, weißt du?«

»Das musst du nicht sein. Ich bin sicher, dass das alles richtig ist. Danke, dass du mir verzeihst. Wäre ich von Anfang an ehrlich gewesen oder hätte zumindest den Mut gehabt, das alles früher aufzulösen, dann hätten wir jetzt nicht in diesem Schlamassel gesteckt. Das hätte uns eine Menge Herzschmerz erspart.«

Tom streicht mir über die Haare. »Aber so wissen wir wenigstens, wie wichtig wir einander sind. Hör zu, Holly, ich weiß, dass du jetzt erst mal was Neues gefunden hast, aber ich will dir ein Angebot machen ...«

Das meint er jetzt nicht wirklich!

»Holly, ich möchte dir einen Platz in der alten Fabrik anbieten. Noch sind die Räume nicht vollständig verteilt worden, ich kann dich sofort einschleusen«, bietet er an und ich sehe ihn entgeistert an. »Natürlich nur, wenn du das möchtest.«

»Du gibst mir nach all dem einen Platz?« Es scheint zu absurd, was er mir da anbietet.

»Wenn du das möchtest, ja.«

Fassungslos sehe ich Tom an, der mich warm anlächelt. Es ist lieb von ihm und ich schätze diese Geste, aber ich habe mich bereits mit dem Gedanken arrangiert, nicht in den Vanguard Court einzuziehen. Jetzt, da ich den Platz bekommen kann, will ich ihn nicht mehr.

»Tom, das ist sehr großzügig von dir«, fange ich an und lächele entschuldigend, »aber ich möchte erst einmal in Brixton bleiben. Noch einen Umzug schaffe ich nicht und ich hätte immer das Gefühl, dass ich den Platz nicht verdient habe. Ich will ab jetzt ehrlich sein. Kannst du das verstehen?«

»Das kann ich.« Er umfasst mein Gesicht mit den Händen und sein Atem streift meine Lippen.

Ich schließe die Augen und ziehe ihn zu mir. Sofort sind seine Hände in meinem Nacken, seine Finger kitzeln auf der Haut und ein Schaudern überkommt mich. Gleichzeitig will ich ihn nicht wieder loslassen und schlinge die Arme um seinen Hals.

»Wenn du es dir anders überlegst, musst du es nur sagen. Für dich finde ich immer einen Platz.«

»Aber niemanden rauswerfen, ja?«

»Nein. Ich wollte doch ein fairer Vermieter sein«, erinnert er mich an sein Vorhaben und küsst mich erneut. »Wenn jemand kündigt, erfährst du natürlich trotzdem als Erste davon.«

Wie gut Ehrlichkeit tut. Das hätte ich niemals gedacht, aber sie macht uns beide locker und leicht. Die Lügen und der Druck haben mich wie Gewichte nach unten gezogen und erst jetzt, wo sie fort sind, bemerke ich diese Auswirkung.

Der Kuss wird gieriger, sehnsüchtiger, Lust steigt in mir auf und ich dränge mich gegen ihn. »Wohin?«, keuche ich, denn auf der Couch können wir uns kaum drehen, ohne herunterzufallen.

»Komm mit«, antwortet er in den Kuss und zieht mich durch die Tür, über den Flur ins Schlafzimmer und dort auf das Bett.

Es ist ungemacht, aber das stört mich nicht. Eilig ziehe ich mir den Pullover über den Kopf, klettere auf Toms Schoß und helfe ihm dabei, aus seinem Oberteil zu schlüpfen. Keine Sekunde wende ich den Blick von ihm ab und sehe den Hunger und die Lust in seinen Augen. Mir geht es genau wie ihm. Ich will mit ihm schlafen, ihn spüren, endlich wieder eins mit ihm sein.

»Ich hab dich so vermisst, Tom.« Zärtlich küsse ich seinen Hals, rieche endlich wieder das After Shave.

Er öffnet meinen BH, umschließt meine Brustwarze mit den Lippen, streicht mit der Nasenspitze über meine Haut, das Brustbein und den Hals. Gut, dass ich heute eine lockere Hose trage. Diese schiebt er problemlos samt Unterwäsche über meinen Po nach unten und ich spüre seine Erregung sogar durch den Stoff der Jeans. Er will es mindestens genauso sehr wie ich und schafft es irgendwie, seine Jeans abzustreifen.

Atemlos küsse ich ihn, necke mit der Zunge die seine und seufze leise, als seine Finger in mich gleiten. Mit dem Daumen umkreist er die Klitoris und ich kann mich kaum noch zurückhalten. Dieser großartige Mann berührt mich endlich wieder!

»Gefällt dir das?« Seine Stimme ist kaum mehr als ein Flüstern.

Zur Antwort dränge ich mich ihm entgegen, lege den Kopf in den Nacken und genieße jede Berührung. Am liebsten würde ich sofort kommen, doch er lässt kurz davor von mir ab, reizt mich und treibt mich immer näher an den Höhepunkt heran.

Keine Ahnung, wie lange das Vorspiel dauert – es sind Ewigkeiten, in denen wir einander erkunden, die Nähe genießen, Wärme und Geborgenheit haben und die Zeit vollkommen vergessen. Wir kosten einander voll aus, aber irgendwann holt Tom ein Kondom aus der Jeans und zieht es über.

»Wenn wir noch länger warten, platze ich gleich.« Dann hält er mich an der Hüfte und zieht mich auf seinen Schoß. »Ich will, dass du oben bist. Du siehst dabei so sexy aus, dass ich mir das nicht entgehen lassen kann.«

Ich nicke und lasse mich vorsichtig auf ihn sinken, schließe die Augen, spüre ihn in mir und bewege mich langsam. Es fühlt sich so gut an und Toms Griff auf meinen Oberschenkeln festigt sich, er schiebt die Hüfte vor, dringt tiefer in mich ein und schließt die Augen. Langsam, aber stetig steigern wird das Tempo, Tom richtet sich auf, küsst gierig meine Brüste und bewegt sich verlangend immer schneller. Bei jedem Stoß trifft er einen empfindlichen Punkt und ich sehe Sterne. Ihm scheint es genauso zu gehen, denn er stößt kraftvoller zu und, als ich komme, dauert es nur wenige Atemzüge, bis er mir folgt.

Arm in Arm liegen wir in seinem Bett, starren ins Nichts und lassen die Gedanken schweifen. Abwesend dreht Tom eine meiner Haarsträhnen zwischen den Fingern. Seine Brust hebt und senkt sich ruhig. Alles ist friedlich. Unglaublich, wie schnell sich das Leben wieder ändern kann. Vor einer Stunde konnte ich vor Angst kaum atmen und jetzt ist Tom wieder bei mir, wir hatten Sex und ich habe das Angebot für mein Traumstudio ausgeschlagen. Erst jetzt, wo Tom mir die Zusage für das Studio gegeben hat, merke ich, wie verbissen ich auf diesen Raum war. So verbissen, dass ich alles andere ausgeblendet habe. Fast komme ich mir vor, als sähe ich eine andere Holly, die in den vergangenen Wochen und Monaten an meiner Stelle gelebt hat. Eine Holly, die Dinge getan und gesagt hat, die ich mir nie hätte vorstellen können.

Unglaublich, dass ich so falsch gewesen bin. Kontrollverlust ist furchtbar. Als Selbstständige habe ich kein Netz und keinen doppelten Boden, der mich im Ernstfall auffängt. Wenn man unter diesen Umständen abstürzt, dann richtig. Und ich war bereits dabei zu fallen. Tom tauchte rechtzeitig auf, schien den Fallschirm bereit zu haben, dabei war es einer mit Löchern, der mich nur weiter zu Fall gebracht hat. Nie wieder werde ich einen Menschen unter einem falschen Vorwand ansprechen, das habe ich daraus gelernt.

»Ich hätte auch nicht so hart sein dürfen«, sagt Tom in die Stille hinein. »Du hast versucht, mir alles zu erklären, und ich hab nicht einmal zugehört. Stattdessen habe ich meiner Sekretärin gesagt, sie soll dich am Telefon abwimmeln. Entschuldige bitte, dass ich so ein Dickkopf war. Von einem Mann meines Alters sollte besseres Handeln zu erwarten sein.«

»Von einer erwachsenen Frau aber auch«, gebe ich zu und schmiege mich an ihn. Der herbe Geruch seines Parfüms steigt mir in die Nase und ich schließe genießerisch die Augen. Wie sehr ich ihn vermisst habe, wird mir erst jetzt bewusst, da er wieder bei mir ist. »Wollen wir uns darauf einigen, dass wir beide ein bisschen übers Ziel hinausgeschossen sind?«, frage ich leise, lehne das Kinn gegen seine Brust und sehe ihn an.

»Damit bin ich einverstanden«, erwidert Tom, berührt mit den Lippen meine Stirn und drückt mich an sich.

***

Zwei Wochen später gehe ich durch den Eingang der Lagerhalle in Brixton. Geschäftiges Treiben herrscht mittlerweile hier und man hört und riecht, dass gearbeitet wird. Frische Farbe trocknet auf einer Leinwand, die jemand im Flur abgestellt hat, und ganz hinten ist das laute Surren der Kreissäge des Schreiners zu hören.

Alle Parzellen sind bezogen und an jeder Tür klebt ein Schild mit dem Namen des Mieters sowie der Berufsbezeichnung. Ich passiere einen Schneider, eine Malerin, einen Fotografen, Bodypainter, zwei Bildhauer, einen Holzschnitzer und Nathalies Cosplay Werkstatt, eher ich an meiner Tür ankomme. »Hollys Cute Cups« steht auf der Tür und ich schließe sie auf. Weil durch das Oberlicht gerade die Sonne in die Halle scheint, habe auch ich in meiner Parzelle traumhaftes Licht und nutze die Möglichkeit, um einige Fotos zu machen. In den vergangenen Wochen habe ich meinen Instagram-

Account ein wenig vernachlässigt und muss dringend meinen neuen Arbeitsplatz zeigen.

Mittlerweile habe ich mich gut eingelebt. Mein Problem mit dem nicht vorhandenen Wasser habe ich durch einen Wassersack gelöst, der an einem Regal hängt und den ich alle zwei Tage an einem Wasserhahn am Ende der Halle füllen muss. Somit habe ich zumindest Wasser zur Verfügung und muss nur das Schmutzwasser täglich wegschleppen. Papier und Stifte liegen auf dem Tisch und ein Katalog liegt aufgeschlagen daneben. Mir gehen langsam die Farben aus und ich muss nachbestellen.

Ein Blick auf die Uhr und ich beeile mich, ein wenig Ordnung in das Chaos zu bringen. Heute möchte Tom sich nämlich meinen neuen Arbeitsplatz ansehen und in einer halben Stunde sind wir verabredet.

Einige Skizzen liegen auf dem Tisch und ich hänge sie an die Pinnwand. Nathalie und ich haben aus der anfänglichen Idee tatsächlich ein Geschäftsfeld entwickelt und ich fertige nun passend zu dem Cosplay-Kostüm, das sie gerade in Auftrag hat, Tassen an. Für mich ist das etwas ganz Neues, denn ich muss Dinge modellieren, die mir bisher vollkommen fremd waren. In diesem Fall soll es eine Tasse in Felloptik werden. Keine Ahnung, wie ich das umsetzen kann. Momentan tüftele ich noch an der richtigen Technik. Es macht großen Spaß und sicherlich werden wir in Zukunft noch weitere solcher Ideen umsetzen. Dass unsere Arbeitsplätze nur durch eine Wand voneinander getrennt sind, macht die Kommunikation total einfach und schnell. Ein Vorteil von Pappwänden.

Kaum habe ich das Gröbste beiseite geräumt, leuchtet mein Handy auf und ich sehe eine Nachricht von Zoe:

Stehe mit Tom und Phil vor der Tür. Lässt du uns rein?

Als ich die große Feuerschutztür aufschiebe, sehe ich in drei strahlende Gesichter.

»Das sieht ja ganz nett aus hier«, sagt Zoe und sieht an der Fassade hinauf. »Hohe Decken, sind immer gut.«

»Ja, ganz hervorragend. Das frisst Heizkosten ohne Ende«, brummt Tom und grinst verschmitzt.

»Hey, du sollst ihr den neuen Arbeitsplatz nicht madig reden«, sagt Phil, kichert und schließt mich in die Arme. »Darling, wie schön, dich wieder zu sehen.«

»Ich sage nur, was ich sehe«, gibt Tom zurück, macht dann einen Schritt nach vorn und küsst mich. »Jetzt zeig uns dein Reich.«

Bin ich froh, dass er nicht Hasenstall gesagt hat. Ich hatte ihm nämlich von dem Gitter erzählt, das über meinem Atelier angebracht wurde.

Zoe und Phil sind ganz begeistert von der Halle und bestaunen die vielen Gewerke, die sich hier eingemietet haben. Tom sagt weniger, liest sich die Berufe an den Türen aber genau durch und ich kann nur hoffen, dass er sie als Inspiration nimmt, seine zukünftigen Objekte an die Leute anzupassen. Rasch greife ich nach seiner Hand, fange seinen Blick auf und drücke sie kurz. Ich hoffe, er versteht, was ich denke.

»Wow, hier ist eine Sattlerin!« Begeistert deutet Zoe auf ein Schild an der Tür und nimmt sich einen Flyer, der in einer Halterung daneben hängt. »Sie macht

Handtaschen aus recyceltem Ziegenleder. Ist das nicht großartig?«

So schnell gewinnt man neue Kunden. Vielleicht sollte ich auch einen Flyer gestalten, überlege ich und deute auf meine Tür. »Hier ist es. Kommt rein.«

Sowohl Zoe als auch Tom haben mein altes Atelier gekannt und im Grunde sieht es hier genauso aus, nur die Möbel stehen ein wenig anders. Trotzdem bin ich aufgeregt, als ich die beiden eintreten lasse. Ihr Urteil ist mir wichtig.

»Kein Fenster«, ist das erste, was Tom feststellt, und sieht nach oben zur Gitterdecke. »Fliegen da keine Sägespäne von dem Schreiner zu dir rüber?«

»Nein, der hat eine Ablüftung eingebaut bekommen«, sage ich schnell, um ihm den Wind aus den Segeln zu nehmen.

»Ich finde es ausreichend«, stellt Phil fest und sieht sich um. Seine Augen strahlen beim Anblick der Tassen, die in den Regalen stehen. »Und du hast so viele Nachbarn, dass diese Halle vor Kreativität fast schon vibriert. Das ist sehr inspirierend.«

Tom nickt knapp und sieht mich dann mit neckischem Ausdruck an. »Konzentrierte Ruhe wirst du hier aber nicht haben. Irgendwo wird immer jemand Krach machen.«

»Jetzt hör auf. Ich mag es und ich werde nicht mehr bei dir einziehen. Das habe ich von meiner Liste gestrichen«, stelle ich klar und ziehe gespielt beleidigt einen Schmollmund.

»Dich soll mal einer verstehen. Erst willst du unbedingt bei mir einziehen und dann auf keinen Fall.« Tom grinst und ich bin erleichtert, dass das hier nur eine kleine Neckerei ist.

Ja, der Vanguard Court war ein Traum und ich bin nach wie vor der Meinung, dass die Räumlichkeiten großartig sind. Aber ich habe meinen Platz gefunden und zusammen mit Nathalie starte ich etwas, das zukünftig häufiger gefragt sein wird. Ich bin offen dafür und deswegen werde ich in Brixton bleiben.

»Ich finde es schön hier. Natürlich wäre ein Fenster noch ein enormer Pluspunkt, aber hell ist es hier auf jeden Fall und du hast tolle Nachbarn. Sicherlich kann man sich da gegenseitig auch mal aushelfen, oder Inspiration holen. Ich finde es super hier. Und du hast kein marodes Treppenhaus wie in deinem alten Atelier.« Zoe sieht zufrieden aus und zieht zu meiner Überraschung eine Flasche Sekt aus ihrer Umhängetasche. »Wo sind deine schönsten Tassen, Holly? Wir müssen auf deinen neuen Arbeitsraum anstoßen.«

Ich deute auf mein Regal, an dem das Schild »Fertig« klebt, und Zoe zieht drei Tassen hervor, die mit goldenen Sternchen bemalt sind. Der Inhalt der kleinen Flasche wird durch vier geteilt und wir stoßen miteinander an.

»Auf Hollys neues Atelier«, sagt Tom mit feierlicher Stimme und hebt seine Tasse.

Kapitel 38

Mittlerweile ist es Ende April. Vor knappen acht Wochen bin ich umgezogen und genieße mein neues Atelier in vollen Zügen. Ich habe Platz, Tageslicht und tolle Nachbarn. Obwohl ich nicht mehr in Peckham bin, bekomme ich durch Tom haarklein mit, was im Vanguard Court alles passiert. Die Ateliers wurden mit einer großen Feier eingeweiht und die Stadtverwaltung war so begeistert, dass man sich vorgenommen hat, in Zukunft weitere solche Räumlichkeiten zu schaffen.

Tom, ganz motiviert von seinem Vorhaben, nahbarer zu werden, hat sich sofort angeboten, diese Ideen umzusetzen, und ist schon wieder auf der Suche nach leer stehenden Hallen, die er umbauen kann. Was genau es war, das den Schalter bei ihm umgelegt hat, kann ich nicht sagen, aber auf mich wirkt er entspannter und geht nun viel offener auf seine Mieter zu. Die genießen es, jemanden zu haben, vor dem sie keine Angst haben müssen, und, wenn ich den Vanguard Court besuche, dann ist die Stimmung immer locker und gut.

Toms Idee, den Vanguard Court zu einem Ort für Künstler und Handwerker zu machen, ist aufgegangen und die alte Fabrik ist so vielseitig geworden, dass bereits eine Tageszeitung groß darüber berichtet hat.

»Eine kleine Version von Camden Town« wurden die Studios genannt und seitdem kommen immer wieder Interessierte vorbei, um sich umzusehen. Natürlich kauft der ein oder andere etwas und ich glaube, der Vanguard Court könnte sich in den nächsten Monaten zu einer Kulturstätte und kleinen Touristenattraktion mausern. Etwas, das Peckham seit Jahren fehlte.

Auch die große Halle in Brixton kommt gut an und wir konnten direkt einen monatlichen Tag der offenen Tür etablieren, an dem Interessenten, Kunstliebhaber und Neugierige die Halle stürmen und uns sämtliche Vorräte wegkaufen.

Obwohl mich die Kündigung vor zehn Monaten aus den Socken gehauen hat, muss ich zugeben, dass sie das Beste war, was mir passieren konnte. Sonst hätte ich nie diesen wunderschönen Arbeitsplatz gefunden und keinen so unglaublichen Mann an meiner Seite.

Mit Tom bin ich glücklich wie seit Jahren nicht mehr und seine Unterstützung tut mir gut. Wir begegnen uns auf einer Ebene, ergänzen uns, wenn wir auch auf den ersten Blick grundverschieden sind. Tom, den man meist nur im Anzug antrifft, würde man keine Freundin zutrauen, die in Latzhose, Sneaker und mit Messie Bun herumläuft. Ein Makler, der für hohe Mieten steht, und eine Künstlerin, die nicht danach aussieht, als würde sie sich diese leisten können.

Seitdem wir zusammen sind, hat sich sein Stil, zumindest im Privatleben, ein wenig geändert. Er trägt nicht mehr ständig Hemden und hat seine Anzugschuhe durch ein Paar Sneakers ausgetauscht. Gut so, denn wenn er mich besuchen kommt, muss er immer Gefahr laufen, sich schmutzig zu machen. In meinem Atelier ist es immer staubig und wenn die Töpferscheibe läuft, kann man den ein oder anderen Spritzer abbekommen. Durch die Gespräche, die er mit seinen Mietern führt,

hat Tom einen guten Einblick in die Künstlerszene bekommen und konnte sich ein Bild davon machen, was
gebraucht wird. Zusammen mit seinem Kollegen entwickelt er ein Konzept für Studios, die man überall in
London in leerstehenden Hallen aufziehen kann. Von
diesen Hallen gibt es in der Stadt nämlich mehr als genug. Auch unsere Halle hat er vom Besitzer abgekauft.

Als ich ihn fragte, ob er es nicht auf sich sitzen lassen
konnte, dass ich nicht bei ihm eingezogen bin, sagte er
nur: »Ich will gerne der alleinige Anbieter solcher Studios sein. Da ist es immer besser, die Konkurrenz zu
schlucken.«

Für uns hat sich nichts geändert, außer, dass Tom die
Studios nun ein wenig angleicht. Seine Vision ist eine
Art IKEA-Look. Eine Optik an Studios, die überall in
London gleich aufgebaut ist und gleich aussieht. So
weiß man immer, was man bekommt, und die Stan-
dards werden eingehalten. In manchen Hallen will er
Räume an Schulen vermieten, um Kunstprojekte zu
fördern, worüber sich besonders Zoe sehr freut, die mit
ihrer Schulklasse schon einige Dinge in Planung hat.

An einem der ersten warmen Abende sitzen Tom und
ich vor der Halle in Brixton auf einer Bank und erholen
uns vom Kistenschleppen. Eine ganze Ladung an Bestellungen ging heute wieder zur Post und ich kann
kein Seidenpapier und keine Maisflocken mehr sehen.

»Ist besser gelaufen als beim letzten Mal, findest du
nicht auch?«, fragt Tom, der den Kopf gegen die Backsteinmauer gelehnt hat, und wirft mir einen Seitenblick zu. »Was meinst du? Das Einpacken?«, frage ich
müde.

»Na ja, beim letzten Mal haben wir uns danach getrennt.«

»Erinnere mich bloß nicht daran. Das war einer der schlimmsten Tage meines Lebens.« Daran will ich nie wieder denken müssen. So ohnmächtig habe ich mich noch nie gefühlt.

»Für mich auch«, gibt er zu, tastet nach meiner Hand und schiebt seine Finger zwischen meine. »Ich bin froh, dass wir einen Weg zurückgefunden haben. In den letzten Wochen ist so viel passiert und ich merke, wie gut mir das tut.«

»Wie gut dir was tut?«, will ich wissen, obwohl ich mir sicher bin, was er meint.

»Mein neues kleines Business. Noch ist es nur ein kleiner Sidekick, aber ich mag es. Hätte ich tatsächlich nicht gedacht. Es macht wirklich einen Unterschied, ob einen die Leute mögen oder nicht. Danke, dass du in mir ein Umdenken angestoßen hast.«

Tom bedankt sich bei mir? Dabei bin ich diejenige, die sich bedanken muss, und zwar jeden Tag, denn es ist nicht selbstverständlich, dass Tom mich wieder in sein Leben gelassen hat. Deswegen schüttele ich den Kopf. »Ich bin es, die sich bedanken muss. Du hast mir den ganzen Mist, den ich mit dir abgezogen habe, verziehen und dafür bin ich dir immer dankbar. Du hast ein großes Herz, auch wenn du das nicht immer einsehen möchtest.« Jetzt muss ich aufpassen, nicht in Tränen auszubrechen, und schlucke sie rasch hinunter.

Mein Freund lächelt, streicht mir über die Wange und flüstert: »Deswegen ist darin auch genug Platz für dich.« Er seufzt und lehnt sich gegen mich.

Kichernd halte ich mich an seinen Schultern fest, um nicht von der Bank zu rutschen, und spüre seine Hände an meiner Taille. Meine Haut kribbelt, als er die Finger krümmt und mich küsst.

»Ich liebe dich«, haucht er und sein Atem geht schwerer. »Wollen wir zu dir nach Hause gehen?«

Beim Sex auf einer Sitzbank in einem Hinterhof erwischt zu werden, ist ungünstig.

Irgendwie schaffen wir es bis zu meiner Wohnung, stolpern dort die Treppe hinauf und in den schmalen Flur. Jetzt wird er zum ersten Mal meine vier Wände sehen. Gut, dass mittlerweile keine Kisten mehr herumstehen. Nun ist meine Wohnung ein wenig vorzeigbarer. »Bei mir ist es ein wenig kleiner als bei dir«, keuche ich zwischen zwei Küssen. Nicht, dass er sich in meiner Wohnung nicht wohlfühlt.

»Ist das ein Problem? Eine kleine Wohnung ist doch gemütlich. Und mit dir ist es überall schön. Mach dir keine Gedanken.« Tom küsst mich gierig und zieht sich in einer fließenden Bewegung den Mantel aus. Dem folgt der Pullover und beides landet auf dem Klamottenhaufen auf einem Stuhl. »Oh, was ist das?« Er stutzt beim Anblick meiner Unterwäsche.

Es sind ein paar dezente, aber sexy Dessous. Zumindest für meine Verhältnisse, denn normalerweise trage ich schlichte BHs, die selten mit den Höschen zusammenpassen.

»Ich wollte dich heute Abend damit überraschen«, gestehe ich und sehe lächelnd dabei zu, wie der Hunger in den Augen meines Freundes immer größer wird.

»Wie gut, dass wir jetzt schon zu der Überraschung kommen.« Tom umschließt mein Gesicht mit den Händen und verwickelt mich in einen Kuss, doch anstatt zum Bett, bugsiert er mich zu einer Kommode. »Setz dich drauf.«

Die Kommode ist optimal und hat genau die richtige Höhe. Ohne mich strecken zu müssen, kann ich Tom küssen und mich bequem an ihm festhalten, während er mir die Unterwäsche eilig abstreift und nur wenige Atemzüge später in mich eindringt. Hitze steigt in mir auf, er vergräbt das Gesicht in meiner Halsbeuge und ein tiefes Stöhnen entwischt seiner Kehle. Mit jedem Stoß prallt die Kommode gegen die Wand hinter uns. Sicherlich können sich die Nachbarn denken, was hier passiert, aber das ist mir egal. Schließlich war es in dieser Wohnung lange genug still.

Seine Hände liegen auf meinem Po, ich umschlinge seine schmalen Hüften mit den Beinen und presse ihn an mich. Jeder Stoß trifft einen Punkt, der mich zittern lässt. Gierig öffne ich die Lippen, bitte um einen Kuss und bekomme ihn sofort.

»Ich liebe dich.« Meine Stimme ist rau.

Ich bin außer Atem. Tom ebenso.

Er sieht mich an und da liegt so viel Liebe in seinem Blick, dass mir warm ums Herz wird. Ein letzter Stoß, eine Berührung seiner Finger an meiner empfindlichsten Stelle und wir finden gleichzeitig unseren Höhepunkt. Keuchend kralle ich mich in seine Schultern und lausche unserem Atem, der sich langsam wieder beruhigt. Vorsichtig hebt er mich hoch und wir fallen auf mein Bett.

»Hui«, bringe ich schließlich hervor.

»Hui?« Er lacht und schließt mich in die Arme. Sein Herzschlag ist deutlich zu spüren. »Mehr fällt dir dazu nicht ein?«

»Sagt das nicht schon alles?« Jetzt muss ich ebenfalls lachen. »Hui bedeutet von Überraschung, bis Begeisterung alles, oder nicht?«

»Ich hoffe sehr, dass du positiv überrascht bist. So habe ich das noch gar nicht gesehen. Du bringst immer wieder neue Perspektiven in mein Leben.«

»Gut, dass du offen für Neues bist«, sage ich, richte mich auf und küsse ihn erneut. »Wer hätte schon gedacht, dass wir beide uns mal über den Weg laufen.«

»Hmm«, brummt Tom und streichelt mir über die Wange. »Weißt du, manchmal denke ich, dass es gut war, wie es gelaufen ist. Ja, deine Absichten waren anfangs nicht ehrlich, aber die Gefühle, die wir haben, sind echt und da ist es im Grunde egal, was den Anstoß zu allem gegeben hat. Vielleicht sollte ich deiner alten Hausverwaltung schreiben und mich für deine Kündigung bedanken. Ohne diesen Brief wären wir heute nicht hier.«

Da hat er recht und ich kann nur nicken. Schade, dass man vorher nie genau weiß, was einen erwartet.

Aber so hatten wir die Chance auf turbulente Zeiten, haben was erlebt, uns gefunden und entwickelt und das ist es doch, worauf es im Leben ankommt. Erlebnisse zu haben, die abseits der Norm sind, die man nicht geplant hat, Geschichten, in die man reinrutscht und erst im Nachhinein das Gute daran erkennt.

Dieser Brief, so sehr er mich anfangs geschockt hat, hat mein Leben verändert, und zwar in eine positive Richtung, die ich mir so nicht hätte ausmalen können.

Ende

Danksagung

Erstmal geht ein großes Dankeschön an dich! Du hast das Buch gelesen und Holly eine Chance gegeben, ein neues Atelier zu finden. Danke, dass du sie begleitet hast!
Wenn du mehr über mich und meine Bücher erfahren willst, findest du mich auf Instagram unter @lisa_pfeifer_autorin

Es gibt natürlich auch Menschen, die mich bei der Erstellung dieses Buches begleitet haben, und mir beratend zur Seite gestanden haben. Auch euch will ich Danke sagen:

Meinem Mann Robert; Danke für dein Verständnis, wenn das Schreiben wieder überhandgenommen hat. Ich liebe dich!

Isabella; Du hast mir mit deinem Fachwissen enorm geholfen, damit ich keinen Blödsinn schreibe. Ich konnte dich immer zu Ton, Brennzeiten oder Arbeitsabläufen fragen.

Vanessa; Immer erreichbar und hast mit deiner Meinung nie hinterm Berg gehalten. Danke.

Julia; Deine Meinung zur Aufmachung und deine aufmunternden Worte, die immer passend waren, sowie deine Unterstützung seit Jahren.

Meine Agentin; Danke für den Glauben an das Buch.

Noeï, thank you for being so excited for me and this book.

Und natürlich meiner Familie; Danke für die Unterstützung.